KB239852

변의수의 현대예술 연구

신이 부른 예술가들

제2평론집

변의수의 현대예술 연구

신이 부른 예술가들

변의수 지음

정진규 시 인
박상륭 소설가
박청륭 시 인
서상환 화 가

한국학술정보(주)

　이 책의 주인공들은 모두가 고희에 이른 연륜과 경륜의 작가들이다. 정진규는 미당 서정주와 대여 김춘수의 뒤를 이을 수 있는 시인의 한 사람이다. 1998년 들어 한국시인협회 회장을 역임하였고, 문화훈장이 수여되기도 했다. 작고한 전봉건 시인의 뒤를 이은 시인은 명문의 전통 시 전문 월간지 『현대시학』의 주간이기도 하다. 겉으로 드러난 시인의 이력이야 접어 두더라도, 놀라운 건 상징과 시를 일체화하려는 시인의 순교자적 '실체시'의 정신이다.

　조지훈의 단아함과 정지용의 유미주의적 운율의 시성을 갖춘 시인은 오래전 모든 것을 버리고 황량한 들의 마른 가지 같은 건조한 고백체의 시문을 고집하여 왔다. "제대로 늙자", "다리를 놓고 강을 건너지 말자" 하는 시인은 보장된 국민 시인으로서의 길을 버리고 '무현금(無絃琴)'의 정신으로 외진 시의 길을 걸어왔다. 개인적 영달과 허명에 눈길 주지 않고, 실체적 상징의 시문을 구도자적 정신으로 걸어온 시인에게 뒤늦은 박수를 보낸다.

　박상륭 소설가는 두말할 필요 없는 한국이 낳은 세계적인 작가이다. 소설을 신화와 경전의 세계로 변화시켜 나간 그의 '잡소리'는

『죽음의 한 연구』와 『칠조어론』을 거쳐 당당히 하나의 '품(品)'의 경지에 이르렀다. 묵시론적 시적 소설 『피네건의 경야』를 쓴 제임스 조이스가 유럽의 한쪽에 있었다면 한국에는 경전 소설 『칠조어론』과 『잡설품』을 쓴 박상륭이 있다.

필자는 일종의 자기 기술 문학이라고 할 '각주' 시학을 성립시키려 해 왔다. 그런데 박상륭 또한 각주 소설을 생성해 오고 있었다. 2005년의 『소설법』은 '각주 소설론'의 실물적 제시였다. 하지만 그러한 품새를 소설계는 알아차리지 못하였다. 필자는 캐나다에서 일시 귀국한 선생을 방문했을 때 마침 그 책을 선물받을 수 있었다. 오래된 답례로서 선생의 '소설법'에 나의 <비의식의 상징론>을 덧붙여 바칠 수 있는 영광을 얻게 되어 감사드린다.

박청륭 시인은 고독한 성자 시인이다. 그는 김춘수가 『현대문학』으로는 최초로 선한 시인이다. 천재는 재능과 함께 개성과 고집을 지니고 있다. 박청륭 시인은 기표만의 텍스트를 고집해 왔다. 시인은 첫 시집 『불의 가면』 이래 근작 「데드마스크 - 도스토예프스키」에 이르기까지 아우성 없는 불의 미학을 벽화처럼 그려 왔다. 시인의 말 없는 이미지의 군상들은 다름 아닌 대속죄의 의식행위이다. 신의 경전에서 원죄의 기록은 결코 지워지지 않는다. 그러하듯 시인 또한 원죄에 관하여 결코 언급하지 않는다. 시인은 기표들의 움직임만으로 묵시록적 세계를 그려 나갈 뿐이다. 우리는 그의 눈동자 속의 불길이 잦아들길 바랄 뿐이다. 그렇지 않다면 우리의 문명세계는 계속 불꽃 속에 휩싸여 나가고 있을 것이다.

서상환 화백은 믿음이 남다르다. 1980년 한국 최초로 『성상화집』(문화방송출판부)을 출간하여 국내에 본격 성상화(Icon)의 신호탄을 쏘아 올린 독보적 성상화가이다. 루오로부터 깊은 감명을 받은 그는 진흙 같은 삶을 사는 사람들을 위해 언제나 기도한다. 화백의 짙은 영감적 신심은 흑백의 목판 위에서 거침없이 발현된다. 직선의 칼끝으로 선과 면을 깨트리고 굴곡진 생명들을 찍어 내는 목판도는 특출한 형이상적 상상력과 시원성의 깊은 생명성을 창출한다.

영설 화백은 평생을 파고, 찍고, 칠하는 노동으로 생계를 꾸려 왔다. 그런 영설 화백은 또 하나 득음의 세계를 이루고 있다. 인간과 신이 하나 된 성·속의 어울림의 장소, 언어유희의 방언화이다.

축복을 드린다. 화백의 촛불이 세상 어둠 속 곳곳으로 뻗어 나가길 기원한다.

어느 시대, 어느 곳이든 시대와 사회를 대변하는 정신들이 있다. 그러나 정신이란 공기처럼 투명한 것이어서 예민한 기호의 감각들로써 그려 두지 않으면 꿈처럼 잊히고 만다. 필자는 오늘 우리의 현대 문화사에서 지나칠 수 없는 정신의 보석들을 그리는 행운을 얻었다. 삶은 낮과 밤이 이어지는 꿈이 아닌가. 이렇듯 꿈속에서 진귀한 정신들을 붙들어 남겨 둘 수 있게 되었으니 어찌 기쁘지 않겠는가. 한잔 술을 돌릴 일이다.

2009. 9.

차 례

I 부

경산(絅山) 정진규: '전일성'의 통사형식과 존재론적 '실체시'

경산(絅山) 정진규 시인

　진정한 시인은 시의 문면을 치장하는 데 자신을 헌신하지 않는다. 문면의 텍스트는 보이는 세계의 극히 일부이다. 의식의 너머에는 지각되지 않는 세계가 지각의 세계를 움직인다. 시인에게 문자는 텍스트를 작성하는 극히 제한된 하나의 기호이다.

　시인에게 진정한 문자는 드러나지 않은 정신의 기호들이다. 진정한 독자와 시인은 문자와 언어적 수단으로 만나는 것이 아니라 정신과 정신으로 만난다. 디오게네스의 등불은 파피루스 너머 영혼의 텍스트를 읽고자 한 것이다.

　　정진규는 텍스트 너머의 세계를 보여 줄 수 있는 몇 안 되는 거
장의 한 사람이다. 그는 텍스트의 치장에 자신의 정념을 쏟아붓지
않는다. 그는 우리가 익히 알고 있는 기호로서가 아니라 그의 정신
언어로서 시를 생성한다. 이 글은 정진규라는 巨峰에 대한 각주가
아니라 하나의 사족에 불과할지 모른다.

별들의 바탕은 어둠이 마땅하다
대낮에는 보이지 않는다
지금 대낮인 사람들은
별들이 보이지 않는다
지금 어둠인 사람들에게만
별들이 보인다
지금 어둠인 사람들만
별들을 낳을 수 있다
지금 대낮인 사람들은 어둡다

― 정진규, 「별」

1장 '무현금(無絃琴)'의 실험 정신

1-1. '무현금(無絃琴)'의 실험 정신

어둠이 없으면 태양은 빛나지 않는다. 어둠 속에서 태양은 빛난다. 정진규의 「별」은 그러한 빛과 어둠의 역설 상보성을 노래한다. 「별」은 김춘수의 「꽃」이나, 서정주의 「국화 앞에서」 같은 작품과 견줄 수 있는 빼어난 작품이다. 정진규는 1960년 조지훈, 김동명에 의해 <동아일보> 신춘문예를 통해 등단하여 1965년 제1시집 『마른 수수깡의 평화』를 낸 이래 2007년 『껍질』에 이르기까지 13권의 시집을 상재하였다. 제1시집의 「겨울 樣式」·「着陸」, 제2시집 『有限의 빗장』의 「前奏A」, 「尾行 1」, 제3시집의 「들판의 비인 집이로다」, 「自由」, 제4시집 『매달려 있음의 세상』의 「곳곳에 가을이 당도하였으매」, 제5시집 『비어 있음의 충만을 위하여』의 「별 낳기」, 제6시집의 「연필로 쓰기」 등의 유려한 은유와 율격의 시편들이 시집마다 빼곡하다. 그러한 경산 시인의 이름은 『현대시학』과 함께 우리 시단의 대표적 아이콘의 하나로 자리매김된다. 그의 유려한 율문과 은유에 의한 등단과 그의 출발은 시인으로서의 입지와 장래를 충분히 보장받을 수 있었다. 그러나 시인은 그가 시성이라 불렀던 정동적 율격과 은유를 버리고 산문율로 걸음을 옮긴다. 시인은 등단 당시 지녔던 그와 같은 정동적 음율의 '시성詩性'으로부터 척박하고 평면적인 지시체의 시 세계로 이행한다. 그러한 시인의 행보는 미학적 아우라에는 관심이 없는 듯이 보인다. 정진규는 시

정신과 사물과의 간극 없는 상징을 이루고자 하였으며, 그 같은 실험적 태도는 조금도 흐트러짐이 없이 일관되게 수행되어 왔다. 하지만 시단에서 그에 대한 평가는 제대로 이루어지지 않은 것이 사실이다. 그것은 우선, 정진규 시인 스스로의 남다른 실험의식과 시작태도에 기인한 바가 크지만, 그러나 시인의 내면에서 치열하게 전개되어 나가는 정신세계를 미처 인지하지 못한 시단의 둔감성에 더 문제가 있다고 하겠다.

시인은 등단 이후 줄곧, 대립적 세계의 초극에 관하여 사유하고 텍스트를 직조해 왔다. 이것은 1960∼1980년대 우리 사회의 참여와 순수 양자택일의 이념과 대립구조의 상황 등과 무관하지 않다. 집단적 이념의 흑백논리 속에서 양자택일만을 요구하는 외에는 몰가치한 것으로 치부하는 상황에서 시인은 그만의 산문적 고백체를 통해 시와 삶의 일체화와 전일성의 시정신을 구현해 나갔다. 그러한 시인은 '몸詩', '알詩' 등 일원론적 화두의 실험적 시편들의 제작을 통해 대립적 구조의 초극을 구현해 왔다.

한때, 산문체는 시의 비본질적 방식이라며 김춘수 시인은 정진규에게 산문체를 탈피할 것을 권한 바가 있다. 하지만 정진규는 "이미지의 리듬을 감지하지 못하는, 릴케의 저 <사물의 멜로디>가 지니고 있는 生動을 감지하지 못한대서야 어찌 현대시라 할 수 있겠는가." 하고 그것은 자신 의식의 이완 때문일 뿐 형태가 문제는 아니라고 생각하였다. 김춘수가 시의 비본질적 방식이라며 지적한 것은 다름 아닌 우리가 '고백체'의 '실체시'라 부르는 비시적인 표현의 통사체[1]이다. 시인의 실험적 텍스트를 전통의 시각에서 읽을

---

1) '통사체'는 고전이론의 '형식'이란 용어 대신에 사용하였다. '형식' 대신에 '통사체'를 사용한

때, 시인의 산문적 실체시는 더 이상 그 기능을 발휘하지 못한다. 정진규는 고백체를 통해 '상징＝실체'의 전일성 실험미학을 추구했다. 시인의 일상적 지시체의 시편에는 사실 보이지 않는 은유가 숨겨져 있다. 그것은 '상징＝실체'를 추구하는 시인의 정신이다.

그와 같은 정진규에 대한 우리의 놀라움은 매우 역설적이게도 그의 텍스트의 수월성에서가 아니라 그의 메마른 실체시의 텍스트로 인해서이다. 정진규는 그의 장인적 기질의 실험 정신이 감각의 미학을 제거하였고, 또한 역설적이게도 그러한 제거된 감각의 메마른 텍스트가 그의 '시'를 주목받는 작품으로 재탄생하게 한다. 정진규는 사물에 대한 창조자의 지위를 떠나 사물을 발견하는 자가 되고자 한다. 그런 시인은 고유한 자신의 정동성의 율문과 미려한 감각의 은유를 버린다. 그것은 실로 범상한 일이 아니다. 우리에게 그것은 실로 놀라운 일이다. 가끔 우리는 그런 시인을 본다. 햇빛 속의 아지랑이나 신기루와 같은 시인. 존재하지만 있는 듯 없는 듯한 그들의 세계는 주위에선 알 수 없는 그들만의 어떤 베일로 가려져 있어 눈에 잘 띄지 않는다. 텍스트는 시·공을 품은 창조적 진행형의 실물이다. 텍스트는 시시각각 정보의 창조적 변환 상태에 있는데, 특히 실험적 기호의 세미오시스는 텍스트 밖에서 바라보는 외부인에게는 잘 보이지 않는다. 그러한 시에는 남다른 '숨겨진 각주'

건, 형식은 질료적 기호와 심상적 기호의 두 양태로 나누어지지만 고전이론에서는 '질료적 기호'만을 고려하여 형식이란 표현을 사용해 온 관계로, 질료적 기호와 심상적 기호 모두를 아우르는 '통사체'를 사용한다.('통사체' 대신 유사어로 '양식'을 사용하기도 한다.) '심상적 기호'란 질료적 기호에 대응하는 우리의 정신이 생성해 내는 이미지의 세계를 말한다. 이미지는 질료적 기호와는 달리 비정형 상태의 유동적 성질의 것이다. 이러한 특성이 율격의 형성에 자유로움을 준다. 심상은 내재율을 이루는 중요한 요인이다. 또한, '주제'라는 용어를 필자는 이 글에서 사용하는데 '고전이론에서의 의미'이다. 필자는 '의미'를 '텍스트의 총체적 의의'라는 뜻으로 사용한다.

들이 있다. 그것은 詩텍스트에 내재된 장치들로서, 고유한 시미학을 생성하는 성분들이다. 시에는 그러한 배경적 각주들이 전제되어 있다. 옥타비오 파스는 "모든 작품이 갖는 어려움은 그것의 혁신성에 기인하는 것이다. 습관적인 쓰임에서 떨어져 나와 대화와 담론의 질서와는 다른 질서 속에 편입된 말들은 자극적인 저항을 불러일으킨다."[2]고 말한다. 그런 파스는 "세속적이고 속물적인 사람들은/ 거리의 유행어를 좋아한다/ 순결하고 고귀한 뮤즈들의/ 노래에는 귀를 기울이지 않는다"는 호라티우스의 시문을 예로 들며 초월적 기능의 시가 세속적으로 전락하는 것은 예나 지금이나 변함이 없음을 지적한다.[3] 정진규는 미래의 시인들을 위해 "자신의 것을 내보이면 읽히지 않을 것을 두려워한 나머지 <유자서有字書>만 내보이고 <유현금有絃琴>만 내보이는 영합주의迎合主義의 비겁"함에 "자신이 가진 저 소중한 <무자서無字書>와 <무현금無絃琴>"을 포기하고 있지는 않은지 염려하며, 마치 자신에게라도 하듯, "외로운 자존이 시인됨의 시정신임을 잃지 말자."고 한다.[4]

시인은 등단 이후 13권의 시집을 엮어 오는 동안 일관된 지향성과 실험적 태도를 견지하여 왔고 또한 성취하여 왔다. 어떻게 보면 그는 시의 미학적 완성도보다는 표면 구조 그 너머의 세계, 그만의 시작법의 진정한 도면을 그려 나가는 데 더 관심을 두고 있는지 모른다.

---

2) 옥타비오 파스, 김홍근・김은중 역 『활과 리라』(서울: 솔출판사, 1998), p.54.
3) 같은 책, p.378.
4) 정진규, 「미래의 시인들에게: 영합과 우월로부터 자유롭기」(2002).

죄송하다 나 또 다시 떠난다 내 눈으로부터 눈썹으로부터 마음으로부터
……나 또 다시 떠난다 그게 그거니까 말이다 내 말씀의 춤이 굳어 있으
　　니까 말이다
……어쩔 수 없다 방황을 해볼 작정이다
……찾지 마시압, 아무도 찾지 마시압, 허리 굽혀 홀로 물 푸는 사람, 들
　　판에 홀로 물 푸는 사람, 오직 비워내고 있다.
– 「말씀의 춤을 위하여」에서

　　정진규는 『마른 수수깡의 평화』, 『들판의 비인 집이로다』, 『몸詩』, 『알詩』, 『本色』, 『껍질』 등에서와 같이 시집의 제목에서부터 그의 시정신을 집약하여 내거는 특징을 보여 준다. 시인은 그만큼 계획된 의도하에 자신의 시 작업을 추진한다. 그는 철저한 의미론적 상징주의자로서 일관된 실험적 태도를 지니고 있다.

　　그러한 정진규의 시작 태도는 자신의 삶에 대한 상징 행위이며, 그의 삶은 또한 그의 시와 시론에 대한 상징 행위이다. 그러한 정진규 시인의 의미론은 종국적으로 고백체의 산문율로 나타난다. 그런 그는 끝없이 자신의 시론과 삶의 일체화를 추구하는 철저한 의미론적 상징주의 시인이라고 말할 수 있다.

　　'<현대시학>의 주간'으로서의 정진규는 '시인 정진규'에 대한 오해가 있을 수 있다. 하지만 그렇다고 하더라도 시인 정진규의 개성의 빛이 지워지지는 않는다. 비유는 보는 자에게만 나타난다. 볼 수 없는 자에게 비유는 존재하지 않는다. 그는 시가 존재하지 않는 곳에서 참된 시를 본다. 우리는 이제 정진규의 텍스트를 살피기에 앞서 '시를 이루는 형식의 규칙'과 '형식을 지배하는 주제' 그리고 '의미의 통일을 이루는 리듬'에 관하여 이야기할 것이다. 우리의 이러한 '시'의 형이상학은 시의 원리와 이해, 그리고 창작과 비평

을 위해 요긴한 분야이다. 그러한 필요성에도 불구하고 시단의
내·외부에서는 아직도 이에 관한 본질적인 논의가 이루어지고 있
지 않다. 이러한 사정들은 시의 그 오랜 역사성에도 불구하고 시의
존귀성을 스스로 훼손하게 하며, 또한 텍스트 비평과 창작에 있어
서 지도 없는 항해처럼 우리를 표류하게 한다.

1-2. 의미

1-2-1. 시의(詩意)/시표(詩標)

시는 우리의 기호학적 관점에서 '시의(詩意)'와 '시표(詩標)'의
영역을 갖는다. 시의는 무형의 시인의 정신작용이며, 시표는 시의
가 투사된 기호체이다. 텍스트는 시의 기표인 '시표'이며, 정신은
'시의'이다. 의미는 규칙을 인식하고 이해하는 '정신'에 내재한다.
텍스트는 하나의 형식으로 존재한다. 시는 정신의 작용계인 시의이
다. 텍스트는 시의 투사체이다. 옥타비오 파스는 우리의 이러한 견
해에 가까이 있음을 볼 수 있다. 그는 『활과 리라』에서 시를 '무정
형 상태의 시'와 '일어선 시'로 구분하고 전자를 '시적인 것', 후자
를 '시편'이라 하였다.[5] 우리는 상징과 기호의 본질, 그 투사적 합
일,[6] 그리고 시와 텍스트의 이질적 차이성을 고려해 왔다.[7] 우리는

---

5) "시적인 것이 무정형의 상태의 시라면, 시편은 창조물, 즉 '일어선 시'이다. 시는 단지 시편이
  라는 형식을 통해 자신을 완전히 드러낸다. (……) 시편은 시를 품고 있고 시를 유도하며 시
  를 방출하는 언어적 유기체이다. 형식과 본질은 동일하다."[옥타비오 파스, 김홍근·김은중 역
  『활과 리라』(서울: 솔출판사, 1998), p.15.]

6) "정신적인 것의 순수한 기능은 감각성 속에서 그 구체적인 충만을 찾게 된다."(카시러, PdsF
  I, S. 42f. 김길웅, 「상징, 기호학, 그리고 문화연구: 카시러의 『상징형식의 철학』을 중심으

텍스트를 시라고 부르지만, 텍스트는 시인의 정신이 투사된 기호의 구조물이다. '투사된 시의'라는 점에서 텍스트를 '시'라고 칭하지만 그러나 시는 엄밀히 말해 '질료적 기호'가 아닌, '동일화의 정신작용'이다. '시의의 실체'는 '동일화의 정신작용'이다. 따라서 진정한 '시'는 텍스트가 아닌, 시인의 정신작용인 '시의'이다. 우리의 관점에서는 파스의 시적인 것, 즉 '무정형 상태의 시'가 진정한 시이다. 파스가 '일어선 시'라고 말하는 '시편'은 '진정한 시'의 기호적 투사물일 뿐이다.

시와 텍스트, 그리고 시인에 관한 우리의 이러한 생각은 상징과 기호의 관계에서 보다 분명히 드러난다. 상징은 동일화의 정신작용이며, 기호는 그 표상이다. 그러니까, '시의'로서의 정신작용인 '시'는 '상징'이며, '텍스트'는 '기호'이다. 물론, 상징은 기호에 투사의 형식으로 내장된다. 시의 기호적 표기인 텍스트는 시의 '상징물'이며, 시인의 '비유의 정신작용'은 기호로써 텍스트화된다. 기호 역시 기의가 기표에 투사되어 있다. 그러니까, 기의는 기표의 '상징'이다. 기의와 기표는 투사를 통해 동일화된다. 그러나 기표와 기의가 동일자는 아니다. 기의는 인간의 자의적 '상징'일 뿐이다. 텍스트 역시 '시의'의 자의적 '상징물'이다. 텍스트는 시의 기호물이다. 언

로」재인용)고 말한 카시러는 "상징적 형식이란 말을 통해서 이해되어야 하는 것은 정신들이 가지고 있는 각각의 힘, 즉 어떤 정신적 의미내용을 하나의 구체적이고 감성적인 기호에 결합하고 이 기호에 내면화하는 정신적인 힘"(카시러, Wesen und Wirkung des Symbolbegrif, 175쪽; 우리말사전 pp.83~84. 재인용)이라고 하였다. 상징에 관해 카시러가 형식이라는 개념을 사용하긴 했지만 '기호에 내면화하는 정신적인 힘'이라고 한 것은 '투사'라는 우리의 견해와 흡사하다. '기호'는 동일화의 정신작용인 '상징'의 투사체이다. 이러한 까닭에 기호와 상징은 하나일 수 있는 것이다.

7) 기호 기능에 시가 있다. 시 속에 시가 있지 않다. 시 문법은 상상의 정보체계로서, 우리의 인체에 내장되어 있다. 텍스트는 시의 마법적 상징의 힘을 묻어 둔 기호체이다. 상징은 '사유' 곧 '비의식'으로 단순한 '표상'작용에서 심층 상징작용까지의 스펙트럼을 가진다.

급했듯, '시'는 정신작용이며, '텍스트'는 그 표상이다. 투사라는 매개적 기제는 시와 텍스트를 기호에서 만나게 한다. 그렇다고 시와 기호가 동일물이 되는 것은 아니다. 물론 시와 텍스트 역시 동일물이 아니다. 단지 하나인 듯 보일 뿐이다. 그런 까닭에 우리는 텍스트를 시로 여긴다. 그러나 이것은 미분화된 생각일 뿐, 본질에서 시와 텍스트는 구별된다. 언급했듯 시의 본질은 비유이다. 텍스트엔 비유를 추론할 수 있는 기호만이 놓여 있다. 텍스트는 비유를 표상하는 기호의 배열체일 뿐, 비유의 의의, 목적, 방법, 효과 등은 시인의 정신에 내재한다. 비유의 규칙은 텍스트에는 기술되어 있지 않다. 규칙은 텍스트에서 기술되지 않는다. 그것은 시·예술의 텍스트의 규칙이다. 텍스트는 약속된 규칙을 설명하지 않는 것을 규칙으로 한다. 텍스트는 무형의 약속 직조물이다. 텍스트에 없는, 정신 혹은 무형의 규칙들에 대한 추론이 가능한 것은 텍스트 형식의 구조에 그 비밀이 있다.

시인의 정신은 바람처럼 쉬지 않고 움직인다. 유동적인 시인의 정신을 시인은 기호로 고정한다. 기호는 시인의 유동하는 정신의 중심을 이루는 결빙점이자 텍스트를 이루는 좌표점들이다. 텍스트는 시인의 비유 흐름을 나타내는 도면이다. 시인은 '시'라는 비유의 작용을 텍스트로 나타낸다. 텍스트는 기호로 조직된 시의 투사체이다. 우리는 수사학적 도면을 읽는 '규칙'을 알고 있다. 우리는 그 독법으로 텍스트라는 도면을 추론한다.

시는 텍스트 기호의 지시적 의미와 함께 그 의미들을 중심으로 유동하는 정신작용을 포함한다. 엄밀히 말하면, 그 유동하는 정신의 움직임이 시의 실체이다. 텍스트는 유동체의 시를 모사한 기호의 구성물이다. 우리가 텍스트를 시라고 함은 시가 텍스트에 투사되어 있기 때문이다. 우리는 평소에 텍스트가 시와 시인의 정신 투사물이라는 생각을 하지 않는다. 그러나 텍스트는 '시'의 '상(像)'일 뿐이다. 그것도 시의 실재 상이 아닌, 언어라는 기호로 담아낸 것이다. 시의(詩意), 즉 시인의 정신세계는 텍스트에 투사된다. 텍스트는 비유의 규칙, 즉 수사학의 형식으로 시인의 정신을 묶어 둔다. 텍스트는 시인의 정신이 투사된 시의의 유사물로서 '시의'의 '대리물'이다. 시인의 시론과 정신이 배제된, 몇 줄의 문자들이 곧 시는 아니다. '시'는 텍스트에 '투사된' 시인의 '정신세계'이다.

1-2-2. 의미: 형식·정신·리듬

시의 '시의(詩意)'는 '규칙'과 '정신' 그리고 '리듬'을 갖는다. 규칙은 수사학의 형식이며, 정신은 수사학을 움직이는 시인의 주제 '방향성'이다. 그리고 리듬은 텍스트를 통일하는 유동성의 힘이다. 시인은 수사학적 재능과 수사학을 지배하는 정신을 지닌다. 정신은 수사학적 재능과는 달리, 수사학을 지배하는 시인의 영혼이다. 시는 '정신작용'의 비감각체이고, 시의 투사물인 '텍스트'는 '감각체'의 기호물이다. '투사'를 통해 '시의'가 '시표'에 투영됨은 언급한 바와 같다. 이제 우리는 이 글에서 '시'를 대신하는 명칭으로 '텍스트'를 사용하기도 할 것이다. 눈에 드러나는 텍스트를 대상으로 하여 기술하는 것이 독자에게는 이해가 쉬울 것이기 때문이다. 물론, 우리가 기술하게 될 '시'는 형식·정신·리듬의 함의체이다. 이제 이 글에서 '텍스트'는 '시'로 바꾸어 읽어도 무방하다. 시의는 의미체이다. '의미(미학성)'는 시와 텍스트의 불가분 조건이다. 형식이 감각을 지배하는 수사학적 규칙이요, 정신이 수사학을 지배하는 방향성의 힘이라면, 리듬은 텍스트를 통일적으로 조직하는 힘이다. 주제는 비유의 형식을 지배한다. 그러나 역으로, 주제가 요구한 수사학의 형식은 주제를 가장 직접적으로 표상하고 지배한다. 특화된 형식은 특별한 정신계의 의미작용을 표상한다. 접촉자(독자, 비평가)인 우리는 텍스트를 제작하는 시인과는 달리 텍스트로부터 주제와 형식적 감각의 규칙, 그리고 리듬을 분리하여 인식하지만, 실제의 텍스트는 주제와 규칙 그리고 리듬이 유기적으로 형성된 하나의 의미적 실체이다. 텍스트를 제작하는 시인의 관점에서는 '의미는 리듬의 고려하에 생성'된다. 그러나 텍스트를 접하는 독자의 관점에서는 '리듬은 의미에 의해 생성'된다. 텍스트 제작 과정의 시인과 달리, 완성된 텍스트를 접하는 우리의 입장에서는 텍스트로부터 의미와 리듬을 분리하여 지각한다. 그런 과정에서 '리듬'이라는 심리적 감응이 일어난다. 텍스트를 제작하는 시인은 의미와 리듬 그리고 미학성을 별개로 조합하여 구성하지 않는다. 그들 각 요소들을 고려하기보다는 비의식 직관의 형식에 의해 전일적으로 텍스트를 구성하며, 그 과정에서 반추의 형식으로 수정을 가하여 시미학을 완성한다.8) '미학성'이라고 부르는 '쾌감'은 의미의 인지와 그에 따라 생성되는 리듬의 융합으로 생성되나, 실제에 있어서 의미와 리듬은 분리되어 있지 않은 단일의 실체이다. 의미와 리듬의 분리적 현상은 대상에 대한 우리의 선형적(linear) 인지 방식에 기인한

---

8) 텍스트를 수정 없이 단 한 번의 기술로 완성할 수도 있다. 이것은 앙드레 브르통이 이름 붙인 바 있는 소위 자동기술법인데, 자동기술은 비의식과 의식의 동시적 수행으로 가능하다.

다. 문화는 동일화의 표상에 의한다. 동일화, 그것은 지식 생성의 생래적 수단이자 상징의 원리이다. 인간의 인식 기관은 존재를 전체로서 직관하지 못하고 부분적으로 접근한다. 우리는, 일자로서의 시공간의 인식을 통시성 이전에 공시적 관점에서, 그리고 입체나 단면도적 표상이 아닌 선적인 표상에 의한다.

1-2-3. 의미9)와 각주

리듬은 의미10)의 연결로 생성된다. 따라서 의미의 인지가 없으면, 리듬의 인식은 불가하다. 의미의 단위는 각 시어·구·문장들과 텍스트 전문, 나아가 우리가 주註라고 말하는 자료를 포함한다.

의미는 사전적 의미의 '지시적 의미'와 사전 밖의 '비유적 의미'가 있다. 앞서 언급했듯 비유의 규칙은 텍스트에는 기술되지 않는다. 그것이 시의 텍스트의 규칙이다. 시의 규칙은 텍스트에서는 기술되지 않는 무언의 의미의 약속이다. 그런데 규칙이 기술되지는 않지만 우리는 규칙의 의미를 이해한다. 그러나 이해되지 않는 규칙들이 있다. 그것은 통상의 약속이 아닌 새로운 '형식'이다. 실험적 시편에서 우리는 그러한 약속의 규칙을 만나게 된다. 이때, 새로운 창조적 약속에 대한 '의미'는 별도의 '각주'의 탐색을 요한다. 왜냐하면 텍스트에서 규칙은 기술되지 않기 때문이다. 그것이 텍스트의 무언의 규칙임은 앞서 말한 바와 같다. 텍스트가 비유의 규칙

---

9) 소제목의 '의미'는 '시의'로서의 의미임. 이때의 '의미'는 '형식·리듬·정신'에 의한 통일적 의미임.

10) 여기서는 단순히, '뜻(기호의 기의)'으로 사용한다. 이하 '2~3'의 본문의 '의미'는 모두 '뜻'으로 사용됨.

을 설명하지 않음은 미학성의 문제이다. 시의는 텍스트라는 질료의 공간에 얽매이지 않는다. 그러한 '시의'는 각주를 포함하며 끊임없이 각주를 생성해 낸다. '시'의 자기 재귀적 세미오시스를 수행한다.

각주는 상호 텍스트적이다. 각주는 시인의 또 다른 시편들과 관계자들의 비평 그리고 시인의 시정신과 사상을 포함한다. 각주는 리듬과 함께 의미의 그물을 짠다. 텍스트는 전경화된 각주이다. 각주는 텍스트의 시공간적 배경과 후경이다. 현대미술은 주석이 곧 작품성을 결정한다. 물리적 표상의 미학성은 보조적 수단에 불과하다. 각주는 '상징'의 '원관념'이다. 사유의 세계로 흐르는 현대시, 특히 실험적 텍스트에 있어서 각주는 우리가 먼저 이해해야 할 '시의'의 영역이다.

1-3. 리듬

우리들 독자와 비평가의 입장에서는 텍스트와 접촉 시 의미의 인식이 일어나고 리듬이 생성된다. 접촉하는 우리들의 관점에서 리듬은 이미지의 전개에 따른 안정감과 쾌감 등의 심리적 감응 현상이다. 텍스트에 외형적 리듬소(음운 등)와 '원형'이 개입될 경우 심리적 현상의 흐름이 격렬하여 신체적 움직임으로까지 발전될 수 있다. 그러나 현대의 사유 중심 시편의 리듬은 정태적 질서의 형성에 그친다. 내재율은 사고의 흐름에 관계한다. 리듬은 의미의 형성에 있어 개별 의미소, 즉 시어와 시문 간의 원근법과 질량감의 비례적 조화에 의해 생성된다.

산문과 운문의 결정은 내재율과 외형률에 의한 것이 아니다. 그
것은 '정신'이 결정한다. 정신의 방향성이 외형률과 내재율을 결정
한다. 정동성은 외형률의 형식으로, 사유의 미학은 내재율로 나타
난다. 물론 사유 미학에 외형률을 사용하기도 한다. 철학적 시편의
경우에 그러하다. 그리고 서사시처럼 정동성을 내재율에 담을 수도
있다. 외형률은 정동성의 리듬이다. 정동적 감흥의 미학을 위한 리
듬이다. 내재율은 근·현대로 접어들어 시가 보다 지적 작용을 요
구함으로써 관심을 가지게 된 리듬이다. 내재율은 외형률의 시편에
도 내재한다. 내재율의 시에도 외형률은 자리하고 있다. 의미와 음
향의 일치, 자·모음의 음향 등은 내밀한 리듬을 이루어 텍스트의
통일에 기여한다. 내재율은 지적 사유의 미학을 위한 리듬이다. 외
형률은 음운이나 형태소와 같은 거시감각의 청각이나 시각에 호소
하지만, 기본적으로 텍스트의 미학적 조율 위에서 진행된다. 외형
률과 내재율은 모두가 의미의 형성과 그 통일성에 기여한다. 외형
률과 내재율은 텍스트의 구조적 통일을 추구한다는 점에서는 모두
가 동일한 기능을 갖고 있다. 산문시는 리듬을 정화하여 사유적 질
서의 세계로 이행한다. 이것은 내재율의 특성이다. 운문시는 리듬
을 동적으로 발전시켜 사유보다 춤과 노래의 행위 형식으로 이끈
다. 이것이 외형률의 특성이다. 그러나 운문시의 리듬 역시 기본적
으로 텍스트의 미학적 조율 위에서 진행된다. 미학적 조율 위에서
외형률은 정동적 요소를 갖고 있고, 내재율은 텍스트 구조 내면의
황금률 흐름에 치중한다. 외형률은 물질성이고 내재율은 정신적이
다. 외형률은 행위적이고 내재율은 사유적이다.

　리듬은 기호를 둘러싼 사고와 감정의 움직임이다. '의미의 진동

과 유동’은 리듬의 중요한 양태의 하나이다. 리듬은 기호의 내·외연의 질서와 조화는 물론 기호와 기호 간의 질서와 조화를 생성한다. 리듬은 기호가 지닌 감각의 표상들 크기, 질감, 빛과 형상 등을 조율하고 배치한다. 훌륭한 미학의 통일성은 매혹적인 시인의 정신 ‘리듬’으로 구현된다. 물론, 시의 훌륭한 미학성은 궁극적으로 리듬과 비유의 규칙을 지배하는 시인의 정신에 좌우된다. 리듬은 텍스트의 통일적 구조를 형성한다. 리듬은 시어의 감각질과 교융하는 호흡이다. 리듬은 유동성 이미지로서의 ‘시’를 텍스트라는 전일적 기호체로 조직한다. 그러한 리듬은 시편의 질서와 통일을 이루며 하나의 의미로 나아가게 한다.

리듬은 ‘조화’를 이해하는 정신의 작용이다. 정신작용의 리듬 현상은 우리의 신경계를 통해 신체적 여러 기관에서 표징화되어 춤이나 흥얼거림, 발구름 등의 거시 감관적 양태로 나타나기도 한다. 한편, 직관으로서의 조화미 리듬은 언어 기호의 통사체로 표상(투사)된다. 질료적 감각과 관계된 정동성의 리듬은 강한 호소력의 미학을 갖는다. 더욱이 은유로 장식된 외재율의 리듬은 강력한 정동성의 미학을 지닌다. 리듬은 곧 텍스트의 통일과 조화이다. 비례감이나 균형의 손질로서의 퇴고는 리듬의 완성이다. 시어와 시어의 빛과 음향, 질량의 차이, 그 비례에 의한 조화와 질서의 형성은 미학을 완성한다. 좋은 퇴고는 의미로운 리듬을 이루어 낸다. 리듬은 시간적 지속으로서만이 아니라, 시간과 공간을 넘나들며 이미지를 조형한다. 리듬은 소멸되고 사라지는 것이 아니다. 리듬은 밀려드는 조수처럼 시인과 우리 자신의 조형물이 완전하여질 때까지 밀려오고 밀려간다. 리듬은 시공간적 구조의 내밀한 호흡이다. 리듬은 이미지를 조형하는 미세한 골근이자 신경망이다. 내재율은 소리 없는 움직임으로서의 물굽이다. 그 상상의 물굽이요 바람의 움직임이 텍스트의 이미지를 직조한다. 리듬은 분리되지 않은 경계들의 윤곽을 이룬다. 리듬은 이미지계의 형상과 경계들을 조형한다. 리듬은 결코 일회적 움직임의 작용이 아니다. 리듬은 시인과 우리의 내부에서 쉼 없이 움직여 기호적 조형물의 이미지가 완전하여질 때까지 물결쳐 일렁인다. 리듬은 시인과 독자, 그리고 텍스트의 내부에서 살아 움직이는 영혼 그것이다.

1 - 4. 정신

"개념 없는 직관은 맹목이며, 직관 없는 개념은 공허하다."라는 칸트의 명제는 정신과 형식의 관계를 설명한다. 이때 개념과 직관을 매개하는 칸트의 도식은 우리 시미학의 리듬에 해당한다. 시미학과 철학의 사유가 동일한 형태를 보이는 건 당연하다. 부분은 전체의 형상을 갖고 있다. 우주는 동일한 하나의 반복적 구조를 갖고 있다. 말라르메가 필연과 우연의 심층적 반복의 우주 속에서 절대의 무를 본 것은 전체로서의 통일적인 하나의 우주와 그 동일성에 기인한다. 의식에 의한 기호적 사유가 아니면 비의식의 직관과 통찰은 보다 깊이 나아갈 수 없다. 의식은 비의식의 발전에 기여한다. 의식적 반성과 확인 없는 비의식의 시의 역사가 발전이 더딘 것은 그러한 까닭이다. 칸트가 과학과 달리 천재에 의한 시 · 예술이 교수되지 않는다고 보았던 것은 시 · 예술이 비의식에 의존하기 때문

이다. 비의식은 부단히 의식에 의해 반추되고 그 원리가 정리되어
야 한다. 비의식의 직관은 의식의 상태에서 기호체계로써 풀어내어
져야 한다.

수사학적 '형식'의 운용은 비의식의 정신작용이다. 그것은 주어
진 재능이다. 칸트는 시적 재능인 구상력의 표상(비의식의 정신작
용)을 학습으로는 얻을 수 없는 천부적 재능으로 여겼다. 아리스토
텔레스 역시 '은유(비의식의 정신작용)'의 재능을 천분으로 이해했
다. 그러나 오늘날 유전학적 연구들에 의하면 타고난 재능과 학습
은 상호보완적이다. 우리의 관점에서 역시, 형식의 재능과 리듬의
감각은 일정 수준에 있어 노력으로써 충분히 도달할 수 있다. 문제
는 **수사학의 방향성에 관한 '정신'**이다. 오늘날 시단은 지나간 시
대와는 달리 정신보다 수사학적 기교, 즉 '형식'에 치중한다. 기호
를 사용하는 형식은 '시'를 '감각체'로 나타내는 '표현법'이다. 시
인이 되고자 한다면 우선 관심을 가져야 할 '대상'이다. 형식이 곧
내용일 수는 있으나 이때의 형식은 시인의 정신(사유와 의지)의 방
향성, 즉 '사상'에 의해 '생성된 형식'이다. 형식은 주제를 품지만
형식은 주제에 의해 유도된다. '정신' 없이 '형식'은 생성되지 않는
다. 상보적 관계의 형식과 정신은 본질에서 하나로 연결되어 있다.

'창조적 형식'은 '창조적 정신'에서 나온다. 주제적 정신 없는 형
식은 맹목이다. 우리는 비의식의 정신작용의 무질서한 기호의 시편
을 대할 때가 있다. 새로운 비유의 기호물이지만, 통일적 의미를
지니지 못하다면 '맹목' 비유이다. 때로, 리듬의 부재로 인한 통일
성의 결여가 있다. 그것은 수사학과 리듬의 미숙일 수 있다. 그러
나 크로체의 말을 빌리자면 '표현되지 않은 정신은 직관되지 않은

것'이다. 의미는 비유의 형식과 함께 통일적 리듬이 주요한 요소를 이룬다. 그러나 정신은 의미의 구성을 위해 형식과 리듬을 지배하는 보다 본질적 의미소이다. 형식과 리듬은 정신의 발현을 도울 수는 있으나 정신을 지배하지는 않는다. 하지만 정신은 형식과 리듬을 결정한다. 정신의 중요성은 거기에 있다. 정신과 재능은 '성실'을 요한다. 그리고 '정직'에 바탕을 둔다. '정직'은 '순수'를 의미하며, 종국에 정신은 순교로 나타난다. 이때의 시인은, 시인 개인이 아니다. 시인은 우주적 정신이다. 우리는 그러한 전형을 말라르메에게서 볼 수 있다.

> 난 사고(思考)하기 위해서는 아직도 거울 속의 나를 들여다봐야만 한다네. (……) 내 말은 난 이제 비(非)개인, 즉 자네가 알고 있었던 스테판이 아니라 정신적 우주가 과거의 나를 통해 자신을 바라보고 또 자신을 전개코자 하는 하나의 성향이라는 것을 자네에게 알리는 걸세(서한, 카잘리스에게, 1867년 5월).[11]

위의 서한을 쓰던 당시 시인은 사실 죽음의 문법을 결행하고 있었다. 이후 말라르메는 "명료한 프랑스어에 대한 살해자", "온갖 형태적 광기의 폭발", "통사의 규칙 없이도 시가 성립될 수 있다고 믿는 불완전한 예술가" 등등 당시 시단의 몰이해 속에서 온갖 악평을 감내한다. 이후 말라르메는 불후의 시편 「주사위 던지기」와 「이지튀르 혹은 엘베농의 착란」을 발표하고 이듬해에 '후두 경련'으로 사망한다. 말라르메는 평생을 시에 순교한 시의 수도사였다.

---

11) 『말라르메』, p.63.

1-5. 정진규의 실체시와 시정신

1-5-1. 내·외형률의 전일화를 통한 실체시

> 어쩌랴, 하늘 가득 머리 풀어 울고 우는 빗줄기, 뜨락에 와 가득히 당도하
> 는 저녁나절의 저 음험한 悲哀의 어깨들 오, 어쩌랴, 나 차가운 한 잔의
> 술로 더불어 혼자일 따름이로다 뜨락엔 작은 나무 椅子 하나, 깊이 젖고
> 있을 따름이로다 全財産이로다
> 어쩌랴, 그대도 들으시는가 귀 기울이면 내 幼年의 캄캄한 늪에서 한 마
> 리의 이무기는 살아남아 울도다 오, 오쩌랴, 때가 아니로다, 때가 아니로
> 다, 때가 아니로다 온 國土의 벌판을 기일게 혼자서 건너가는 비에 젖은
> 소리의 뒷등이 보일 따름이로다
>
> — 「들판의 비인 집이로다」 부분

1960년 등단을 전후하여 정진규는 외형률에 가까운 은유적 정동
성의 율문의 미학을 구사하였다. 그러한 정진규의 리듬 의식은 그
의 실험의식과 시정신으로 인해 변화를 보인다. 정진규는 은유적
율문을 배제하고 실체시로 나아간다. 정진규는 "<상징이란 추상적
인 심리상태의 그림만이 아니라 실체를 지니고 있는 존재>라는 새
로운 명제에 충실해 오고 있"다고 말한다.[12] 비유는 보는 자에게
현전한다. 상징이 실체임을 보고자 하는 정진규의 '눈'은 우리가
보지 못한 또 하나의 세계를 보아낸다. 정진규는 산문체의 수용에
관해 "서정적 억양으로서의 리듬<행갈이 시들의 리듬>과 암시적
인 언어가 지니는 이미지로서의 리듬 같은 것을 접합시킬 수 있는
생체적인 호흡률이 산문 고유의 리듬에 있음을 발견"[13]하였다고

---

12) 산문 「시의 페르몬에 대하여」(2000년).

말한다. 정진규 시인은 시의 공소성 극복과 대립적 세계상의 포월 수단으로 산문율을 택한 건 산문율의 양가적 여유로움에서 가능했다고 말한다. 이것은 지금까지는 다른 논의자들이 인지하지 못한 중요한 문제이다. 정진규 시인은 '서정적 행갈이 시의 리듬과 지적 사유의 이미지 시의 리듬'이 대척적이 아니라 공존할 수 있음을 인식한 것이다. 그러한 시인은 "내가 원시적으로 느꼈던 이미지의 리듬 (……) 또한 몸으로 감지된 최초의 생명률(生命律)이었음이 분명하다."[14)며 리듬을 '몸의 생명률'로 인식함을 보여 준다. 정진규 시인에게 내재율과 외형률은 모두 '몸으로 감지된 생명률'이라는 점에서 하나로 만난다. 그런 정진규 시인의 전일적 '몸의 리듬'은 또한 전일적 세계관의 구현을 위한 시인의 '정신'과 하나로 만난다. 몬트리올 대학교의 루시 부라사 교수에 의하면, 앙리 메쇼닉은 리듬을 '주체의 체계'로 파악한다. "운율학은 얼간이들의 리듬 이론"이라고 비판하는 메쇼닉은 리듬을 의미작용 전체를 조직하는 힘으로 이해한다. 그러한 메쇼닉의 리듬론과 이미지 중심의 엘리어트는 리듬을 내적 구조의 통일을 위한 의미소의 기능에 리듬의 가치를 두는 경향에 있다. 그들은 정동적 음악성을 낙후된 리듬론으로 치부하려는 경향을 보이며, 그러한 외형률의 리듬은 지적 구성의 내재율과는 상치되는 것으로 이해하는 듯한 인상을 주는 것이 사실이다. 그러나 정진규는 파스나 메쇼닉과는 달리 외형률과 내재율을 '산문율'이라는 양식에서 하나로 만날 수 있음을 지적한다. 엘리어트와 메쇼닉은 정동성의 리듬을 지양하고 지적 조화와 질서미의

---

13) 제13시집 『껍질』의 산문.

14) 『문학의 문학』, 2008년 봄호.

리듬을 지향한다. 그러나 그들이 비중을 두는 이미지를 대상으로
한 지적 조화미의 리듬과는 달리 정동성 리듬의 시미학은 우리로
하여금 원형과 카타르시스를 수반하여 주제적 정신을 행동으로 실
행하게 한다.

엘리어트, 옥타비오 파스, 앙리 메쇼닉 등은 리듬을 이미지, 통일
성, 의미로 연결 짓는다는 점에서는 우리의 견해와 유사하나, 내재
율을 중심으로 리듬을 이해한다. 그러나 외형률 역시 이미지, 통일
성, 의미를 조율하는 제1원인자라는 점에서 내재율과 동일한 기능
을 갖고 있다. 다만, 내재율이 지적 사유의 생성으로 나아가는 반
면, 외형률은 감흥적 이미지의 생성에 더 유효하다. 살펴보았듯, 정
진규는 외형률과 내재율의 이질성보다는 동화성을 추구한다. 그러
한 정진규는 "內在律은 시의 외면을 감싸는 聽覺上의 것만이 아니
다. 생명의 肉體를 부여받은 충만한 정신의 소산"이라고 말한다.

사실, 외형률과 내재율은 공히, 텍스트의 내적 구조를 통일하는
호흡의 기반 위에서 각각의 고유한 성질을 드러낸다. 정진규는 그
러한 사실을 이해하고 있었다. 내·외형의 호흡률을 대척적 관점에
서 이해하는 듯한 파스나 메쇼닉 등과는 달리 정진규는 전일적 몸
의 사유로써 그 둘의 리듬을 모두 받아들여 몸의 리듬으로 육화해
낸다. 그것은 정진규가 리듬을 '이미지의 흐름'으로 이해한 것에서
도 드러난다. '이미지'는 공간적이요 사유적인 반면, '흐름'은 시간
적이요 질료적 운동성을 함의한다. 그런 까닭에 '이미지의 흐름'은
시공간성을 아우르고 있으며, 지적 사유의 내밀한 리듬과 사물 그
리고 주체의 움직임을 함께 드러내고 있다. 리듬은 이미지를 조형
하는 구조이자 힘으로서 전前 기호적 통사체계이다. 리듬은 시인의

정신을 조직하는 생명의 혼 그것이다. 리듬은 의미를 조직하는 텍스트와 이미지의 맥이자 텍스트의 기표를 구성하는 배면의 기운이다. 리듬은 소리만이 아니라 모든 공간적 구성소인 기하학적 양태와 시간적 길이 또한 리듬을 생성하는 같은 척도의 가치를 갖는다. 정진규는 일찍이 시의 리듬의 내면적 본질과 근원적 의미에 깊이 눈을 뜨고 있었다.

'몸'은 정진규에게 '실체적 삶', '실체'를 대변하는 '기호'이다. '몸의 생명률'이란 '실체적 리듬'으로 환치할 수 있다. '실체적 리듬'은 곧 고백체 실체시의 내재율로 환치된다. 그러한 정진규의 고백체 실체시는 '상징의 동일성의 공소성空疎性"을 극복하기 위한 구체적 통사 형식의 실천이다.

1-5-2. 정진규 시의 기호들

"시의 리듬을 몸으로 담아"내는 정진규는 '시'가 언어기호로만 나타내는 것이 아님을 알고 있다. 뿐만 아니라, 정진규는 서체 미학을 통해서도 시 리듬과 정신을 표현해 낸다. 정진규에게 '시'는 문자기호 이전에 정신의 세계이다. 그런 시인은, 시정신을 언어만이 아니라 율동과 서체 등 다양한 기호로 나타낸다. 앞에서 우리는 '시'에 관해 시의와 시표의 영역으로 대별하여 살펴보았는바, 정신에 대한 기호의 다양한 대응성을 이해할 수 있을 것이다. 우리의 이러한 생각과 마찬가지로 브르통 역시 쉬르레알리슴 선언문에서 "입으로 말하든 붓으로 쓰든 또는 다른 어떤 방법에 의해서이든 간에 사고의 참된 움직임을 표현하는 것. (……) 사고의 구술"이라고 하였으며, 파스 또한 "시인의 사명은 세계와 감각과 정신 사이에 다리를 만들기 위하여 창조의 리듬을 듣는 것. 그러나 동시에 보는 것이며 만지는 것"[15]이라고 한 바 있다.

정진규 시인의 리듬에 대한 이해와 깊이는 남다르다. 시인은 제4시집 『매달려 있음의 세상』을 출간하는 1979년에 <현대시를 위한 실험무대>[16]와 시극 「빛이여 빛이여」[17]를 공연한 바 있다. 시와 무대에 관한 관심은 <시춤>으로 이어져 「따뜻한 상징」,[18] 「오열도」,[19] 「먹춤」,[20] 교향시 「조용한 아침의 나라」[21] 등의 공연으로 이어졌다.

2002년에는 한국 현대시 100인의 시를 붓글씨로 쓴 詩書展[22]을 가졌으며, 2004년에는 두 번째 「먹춤」공연을 가졌다. 또한 2005년 프랑크푸르트에서 출간한 독일어 번역 시집의 제명은 "말씀의 춤 (Tanz der Worte)"이기도 하다. 2004년 먹춤 공연에 대해 정진규는 "<몸詩>의 일단을 말씀처럼 降神의 표출행위로 나타내고 싶은 내면의 狂氣 같은 것이 있었"다고 말한다.

> 50m의 흰 광목에 즉흥시를 춤을 추며 써내려갔습니다. 시의 리듬을 몸으로 담아내었지요……〈시는 몸으로 시의 玄府를 드나드는 生命律의 춤사위, 말씀의 步法임을 시인들은 깨닫고 있습니다〉……〈너와 나 사이를 지

---

15) 옥타비오 파스, 김홍근 · 김은중 역 『활과 리라』(서울: 솔출판사, 1998), p.121.
16) 극단 〈민예극장〉.
17) 허규 연출.
18) 창무춤터, 1987.
19) 김숙자 무용단, 문예회관, 1988.
20) 류기봉 포도밭, 1990.
21) 장일남 작곡, 세종문화회관, 1990.
22) 한국문화예술진흥원 마로니에 미술관.

나가는 다름의 빠듯한 그림자여, 빼곡한 틈이여, 그게 먹빛이다 내 運筆은
그 칠흑의 어둠을 섬긴다〉 내 〈몸詩〉의 일단을 말씀처럼 降神의 표출행위
로 나타내고 싶은 내면의 狂氣같은 것이 있었습니다.[23]

언급하였듯, 우리는 시인이 정신을 기호로 나타냄에 있어, 굳이 문자를 써야만 한다고 생각하지는 않을 것이다. 기호 표상의 방식 그것은 말로 하든, 퍼포먼스로 하든, 선적 방식의 침묵으로 행하든 마찬가지이다. 정진규는 문자기호가 춤의 기호와 교류함으로써 두 기호의 동일성을 확고하게 체득하고 있기도 하다.

"너와 나 사이를 지나가는 다름의 빠듯한 그림자여, 빼곡한 틈이여, 그게 먹빛이다 내 運筆은 그 칠흑의 어둠을 섬긴다"라는 말에서 우리는 분극적 대립구도를 초월하고자 하는 정진규의 시정신을 다시 한 번 확인할 수 있다.

1-5-3. 시를 위한 순교

정진규는 등단 무렵 그의 자산과도 같은 유장하고 향기로운 율문의 시성을 내던지고 몸詩, 알詩 등 황량한 사막의 고행을 참선하듯 수행해 나간다. "죄송하다 나 또 다시 떠난다", "나 또 다시 떠난다 그게 그거니까 말이다 내 말씀의 춤이 굳어 있으니까 말이다", "어쩔 수 없다 방황을 해볼 작정이다", "찾지 마시압, 아무도 찾지 마시압, 허리 굽혀 홀로 물 푸는 사람, 들판에 홀로 물 푸는 사람"(「말씀의 춤을 위하여」)이라고 읊고 있다. 그러한 정진규 시인의 고백체 리듬은 텍스트 구성의 최소한 질서와 균형의 기능에 그

---

23) 정효구, 『정진규의 시와 시론 연구』(서울: 푸른사상사, 2005).

친다. 은유 또한 철저히 배제되어 그의 텍스트에는 사물과 사태만 남는다. 그런 정진규 시인은 모든 수사학을 벗어던지고 들판에 맨몸의 정신 하나만으로 서게 된다. 그런 시인은 "나는 앞서 가고 싶었다. 칭송받고 싶었다. 그러나 그것은 처음부터 잘못 든 길이었다.", "낭만적 투사投射와 <거리>가 상상력이라는 이름으로 죽은 이미지들을 날조해 내고 있다."[24]고 고백한다.

"제일 두려워했던 것은 내 시 속에 내 나이가 맨몸으로 들앉아 있지나 않을까 하는 것이었는데", "이젠 아니다 正面이다 그간 나는 은유에 속았다", "박대하지 말라 제대로 늙자 물푸레나무를 오얏나무라고 우기지 말자 다리를 놓고 강을 건너지 말자"(『본색』)라고 하는 시인은 은유적 율문의 포기와 실체시에 대한 결행을 후회는커녕 오히려 더 결연한 의지를 내보인다. 우리는 정진규의 시에서 정신과 형식, 리듬이 하나로 만나는 전일화의 '실체시'를 볼 수 있다. 그러나 그의 '실체시'는 마치 자신의 몸을 태우고 말려 제물로 바치려는 참선 고행의 수사처럼 깡말라 하나의 정신으로만 빛을 내고 있다. 등단 무렵의 유려한 은유와 정동성의 시성을 모두 버리고 홀연히 사막으로 고행을 나선 정진규 시인의 정신은 실로 범상하지 않다. 그러한 정진규 시인의 오랜 고행의 실험정신은 그 자체만으로 우리에게는 미스터리하며 놀라움을 주는 일이다. 그러한 시인에게 우리는 '시'의 그 어떤 본질적 문제 앞에 시인이 순교하여 왔다고 말할 수밖에 없다. 시인 정진규는 진정 이 시대에 몇 안 되는 시를 향한 순교자의 한 사람이다.

이제 우리는 정진규 시인의 실체시의 세계를 먼저 텍스트의 통

---

24) 정진규, 「몸의 말」(2000).

사 양식을 통해서 확인하고, 아울러 전일적 통일성의 리듬성을 살
피며, 후반부에서 통사를 지배하는 시정신과 이미지를 표상하는
'주제' 그것의 깊이를 확인할 것이다.

2장 리듬에 관하여

2-1. 전일성

> 한밤에 홀로 연필을 깎으면 향기론 영혼의 냄새가 방 안 가득 넘치더라고
> 말씀하셨다는 그분처럼 이제 나도 연필로만 시를 쓰고자 합니다(……중
> 략……) 잘못 간 서로의 길은 서로가 지워드릴 수 있기를 나는 바랍니다
> 떳떳했던 나의 길 진실의 길 그것마저 누가 지워버린다 해도 나는 섭섭할
> 것 같지가 않습니다 나는 남기고자 하는 사람이 아닙니다 감추고자 하는
> 자의 비겁함이 아닙니다 사랑하는 까닭입니다 오직 향기론 영혼의 냄새로
> 만나고 싶기 때문입니다
>
> — 「연필로 쓰기」 부분

정진규는 남다른 그만의 삶의 화두를 틀어쥐고 평생을 작업해
왔다. 그것은 '몸詩', '알詩' 등으로 이어지는 일련의 시 세계의 화
두들이다. 그러나 그것은 상징을 위한 상징이 아닌, 실체와 하나
되기의 상징이다. 위 시는 정진규의 제6시집 『연필로 쓰기』에 실린
산문시로서 분극적 대립구조의 세계상황에 대한 화해와 초월의 의
지와 심경을 노래한 대표적 시편이다. 정진규는 그러한 세계 인식
의 상황 속에서 시를 쓰는 심경에 대해 1993년의 산문 「비애의 장
르」에서 "뼈로 돌아가면 살이 그리고 살로 돌아가면 뼈가 그리운
그 반복의 거리에 나는 언제나 시라는 슬픈 융단을 깔고 있었
다……<나>라는 개체는 안과 밖으로 양분되어 있는 존재가 아닙
니다. 육체와 정신이 따로 있는 것이 아닙니다."[25]라고 말한다. "아

---

25) 『질문과 과녁』, p.36.

주 어려서부터 시달려 왔던 안과 밖, 개인과 집단, 나와 사물 또는 사물과 사물 사이의 문제, 그 거리를 어떻게 하나로 엮고 화해시켜야 할 것인가."26)를 고뇌했던 그는 1994년 제9시집 『몸詩』의 「자서」에서 "소년시절부터 영성적인 것으로서의 詩性과 육신적인 것으로서의 散文性 사이에서 상처투성이가 되어 여기까지 흘러" 왔음을 회상한다. 또한, 같은 해에 한 산문에서는 "시詩란 보이지 않는 것을 보이게 하는, 안과 밖이 하나의 몸으로 다시 태어나게 하는 가장 적극적인 사랑의 실체화라는 깊은 깨달음이었다."(「녹두따기와 고봉밥」)고 말한다. 이것은 이제 정진규가 세계와 세계는 물론 자신과 세계의 간극들을 초극하고 자신의 산문화 양식으로 자유로이 운용할 수 있음을 드러내 보여 준다.

성기옥은, 1991년 정진규 시선집 『말씀의 춤을 위하여』의 해설에서 "정진규의 시에 있어 산문시는 깨달음의 선문(禪門)으로 들어서는 중심통로인 동시에, 깨달음을 엮어나가는 구체적 형식 그 자체"임을 확인하고 있다. 다시 말해 이것은, 정진규의 산문시는 텍스트의 '의미론'과 '통사체'를 동시에 하나로 구현해 나가는 시도라는 것이며 '구체적 형식'이란, 이미 우리가 알고 있듯 정진규의 산문체의 양식으로서, 그의 산문시 형식은 정진규의 세계관을 보다 분명히 드러내게 하는 '통사 기제' 그것이라는 말이다. 이에 관해서 정진규는 산문 「게으름에 대하여」를 비교적 근년의 책인 제12시집 『本色』(2004년)에도 수록함으로써 그의 시 사상과 신념을 다시 한 번 드러내고 있다.

---

26) 『질문과 과녁』, pp.137~139.

내 시가 지니는 律의 무늬도 환상의 파도도 깨달음의 별빛도 이것으로 자
유로웠다……〈노래〉를 행갈이 시에만 가두려는 규범이 나는 답답했다.
……〈내 일상으로부터〉, 〈역사와 사회로부터〉, 〈모든 사물로부터〉, 〈모든
깨달음으로부터〉, 〈모든 노래들로부터〉, 〈남이 쓴 시로부터〉, 심지어는 〈나
의 시로부터〉, 〈화자 우월성으로부터〉, 〈몽상으로부터〉, 〈시라는 것 자체로
부터〉 나의 시쓰기는 자유롭기를 끊임없이 꿈꾸고 있다.
　　　　　　　　　　　　　　　　　　　　　　　- 산문 「게으름에 대하여」에서

정진규는 "詩는 자신만이 지니고 있는 性靈의 本體 탈환이다.
시는 그 행동양식이다."라고 말한다. 2005년 정효구와의 대담에서
정진규는 그간의 감회를 이렇게 서술하고 있다. "그러니까 〈몸〉
은 갈등으로 양분되어 있는 단계의 정신과 육체, 그 육체로서의 개
념이 아니라 하나로 아우른 극복과 승화의 실체라 할 수 있습니다.
나는 이러한 몸을 시간 속의 우리 존재와 영원 속의 우리 존재를
함께 지니고 있는 실체라고 정의한 바가 있습니다. 갈등의 세월은
길었고 이 말은 어느 순간 내게 그야말로 전광석화처럼 왔습니다.
구원은 그렇게 오는 것인가 봅니다."라며 정진규는 시집 『알詩』의
자서를 다시 인용하며 "소리와 뜻이 한 몸을 이루고 있는, 몸으로
경계를 지워낸 이 절대 순수 생명체에 기대어 지금 이 어두운 통로
를 어렵게 헤쳐 나가고 있"다고 피력한다.

2-2. 산문체 통사 형식의 실험

〈상징＝실체〉의 인식에 이르기 전의 과정으로서 정진규는 산
문율의 교융交融적 성질을 인지하고 분극적 대립구조의 세계상을

조화시키고 화해시켜 나가기 위해 산문율을 도입한다. 완전한 산문시는 정진규 시인이 밝힌 바와 같이 1977년의 제3시집의 「들판의 비인 집이로다」이다. 그러나 정진규는 1965년 첫 시집 『마른 수수깡의 平和』에서 「朝刊」, 그리고 1971년의 제2시집 『有限의 빗장』에서 「꿈 一」, 「꿈 二」와 같은 행갈이가 없는 산문시를 쓰고 있다. 물론, 그 시편들에는 「들판의 비인 집이로다」에서와는 달리 시문마다 '마침표'가 있다. 마침표를 사용하기는 했지만 행갈이를 사용하지 않았다는 점에서 정진규는 등단 초기부터 산문시를 실험하고 있었던 셈이다. 아무튼 정진규는 그 시편들을 시작으로 해서 이후 오랜 기간 동안 산문시의 통사 형태의 실험에 집중한다. 앞서 제2시집에서의 마침표를 사용한 「꿈 一」, 「꿈 二」로부터 시작해서 정진규는 제3시집의 「들판의 비인 집이로다」에서 처음으로 마침표를 제거한 완전 형태의 산문시를 선보인다. 그러나 제3시집에는 센텐스마다 여전히 마침표를 사용한 다수의 시편들이었다. 그리고 1979년 제4시집 『매달려 있음의 세상』에서도 역시 마침표를 사용하고 있다. 1983년의 제5시집 『비어 있음의 충만을 위하여』에서는 각 시편의 본문 중엔 마침표가 없고, 시편의 종결부에만 마침표를 붙인 것이 눈에 띈다. 아직도 산문시의 통사 형식에 대한 그의 실험은 진행 중임을 엿볼 수 있다. 그런데 이 제5시집에 정진규 시인에게는 중요한 또 한 가지의 실험이 시작되고 있음이 나타난다. 다음 장에서 상세한 언급이 있겠지만, 그것은 다름 아닌 '고백체'이다. 그리고 다른 한두 가지를 더 언급한다면 「한 곳에 머물기」라는 시편을 통해서 '몸과 마음, 안과 밖의 이원구조의 해결 의지'를 드러내고 있다는 것이며, 다른 하나는 「말씀의 춤을 위하여」를 통해 완전 산문시 체제 구사의 의지가 예단된다는 점이다.

> 내 몸과 내 맘은 언제나 한곳에 모여 살지를 못합니다 이것이 나의 아픔
> 중의 아픔입니다. 쉽게 말씀드리자면 내 몸은 내 몸이 아니며 내 맘은 내
> 맘이 아닙니다 여기에 있으라, 저기에 있으라, 별들이 간섭을 하고 한 줄
> 기 바람 소리가 간 합니다 (……중략……) 이제 알겠습니다 한곳에 머물
> 기, 한곳만의 평화, 저녁 창가의 따뜻한 불빛, 내가 머물 한 채의 집은 내
> 가 지어야 했습니다(……후략……)
>
> — 「한 곳에 머물기」 부분

그리고 1984년 제6시집 『연필로 쓰기』에 대해 이탄 시인이 '산문시'라는 명칭을 붙였듯이, 비로소 정진규 시인은 전편 모두 마침표를 제거한 완전 산문시의 양식을 확립하게 된다. 그리고 또 한 가지 간과할 수 없는 사실은 이 제6시집에서는 또 한 가지 중요한 변화가 있는데, 제5시집에서 시도한 고백체가 '경어체'였던 반면에 제6시집에서는 경어체를 버리고 예사체의 완전 고백체가 시작된다는 사실이다. 이 사실의 중요성은 뒷장에서 상술할 것이다. 아무튼 제6시집 『연필로 쓰기』에서 비로소 정진규의 완전 산문시 형식이 정립된 한편, 완전 고백체가 시도되었다. 비로소 정진규다운 정진규 시인이 탄생한 것이다. 그러니까, 이것은 1960년 등단 이후 1984년의 일이니까 거의 24년 만에 그가 다시 태어난 셈이다. 완전 산문 형식의 시체와 진정한 고백체의 형식을 갖춘 정진규는 이러한 시 형식의 통사체를 운용하면서, 이제는 '의미론적' 사상을 구체적으로 구현시켜 나가고자 노력한다. 그것은 '몸詩'의 시도에서 완연히 드러난다. 그러한 실험의 결과로서 1990년 제8시집 『별들의 바탕은 어둠이 마땅하다』에서는 '몸詩'와 '밥詩' 그리고 '별'

에 관한 연작 시편들이 실린다. 정진규는 등단 초기부터 사유해 오던 분극적 상황의 세계들에 대한 화해와 초월에 관한 모색의 결과물을 일련의 일원론적 연작 시편들을 통해 극복해 내고 있음을 보여 주고 있다. 그중에서도 그는 특히, '몸詩'에 관한 애착은 특별하며, 연작 시편들 '몸詩'는 우리 한국 현대시사에서 각별한 위치를 점하는 성과물이라고도 말할 수 있을 것이다. 거리가 있는 비유일 수 있겠지만, 아인슈타인은 1935년에 「물리적 실재에 관한 양자역학적 기술은 완전한가?」라는 소위 思考실험의 글을 발표하였다. 그것은 하나의 입자를 둘로 쪼개어 서로 반대 방향으로 나아가게 하였을 때, 제1입자는 위치, 제2입자는 운동량을 측정할 경우 작용과 반작용의 원리에 따라 두 입자에 영향을 미치지 않고도 한 입자의 운동량과 위치를 정확히 측정해 낼 수 있다는 것으로 불확정성원리가 궁극적으로 불완전한 것임을 보여 준다는 것이었다. 그런데 이러한 사고실험의 예는 철학자 화이트헤드나 불확정성원리를 지지했던 닐스 보어의 상보성이론 등에서도 역시 볼 수 있다. 오늘날 현대물리학의 출구는 관찰에 의한 실험에서보다는 인간의 직관과 통찰력에 의한 사고실험에 기대를 갖고 있기도 하다. 그와 같이 기기에 의하지 않고도 수행되는 인간의 순수한 직관의 실험에 의한 연구는 순수한 이성의 한계를 지적하는 칸트의 지적을 비웃기라도 하듯 오늘날 상당히 주요한 영역으로 예의주시되고 있다. 대립적 구조의 분극 현상의 세계들에 대한 초월적 합일에 관한 정진규의 탐구와 고뇌는 한 시인의 정신적 실험 행위로서 동일한 모형의 현상계를 살아가는 우리들에게 있어 그 의미가 충분히 부여될 수 있다. 우리는 세계가 결코 분리되어 있지 않다는 것을 알고 있다. 실험이론과 이론물리는 하나의 대상에 대한 고찰이다. 실험의 드러난 외양의 형식은 다르지만 다루어지는 내용은 동일하다. 이는 두 가지 연구 결과가 종국에는 하나로 모아짐을 의미한다. 세계의 분극적 현상에 관한 의문과 그에 관한 통찰들은, 사실 인류 선각자들은 물론 『대논리학』을 저술한 헤겔, 하이데거, 데리다, 『차이와 반복』을 저술한 들뢰즈 등에 이르기까지 오늘날 현대 사상가들에게도 핵심적 관심사였다. 차이적 현상과 하나로서의 세계에 관한 그들의 정신물리적 탐구와 노력, 그 결과들은 궁극적으로 정신계와 물질계의 배면에서 하나로 모아진다. 그러한 관점에서, 정진규의 분극적 세계에 대한 고뇌와 그 초월에 관한 사유와 실험은 우리의 詩史와 정신사에 소중한 자료로서 다루어질 필요가 있다.

2-3. 산문율: '고백체'로의 이행

산문체의 줄글은 내재율, 즉 텍스트의 시·공적 호흡률과 관련된다. 정진규의 산문체는 의식계의 대립 구조를 초월한 하나로서의 자유로운 춤으로서의 '詩作 행위'이다. 그의 시 세계는 대립 구조의 세계를 벗어나 온전한 하나로서의 우주를 이해하고 살아내기 위한 과정이다. 그는 '산문체'의 형식을 그의 분극적 세계로부터 구원과 초월의 사다리로 삼았다. 그가 산문시의 리듬에 몸을 맡긴 이유는, 산문은 행갈이 시와는 달리 호흡의 단절이 없다는 것이다. 사유에 옹이가 있더라도 자유로운 호흡은 사유의 옹이로서의 콤플렉스를 흐르는 물처럼 비껴 나간다. 정신은 사유의 매듭과 충돌하지 않는다. 이항 대립적 대립 구조들의 현상계 그 분절의 사유에서 불꽃을 일으키기보다는 위무하고 이해하며 쓰다듬고 지나간다. 그 것이 산문율의 특장이다. 그러한 산문율의 특장을 그는 詩性에 옮겨 심었다. 시성과 산문성의 전일적 일체화는 정진규 시 사상의 본성으로서 지향점이자 그의 존재론 완성이다.

줄글의 산문체는 의미단위와 호흡의 단위를 길게 가질 수 있으므로 대상을 세밀하게 묘사할 수가 있다. 이것은 대상에 보다 자연스레 다가갈 수 있어 허상의 은유를 버리고 <상징＝실체>의 정신을 보다 잘 드러낼 수 있다. 그리고 이것은 뒤에서 언급될 고백체가 주체와 대상의 넘나듦, 하나 되기를 보다 가까운 곳에서 실행할 수 있게 한다. 이어서 언급될 산문적 고백체는 정진규의 실체적 하나 되기 존재론과 그것의 직접적 표상 방식으로서의 중요한 상징 작업이다. 정진규는 그의 산문 시체를 바탕으로 1994년 제9시집『몸詩』에서는 대립구조의 세계상들에 관한 화해의 깨달음과 그 실행으로서의 결과물들을 집중적으로 소개한다. 이어서 그의 의미론에 관한 실험은 '알詩'를 거쳐 '껍질'의 사유로 향하게 된다. 그러한 정진규는 2007년의 제13시집『껍질』의 산문27)에서 산문체의 수용에 관해 이렇게 말하고 있다.

"안과 밖의 모순 대립의 상태를 동시 수용코자 하는 데서 오는 시의식의 확대가 은연중 그것을 담을 수 있는 그릇으로서 보다 여유 있는 산문과의 동행을 낳게 한 것이 그 발생의 발단이요, 후행적으로는 지시적인 언어가 지니는 서정적 억양으로서의 리듬<행갈이 시들의 리듬>과 암시적인 언어가 지니는 이미지로서의 리듬 같

---

27) 「산문Ⅱ 경산시실시화, '몸詩'에 대하여」.

은 것을 접합시킬 수 있는 생체적인 호흡률이 산문 고유의 리듬에 있음을 발견하였던 것"이라며, "육탈의 길과 육화의 길이 서로 엇갈리는 그 틈을 메워 존재의 총체적 통합(몸)에 이르고자 하는 나의 간절함을 읽고 있노라면 그때의 목메임이 그대로 다가온다."고 회상한다.

3장 '고백체'와 '실체시'

지금 우리의 삶과 시는 어떤가. 저 〈나쁜 은유〉의 대성당들이 또 다른 형태로 우리를 억누르고 있지 않은가. 만남과 화해를 겉으로만 내세우는 교활함, 거짓됨들이 우리 삶의 한복판에서 창궐하고 있지는 않는가.[28]

3-1. 상징＝실체

3-1-1. 문자기호와 실행으로서의 시

종이 위에 문자기호로 작성하는 시는 시의 한 표현 수단일 뿐이라는 점에서, 그러한 시의 작성법에 얽매이는 건 시에 대한 본질적 접근이 아니다. 문자기호의 사용보다 더 먼저 생각해야 하는 일은 마음의 기호를 사용하는 일이다. 그것은 언어기호의 텍스트보다도 더 본질적인 일이다. 문자로만 배열하는 일은 타성적인 시 쓰기로서 어쩌면 시의 흉내 내기에 불과하다. 물론, 문자기호의 시가 공중 매체를 통하여 널리 영향을 미쳐 많은 사람들에게 도움을 준다는 점에서 그것이 유용한 수단일 수는 있다. 그러나 그 시인 자체가 좋은 시인임을 말해 주는 것은 아니다. 좋은 시인이란 몸과 마음, 그리고 기호가 하나가 되는 시인이다. 그래서 우리는 시인에 대해, 당신은 문자기호 시인인지 혹은 몸과 마음의 시인인지 또는 그 셋 모두의 기호를 사용하는 시인인지를 물어볼 수가 있을 것이다. 진정한 시인은, 먼저 마음으로 시를 쓰는 시인이다. 그리고 마

---

28) 『질문과 과녁』, pp.72~73.

음과 몸을 일치시키며, 몸과 마음을 또한 기호와 일치시키는 시인이다.

시는 실행에서 그 모습을 드러내어야 한다. 그렇지 아니하면, 기호는 평범한 잉크자국에 지나지 않는다. 경우에 따라서 그것은 시인의 참모습을 가린 위장으로 기능할 수도 있다. 기호는 실체와 유리된 백색의 유령이 되고 만다. 우리가 시를 쓰면서 가장 근심스러워하는 부분이, 어떻게 기호를 실체화시키느냐 하는 것이다. 기호를 대상과 일치시키는 것! 궁극적으로 우리는, 우리가 지은 글들이 수사학적 문채로 끝나지 않고 자연과 실체 그리고 삶의 문제에 있어서 실행의 문제로 옮겨지길 바란다. 그것은 기술적인 표현으로 '상징의 실행'이다. 나는 이러한 생각에서 상징과 기호에 관한 오랜 나의 생각을 마무리 짓기를 미루어 왔다. 우리의 생각들은 기호와 기호체계로서 나타날 것인즉, 그러한 기호체계들의 조화는 한갓 미학적 장치로서만 끝나는 것이 아니라 동시에 실행의 문제와 직결되어야 한다. 다시 말해, 어떻게 사유로서의 상징과 그 표현들인 기호들을 실천적 행위의 것들로 일치시켜 낼 수 있는가 하는 것이다. 이것은 단순히 기호를 사물과 동일시하려 한다는 것이 아니다. 자신을 타인 그리고 자연과 평형을 이루는 문제이다.

"집을 떠나 돌아오지 않는 아들을 위하여 십 년, 아니 평생을 끼니때마다 어머니가 정성으로 떠놓는 그 한 사발의 〈밥〉은 매우 큰 상징성을 지닌다. 그 극사실적인 어머니의 행위와 함께 하는 밥은 어떤 묘사적인 사랑의 형태보다도 더 큰 사랑으로서의 상징성을 지니며, 강한 현실성을 동반한다. 이런 상징, 이런 현실이 진짜 상징이요 진짜 현실이라고 나는 믿는다."

마치 웅변이라도 하듯 한 정진규는 우리가 생각해 왔던 그러한 기호와 실천의 문제들을 우리들 이전 1960년 등단 당시부터 고민해 오고 있었음을 알 수 있다.

3-1-2. 구체적 통사 형식의 실천

서두에서 이미 언급이 있었지만 정진규는 본래 은유와 유려한 율문의 시성을 바탕으로 하였다. 몸詩 이전의 정진규는 전통 서정의 미학을 뛰어나게 구사했다. 그런 그는 「별」, 「들판의 비인 집이로다」, 「연필로 쓰기」, 「새 1」 같은 주옥같은 명작들을 수없이 썼다. 하지만 시집을 더할수록 그의 은유는 사라진다. '몸시'에 이르러서는 더욱 그러하다.

'고백체'는 <상징＝실체>의 사유, 즉 자신과 세계 그리고 자신이 운용하는 시의 본질에 이르기까지 하나가 되어야 함을 인식한다. 그런 정진규에게 시는 사물이다. 시는 곧 '직방(直方)'으로 환치되는 실체의 세계이다. 「몸詩3」은 그러한 그의 시관(詩觀)을 몇 마디의 시어로써 드러낸 수작(秀作)이다.

> 말씀은 몸이다
> 생각해보라
> 눈에 밟힌다는 말 !
> 가슴이 아프다는 말 !
> 국이 시원하다는 말 !
>
> — 「몸詩」

"대상, 그것이 사물이 되었건 상황 또는 일이 되었건, 사람이 되었건 우리 시의 화자들은 늘 어리석게도 그 밖에 자리하고 있다.

……상상력에 의해 발견되는 대상과의 동일성을 부인하고자 함이
아니다. 대상에의 가담加擔이 결여된 상상력을 지적하고자 함이다.
그러한 <동일성>이란 공소할 수밖에 없으며, 따라서 투명성을 잃
을 수밖에 없다. ……인간의 지시적 언어란 고정된 관념일 따름이
다. 관념의 언어만으로는 또 하나의 관념을 가설假設할 수밖에 없
다. 늘 <몸>과 함께 의논해야 한다."29)고 정진규는 말한다. 또한,
그는 "상징은 의도적인 구조물이 아니라 새로운 하나의 실체이다.
그것은 살아 있는 존재이다. 일상의 사물, 체험의 세계 속에 그것
들은 자리하고 있다. 서로 분리될 수 있는 것이 아니라 그것 자체
이다. 다만 우리가 그것들을 보편적이며 지시적인 기호로 가두고
있었을 따름이다. ……한 사흘 만에 잡은 한 마리의 물고기! 그것
은 지시적인 기호로서의 한 사물에 지나지 않는 것이 아니라, 자유
그 자체이자 생명 그 자체로 내게 다가왔다. 발견이었다. 창조가
아니라 발견이었다."30)라고 정진규는 말한다. "발견이었다. 창조가
아니라 발견이었다."는 것은, 시어를 만든 것이 아니라 자연계에
존재하는 실체 그것을 지각하였다는 말이다. 그러므로 시어는 대상
그것과 간격이 없는 동일자이다. 이러한 경지는 관념이 물적 행위
의 존재로 변화될 수 있는 상태이기도 하다. 상징이 곧 실체로 변
화하는 순간이다. 은유보다는 실체적 지시어가 보다 시답다고 말하
는 정진규는 상징 곧 실체의 극단으로 향한 것으로 보인다. 그러한
정진규의 고백체는 '상징의 동일성의 공소성空疎性'을 극복하기 위
한 구체적 통사 형식의 실천이다.

---

29) 『질문과 과녁』, pp.29~30.
30) 「기호로부터의 해방을 위하여(1990)」에서, 『질문과 과녁』, p.223.

3-2. 고백체

3-2-1. 상징=실체

통상 시문은 시인의 외부 세계에 앵글을 맞추거나 자신을 기술하더라도 객관화하고 자신을 있는 그대로 적나라하게 드러내지 않는다. 그러나 정진규는 산문적 고백체를 사용함으로써 시문의 극단적 위험성을 용기 있게 수용한다. 우리가 이러한 정신과 사정의 절실한 필요성에 대한 이해가 없다면 정진규의 시문 비의(秘意)는 드러나지 않는다. 성기옥은 정진규에 관해 "그가 쓰는 깨달음의 시는 <깨달음의 세계>에 대한 노래가 아니라 <깨닫는 이야기>를 서술한 노래"라며 "그가 굳이 줄글 형식의 산문체에 집착한 까닭이 바로 이 깨닫는 이야기를 그대로 풀어서 드러내기 위한 <서술의 형식>에 놓여 있는 것"이라고 말한다. 그런데 여기서 성기옥이 말한 "깨닫는 이야기를 그대로 풀어서 드러내기 위한 <서술의 형식>"이란 다름 아닌 '고백체'이다. 산문적 고백체, 이 방식은 사실 시로선 매우 위험한 방식이다. 그만큼 시문체로선 운용이 쉽지 않다. 고백이란 말 자체가 드러내고 있듯이 그것은 사실과 진실에 입각해야 하나, 시는 본질적으로 비유성을 띠어야 하며 비유적이지 않은 것은 시가 될 수 없다고까지도 우리는 말할 수 있다.[31]

---

31) 칸트 역시, 비유의 형식이 아닌, 논문은 시가 될 수 없다고 하였다. 물론 그렇다고 하여서 논문이나 과학적 표현이 시나 예술이 되지 않는 것은 아니다. 그것은 뒤샹 이후의 실험적 텍스트들에서 잘 나타난다. 사실 20세기 예술의 특징의 하나가 드라이한 명제적 표현기술의 사용이다. 이것은 또한, 정진규는 물론 80년대 이후 우리 시단을 풍요롭게 한 특성 중의 한 양태이기도 하다.

— 「비어 있음에 대하여」(제5시집)

고백체는 1983년의 제5시집 『비어 있음의 충만을 위하여』에서
나타난다. '고백 형식'은, 독자들에게 자신을 꾸밈없이 드러내는 방
식이다. 그런데 같은 고백체라 하더라도 경어체의 경우 진솔한 자
기 노출은 이루어지기 어렵다. 경어를 쓴다는 건 타인을 의식한다
는 것이다. 그러나 고백체란 자신의 삶을 부끄러움 없이 솔직담백
하게 털어놓는 방식이다. 정진규는 고백의 형식을 통해 자신의 시
기호와 자신의 일상을 자연의 본성과 일치시켜 나가고자 한다. 그
리고 1983년 제5시집 『비어 있음의 충만을 위하여』에서는 고백체
가 '경어체'였던 것과 달리 제6시집 『연필로 쓰기』에서는 경어체를
버리고 예사말의 고백체가 시작된다. 그러니까, 제6시집에서 비로
소 완전 고백체가 시연(試演)되었다고 하겠다.(또한, 제6시집에서
비로소 고백체의 화법이 많아진다.)

— 「비워내기」(제6시집)

　상징이 실체를 가리는 그림자일 수 있음을 정진규는 깊이 이해하고 있다. 그것은 그의 주요한 화두의 하나인 분극적 세계에 대한 화해와 초월의 문제와 함께 그의 텍스트의 의미론을 구성하는 또 하나의 대칭을 이루는 기둥이다. 사실, 상징이 자연 작용의 한 연장이기는 하나, 문명이라는 인간 사회에서는 특정한 관점의 지향성의 구성물들일 수가 있다. 인간이 상징적 동물이라는 카시러의 말은 역으로, 언제나 그러한 관점에서 해석될 필요가 있다. 정진규는 시인으로서 자신의 정신 구성작용이 살아 있는 사물의 본성을 가리는 도구로 사용되는 것을 불허한다. 그것이 상징 곧 실체여야 한다는 생각을 그의 내부에 깊이 각인하게 하였다. "근래 들어 나 자신은 ＜상징이란 추상적인 심리상태의 그림만이 아니라 실체를 지니고 있는 존재＞라는 새로운 명제에 충실해 오고 있"다.32) "좋은 시는 비유로 가두는 시가 아니라 비유로 열어주는 시일 터이다. 그래서 ＜섬광＞이 없다. 설사 그것이 문자 이전의 ＜시＞의 세계에 대한 ＜반복＞과 ＜유사＞, ＜복제＞에 머문다 할지라도 그 원초적 일상의 싱그러움이 있는 시 쪽을 나는 지지한다."라는 정진규의 진술은 이를 단적으로 드러낸다.33) "좋은 시는 비유로 가두는 시가 아니라 비유로 열어주는 시일 터이다."라는 언급 또한, '비유'라는 상징 이전에 먼저 실체로서 존재하고 있는 '세계'나 '자연'의 존재자를 중심으로 생각하고 있음을 보여 준다. '비유'는 어디까지나 자의적인 접근이다. 그러한바 실체를 '가두'어서는 좋은 시가 되지 못하며 "＜반복＞과 ＜유사＞, ＜복제＞에 머문다 할지라도 그 원초

---

32) 산문 「시의 페르몬에 대하여」(2000년).

33) 산문 「시는 시를 기다리지 않는다」(1997).

적 일상의 싱그러움"을 '열어주는' 비유가 되어야 한다고 말하는 것이다. 우리가 위에서 인용한 제6시집 「비워내기」의 단백한 시 양식 배면엔 사실 그와 같은 정진규의 냉철한 시선視線이 평행선을 이룬 채 깔려 있다. 정진규는 2004년 제12시집 『본색』에서도 메타시 형식의 「詩論」을 통해 언급한다.

> 제일 두려워했던 것은 내 시 속에 내 나이가 맨몸으로 들앉아 있지나 않을까 하는 것이었는데(……) 늙지 않았다는 말을 다행으로 여겨 왔는데 이젠 아니다 正面이다 그간 나는 은유에 속았다 은유가 거추장스럽다 잘 자란 소나무는 片鱗이 얇다 홍안백발이라는 말이 있지 그말 그대로 너의 문전을 서성이겠다 박대하지 말라 제대로 늙자 물푸레나무를 오얏나무라고 우기지 말자 다리를 놓고 강을 건너지 말자(……) 물푸레나무를 물푸레나무라고 말할 수 있을 때까지 잘못 놓인 다리들을 거두어내자 빠를 수록 좋다(……)

고백체 그것은 대립구조의 현실에 대한 초월과 또 한 가지는 이미 언급이 되었듯이 주요한 그의 시 사상인 '상징 곧 실체'라는 문제의식의 표상 양식이다. 정진규의 그러한 시정신은 은유를 버리고자 하는 극단적 방법론을 취하였으며, 그것은 또한 찰나적 자기 실존의 과정에 대한 관심과 그의 시작 정신의 일체화를 텍스트를 통해 구현하게 한다. 그러한 그의 일상에 대한 부단한 관심의 텍스트는 상징=실체의 정신에 대한 매 순간의 확인이자 투철한 자기 시정신의 표상이다. 그의 고백적 실체시의 표면에 끊임없이 일상사가 나타나는 것은 그러한 까닭에서이다.

3-2-2. 고백체: 실험시와 각주들

산문적 고백체는 정진규의 실체적 하나 되기의 존재론과 그것의 동시적 표상 방식으로서의 상징 작업이다. 시문을 표상하는 시인의 정신계엔 외부세계와 내재적 텍스트의 관계성을 강력히 드러내는 상징이 내재되어 있다. 아울러 그 상징은 고백체 산문시의 양식을 통해 투사되고 있다. 그런데 정진규의 이러한 실체적 상징시와 실험시의 詩性은 앞서도 언급이 있었지만 상호 텍스트적 주註로 드러나는 관계로 시인의 정신계를 하나의 전체적 관점에서 고려하지 않으면 간과하게 된다. 정진규의 시 사상은 그런 이유로 단편적 텍스트를 여간 주의해서 살피지 않으면 그 수월성과 장인적 정신이 빛을 드러내지 않는다. 이러한 상황을 역설적으로 드러내 보여 주는 시가 「未遂」이다. 이 시편은 자연이 정진규로부터 몸을 숨기는 정황으로 묘사되지만, 그것은 정진규 정신 내부에서의 비의식계의 상징작용이 투사된 것으로, 자연이 그로부터 몸을 감춘 것은 텍스트의 표면구조의 의미적 양태일 뿐, 기표의 배면엔 정진규가 자연계의 본질적인 내밀한 현상을 통찰하고 있음을 전제한다. 아울러, 텍스트의 그러한 투사는, 상징과 실체의 동질성에 관한 정진규 자신의 시 사상과 그것을 실체로서 표상하는 텍스트 간의 그 은유적 드러냄과 감춤의 관계를 의미하는 것으로 이는 또한, 「未遂」의 표면구조와 심층구조의 상황 그것임을 암시적으로 상징하고 있다. 「未遂」는 그러한 정진규의 시 사상과 존재론을 고찰할 수 있는 흥미로운 작품의 하나이다.

글씨를 모르는 대낮이 마당까지 기어나온 칡덩쿨과 칡순들과 한 그루 木
百日紅의 붉은 꽃잎들과 그들의 혀들과 맨살로 몸 부비고 있다가 글씨를
아는 내가 모자까지 쓰고 거기에 이르자 화들짝 놀라 한줄금 소나기로 몸
을 가리고 여름 숲 속으로 숨어들었다 매우 빨랐으나 뺑소니라는 말은 가
당치 않았다 상스러웠다 그런 말엔 적멸보궁(寂滅寶宮)이 없었다 들킨 건
나였다 이르지 못했다 미수(未遂)에 그쳤다

－「미수(未遂) － 알6」

「未遂」뿐이 아니라, 정진규의 고백체 시문체는 사실 모두가 정
진규의 그러한 정신과 사상이 은밀스레 투사된 작품이다. 그는 외
부에서 보기에 마치 은유를 포기한 듯 보이기까지 한다. 하지만 그
것은 그의 투철하고도 치열한 장인적 기질과 자세가 극단적으로까
지 추구하여 나아간 결과이다. 정진규의 상징 곧 실체로서의 시 사
상은 마치 그 자신의 텍스트「未遂」와도 같아서 그 시정신의 허공
을 내관하지 않으면 '소나기로 몸을 가리는', '대낮'처럼 눈앞에서
사라지고 만다.

또 하나,「未遂」는 정진규의 화두, '비우기'에 대한 정진의 과정
을 보여 주는 시편이기도 한데,「未遂」는 비움의 성질 가운데서도
문자 상징으로서의 허구를 경계하는 것이다. 그렇다면, 과연 정진
규는 진정, 현실 그 속의 살아 있는 삶을, 그것을 문자 시로 생생
히 되살려 시를 쓰고 있는가? 하지만 우리의 견해는 "그렇지 않
다."이다! 정진규는 사물을 말하고 있지만 사실은 사물을 지시하고
있지 않다. 그의 시가 '고백체'라는 것, 그것도 산문적 고백체라는
사실, 그것은 그의 시가 지금 현재－이곳에서의 시를 쓰고 있는 것
같이 보인다. 그러나 사실 그의 통사 양식은 다른 한편으로 고도로
은폐된 실험 행위이다. '몸詩' 이후의 '알詩'에서 정진규의 실험은

더욱 극단화되어 '실체시'가 된다. 그는 그의 텍스트를 통해 그의 화두를 다시금 확인한다. 그는 노출된, 분열된 세계의 상들, 분열증적 기호들과 의식적 사유들로부터 벗어나고자 비은유적이고 비시적이라 할 사실적인, 마치 대상 그것인 듯한 극 사실태의 언어로써 시를 제작한다. 정진규는 시작의 초기에서부터 그 자신이 언급하고 있듯, 시성과 산문성 그 딜레마의 통합적 문제와 초월, '육탈'과 '육화'의 고뇌 속에 자신의 몸을 던져 왔다. 실로 그는 대상 그 자체의 삶이 되고자 하는 일로서의 시작행위에, 그만의 세계에 몰입하여 왔다. 그것은 정진규 시인과 시편을 단편적 관점에서 바라본다면 인지하지 못할 수 있다. 만약, 우리가 정진규의 그와 같은 태도를 인식하지 못하였다면 그것은, 순간순간의 관점에서 그의 시편들과 그를 바라보았기 때문이다. 그러나 세계는 우리들 거시 감관의 음절들처럼 시간, 시간이 분절되어 있지 않다. 세계와 존재는 심층적이고 내재적 관계에서 유기적 리듬에 의해 통일된 하나를 이루고 있다. 정진규의 시 사상과 정신, 그 유·무형의 정신사를 형성하는 자료와 텍스트들은 결코, 분리된 단편적 조각들로써는 이해되지 않는다.

또 우를 범했다. 살아가는 시간 속의 일들이라는 것이 하찮은 욕망들이 저지르는 어리석음과 어리석음의 이어짐에 지나지 않는 것이기야 하지만 바로 그것을 또 잊고 있었다……〈몸〉의 말을 듣지 않았다……나는 앞서 가고 싶었다. 칭송받고 싶었다. 그러나 그것은 처음부터 잘못 든 길이었다……낭만적 투사投射와 〈거리〉가 상상력이라는 이름으로 죽은 이미지들을 날조해 내고 있다……상상력에 의해 발견되는 대상과 동일성을 부인하고자 함이 아니다. 대상에의 가담加擔이 결여된 상상력을 지적하고자 함이다.[34)]

우리는 왜 정진규가 시성詩性의 세계로부터 고백체 실체시의 세계로 걸어 들어갔는지를 이해할 수 있을 것이다. '앞서 가고' 싶고 '칭송받고' 싶으나, 거칠고 척박한 현상계를, 그곳에 투신하여 있는 자신의 모습을 조금의 가감도 없이 사실체로 그려 내는 자아와의 대화를, 그 존재론적 현상학의 시인을 우리는 '몸詩'와 '알詩'의 시편들을 통해 경험할 수 있다. 이러한 각주와 노트들이 발견되지 않을 때, 새로운 세계를 찾아나서는 시인의 참모습과 진정성을 우리는 간과할 수밖에 없는 것이다.

> "자신의 것을 내보이면 읽히지 않을 것을 두려워한 나머지 〈유자서有字書〉만 내보이고 〈유현금有絃琴〉만 내보이는 영합주의迎合主義의 비겁을 저지르고 있지나 않은지. 자신이 가진 저 소중한 〈무자서無字書〉와 〈무현금無絃琴〉, 아직 태어나지 않은 당신들의 새로운 〈서書〉와 〈금琴〉을 울면서 포기하고 있지나 않은지. 미래의 시인들에게 할 말이 있다면 나는 오직 이뿐이다……외로운 자존이 시인됨의 시정신임을 잃지 말자."35)

우리의 문제는 자명해졌을 터이다. 누군가 정진규와 같은 시인의 창조적 정신세계를 기록하지 않는다면 우리는 실로 많은 것을 잃게 될 것이다. 정진규라는 시인의 정신계는 높은 산이나 산맥과도 같아서 몸으로써, 발로써 끝없이 펼쳐진 길을 따라 함께 걷고 체험함으로써 순간순간 느끼고 감지할 수 있을 따름이다.

---

34) 정진규, 「몸의 말」(2000).
35) 정진규, 「미래의 시인들에게; 영합과 우월로부터 자유롭기」(2002).

3-3. 실체시

3-3-1. 은유의 초월과 방법론적 문제들: 화자우월주의와 비우기

상징과 기호는 세계와 존재에 대한 이해의 방식이다. 우리는 통상 현상으로부터 비롯하여 상징을 생성하고 기호를 표상하지만 상징과 기호의 텍스트는 실체를 지향한다. 상징물로서의 시·예술 텍스트는 과학이나 마찬가지로 존재와 세계에 대한 재귀적 물음의 기호작용이다. 비평의 세미오시스 역시 기호의 대상은 실체적 본질에 바탕을 두어야 함은 말할 것이 없다.

정진규는 "어디선가 그랬던 것처럼 더 확신에 찬 어조로 나는 '상징에는 실체가 있다!' 또 한 번 외쳤다. 자연에는 이토록 아름다운 우주적 화응이 있다. 나무들과 새들에게도 무슨 靈性이 있는 것일까. 저러한 모습을 보아 그들에겐 몸이 영성이자 영성이 몸이다. 우리 사람들처럼 따로따로에 늘 빠져 시달리지 않는 그들에게서 나는 초월의 궁극, 그 실체를 보았던 셈이다."[36]라고 말한다.

> 햇볕 좋은 가을날 한 골목에서 옛날 국수 가게를 만났다 남아 있는 것들은 언제나 정겹다 왜 간판도 없느냐 했더니 빨래널듯 국숫발 하얗게 널어 놓은 게 그게 간판이라고 했다 백합꽃 꽃밭 같다고 했다 주인은 편하게 웃었다 꽃 피우고 있었다 꽃밭은 공짜라고 했다
>
> — 「옛날 국수 가게」

정진규는 "은유보다는 극사실의 표현이 살아 있는 상징"이라는

---

36) 정진규, 「만들 것인가, 발견할 것인가」, 2003년.

생각을 갖고 있다. 고백체의 '실체시'는 <상징＝실체>의 시정신을 보다 철저히 구현하기 위한 통사체로서 고백체에 잔존하는 은유를 완전히 제거하고자 한다. 그러한 정진규는 <상징＝실체>의 시정신을 흐리게 하는 주요한 한 요인으로서 '화자 우월주의'를 지목한다. "화자 우월주의는 실체의 발견을 흐리고 또 차단합니다……교감과 소통에서 얻어지는 발견이 시가 되어야 합니다……자아와 세계는 별개가 아니라는 것이 그간의 나의 생각이었습니다. 개인과 집단이 회통하는 시의 미학이 곧 <몸詩>였습니다. 내가 쏜 화살이 과녁에 적중하고 과녁이 쏜 화살이 내게 돌아올 때까지 믿고 나는 기다립니다."37) 정진규는 '화자 우월주의'의 문제성에 관해 "시의 작동이란 그 순간부터가 대상과의 합일을 뜻한다. 상호(交感)의 구체적 활동을 뜻한다……미래의 시인들에게만 국한된 말이 아니다. 이는 우리 시가 안고 있는 문제의 극복을 위해 좀더 세부적으로 논의해야 할 문제이며, 나 개인의 시론이기도 하다."고 말한다.38)

> ……예저기 제 낡은 책들에 도장을 눌러대고 있습니다 이른 새벽 우리집 마당에 놀러오는 산까지의 발목마저 그렇게 잡아두고 있습니다
> ……일어나 살펴보니 온통 不立文字였습니다 내가 그간 해온 일이란 온통 허공뿐이었다는 걸 비로소 알았습니다 나는 허공을 篆刻하고 있었습니다 모두 제자리였습니다 산까치가 깍깍 울었습니다
>
> － 『篆刻 － 정민 교수에게』 부분

"내가 그간 해온 일이란 온통 허공뿐이었다……모두 제자리"였

---

37) 정효구, 『정진규의 시와 시론 연구』(서울: 푸른사상사, 2005).
38) 정진규, 「미래의 시인들에게: 영합과 우월로부터 자유롭기」(2002).

다는 시문 등을 통해, 정진규는 자신의 상징물들, 즉 텍스트들이 대상에 대한 자의적 전각(篆刻)들이었을 뿐, 아직 '실체' 그것이 되지 못하고 있음을 깨닫고 있음을 토로한다.

화자 우월주의에 대한 경계와 함께 정진규가 실천적 명제의 하나로서 쥐고 있는 것은 '비우기'이다. 자신의 산문과 시편 곳곳에서 나타나는 '비우기'는 '화자 우월주의' 의식에 대한 경계이기도 하다. '존재' 그 자체에 대한 경외감 같은, 불가(佛家)의 무아(無我)되기에서 바라보는 대상 그것과의 교융(交融) 그것을 정진규는 '비우기'라는 꼭지를 쥐고 자신의 시작에서 실행하고 있다. 앞에서 살펴본 바 있는 「未遂」 역시 문자를 비우고자 하는 정진규의 의식이 투사된 것임은 물론이다. '알' 연작시에서는 '비운다'라는 화두가 매우 깊어지고 있다. 마치 불립문자로부터 '몸'을 인식하려는 듯하다. 시인은 『알시』에 대하여 '몸'이 추구하는 우주적 완결성을 '알로 상징화'했다고 말한다(「연보」). 시인은 이렇게 한 줄로 요약했으나, 그가 '몸'으로서의 '우주'를 인식하고자 하는 방법론은 사실 오래전부터 체화시켜 오던 '비우기'에 의해서였다. 우리는 비우기를 서양의 지혜인 '현상학적 태도' 또는 불교의 선 수행의 '방법론'에 비추어 볼 수도 있을 것이다. 하지만 그의 '방법론'은 범속한 일상의 세계에서 '시'라는 방법론으로써 시인 자신의 '몸'으로써 세운 '방법론'이다. 정진규는 그의 비우기를 통해 사물을 인간의 자의적 가감 없이 존재의 실체에 다가가고자(정진규의 표현대로 '기대고자') 한다. 그러한 하나 된 실체를 이루기 위한 그의 노력은 너무나 지난하여 안쓰럽기까지 하다.

무식해질 때까지 기다린다 어떻게 무식해질 수가 있는가 그게 마음대로
될 수가 있는 일인가 그럼 지금 나는 유식하다는 뜻인가 그렇다 나로서는
내가 아는 게 너무 많다는 생각이 자꾸 든다
그렇다 당신이 모르는 것도 나는 많이 알고 있다 당신은 산미나리아재비
꽃을 본 적이 있는가 그 노오란 頂生의 꽃가루를 만져본 적이 있는가 그
걸 핥고 지나가는 바람의 살결도 나는 만져본 적이 있다
그걸 지우기 위해 무식해지기 위해 별짓 다 한다 술도 먹는다 그럴 필요
가 있는가 말하자면 그림을 그릴 내 하얀 종이가 없어서 그런다 온전한
사랑을 할 수가 있는 몸이 없어서 그런다 온전한 몸이 없어서 그런다
– 「하얀 몸 – 알 27」

‘온전한 몸’이란 실체를 인식할 수 있는 ‘눈’으로서의 자성(自性)
이다. 그의 이러한 태도는 “내 젖은 옷들은 내다 버릴 곳마저 없다
꺼낼 수도 없다 젖은 채로 내 마음 속 서랍들마다 벽마다 저토록
넘치고 있으니 이제는 내 마음을 통째로 버리는 길밖에 없다 알몸
으로 남을 수밖에 없다”고 말한다(「옷 – 알26」). 그런 그는 일상의
속된 자신의 넝마조각 같은 몸의 상처들까지도 새로운 세계를 탄생
시키는 또 하나의 알로서의 생살로 인식한다.(「찢어지다 – 알36」)
그런데 뒤에서 살펴보게 되겠지만, 모든 것을 비워 내고자 하는 그
의 ‘몸’은 『알詩』에서 자기 고백적 또는 독백적 선문답의 시편들을
통해 상당히 고양된 미학적 시편들을 생산해 내고 있기도 하다는
사실이다. 이 점은 정진규의 향후 시세계와 관련된 중요한 문제이
므로 여기서 먼저 문제를 제기하고, 뒤에서 상술하기로 한다.

고백체는 은유가 아닌 사실적 ‘지시문’과 같다. 그래서 김춘수
시인은 ‘산문’을 재고하길 조언한 것이었다. 그러나 그 지시문의
산문체는 불필요한 비유가 제거된 ‘直方’의 접근이다. 우리가 그의

고백체 산문시에서 맛보아야 하는 것은 '날것'으로서의 대상을 보여 주는 그의 '정신'과 정진규의 그러한 시적 실험에의 동참에 대한 '체험'이다. 그러한 시인의 세계, 시인의 실험에 참여함으로써 느끼게 되는 텍스트에 관한 진정한 체험이 요구되는 것이다. 그에 대한 인식 없이는 그의 고백체는 아무런 맛도, 향도 느낄 수 없는 요리되지 않은 날것으로 지각될 것이다.

> 나도 신선한 흔적으로 숨어 살고 싶었다 바다가 아니라 그곳 강가 어디에 그래도 人家 가까운 어디에 숨어 살고 있다는 수달을 찾아 나선 거제 섬 사람들 몇몇이 바위 위에 말라붙은 아직은 똥인 아직은 말랑말랑한 수달의 똥을, 눈 지 하루도 지나지 않았음이 분명한 햇볕이 어루만지고 있는 수달의 똥을 숨죽여 봉지에 소중하게 주워 담고 있는 걸 보았다 햇볕도 스스로 봉지 속으로 따라 들어가고 있었다 담기고 있었다 따뜻한 똥, 신선한 똥, 신선한 흔적, 신성하다고 다시 말을 해야 할까 텔레비전이 그걸 찍어 보여 주었다 수달이 살아 있다 「수달이 살아 있다」(알23)

위의 시는 완전한 '공터'이다. 가공의 '미' 의식과 '은유'의 의식은 보이지 않는다. 말미의 "수달이 살아 있다"와 짝을 이루기도 하는 듯한 "나도 신선한 흔적으로 숨어 살고 싶었다" 역시 현재형이 아닌 과거의 '사실'에 관한 고백의 형식이어서 은유의 망에 걸리지 않는다. 이는, 정진규가 그의 시정신을 훼손하지 않기 위해 '과거형'을 택한 것 같다. 이와 같은 정진규의 시편들을 우리는 '실체시'로 부를 수 있을 것이다. 우리는 순수한 사태를 자의적 관점에서 수단화, 도구화한다. 그것은 자연의 상태가 아니다. 자연은 선악, 시비의 구별이 없다. 자연을 관찰하노라면 생물들의 교배는 조금도 부끄럽게 여겨지지 않는다. 다만, 인간만이 문명이라는 특수한 상징의 세계가 있어 장소와 때를 가린다. 정진규는 의식적으로도 그러하겠지만 비의식의 상태에서 자연과의 합일 정신과 관심이 매우 깊다. '사랑'의 범주와 영역을 자연의 관점에서 다루는 정진규는 지극히 사적인 순간에 있어서조차도 페르조나나 콤플렉스를 생성하지 않는다. 물론, 시적 허명 같은 것을 바라지도 않음은 그의 시작 태도에서도 그러하거니와 앞서 살펴본 「미래의 시인들에게; 영합과 우월로부터 자유롭기」 같은 글을 통해서도 충분히 인지할 수 있을 것이다. 정진규는 등단 초엽부터 텍스트가 단지 관념의 상징에 머무는 것을 경계해 왔고, 그의 시작의 정진 여정은 상징과 실체적 합일의 과정과 노력 그것이었다고 할 수 있다. 정진규에게 시는 구도(求道)의 긴 여정을 이룬다. 정진규에게 기호는 곧 그 자신이요, 그의 존재의 좌표로서 확인되고 있다. 하이데거가 존재의 경이로움을 드러내기 위해 자의적 기호로부터 존재를 탈은폐화하려 했다면 정진규는 자신의 '몸'을 드러내기 위해 자신을 자신의 기호 속에 노출시킨다.

그러한 정진규는 지금까지 비우고 버려 왔다. '알詩'에 이르러서는 뼈마저 드러난다. 이러한 실체시는 정진규의 '비우기' 정점에 이른다. 그의 고백체 실체시는 '알詩'에 이르러서 완전한 비움으로써 완전한 실체시가 된다. '알詩'는 고백체의 완성체라 할 수 있다. <상징＝실체>. '뼈'뿐인, 그림자가 없는 '고백체'는 '알詩'에 이르러서 완전한 '실체시'가 된다.

실체시란 은유를 초극하여 완전한 '상징＝실체'를 이룬 시이다. 실체시란 통사론적으로는 은유가 배제된 비은유의 구문이나, 그 '각주'가 시정신이라는 텍스트의 내면에 배치되어 있다는 점에서

고도의 은유의 시편이다. 문제는 시인이 단일 시편의 문면에 시인의 시 사상인 '원관념'을 제시하지 않는 관계로, 관계자들은 보조관념인 텍스트의 표면구조만을 접함으로써 시를 온전히 이해하지 못한다. 그러나 이미 언급했듯 정진규가 보조관념의 감각적 일상사의 구문만을 제시하는 것은 정진규 자신의 화두에 대한 재인식의 행위로서 스스로 내려치는 죽비이기도 한 것이다.

우리는 철학적 지식과 지혜의 문제를 '기호학적 사태의 문제'로 여긴다. 그것은 철학이 곧 '존재' 그것은 아니기 때문이다. 우리가 시·예술을 철학보다 가까이하는 것은 철학이 자의적 사후추론의 기관인 반면, 시·예술은 '존재' 그것에 가깝기 때문이다. 정진규는 시·예술조차도 은유 같은 상징을 사용하는 과정에서 '존재' 그것이 변질되고 작가에 의해 수단화되는 것을 지극히 경계한다. 정진규에게 그것은 곧 그가 추구하는 고백체와 실체시의 정신이다.

그의 고백적 실체시는 그의 시정신과 시 세계를 완성시켜 나가는 완전한 하나의 양식樣式이 되어 가고 있다. 이제 고백적 산문체는 그만의 수단으로서 특화되어 있다. 그의 고백체 실체시는 그의 '깨달음의 수행이자 실천'이다. 그의 현상계 일상사는 '시작'으로서 실천되고 있다. 그의 고백체는 자의식으로 가리지 않은, 실행의 나타냄이다. 그래서 그의 시는 은유가 아닌, 고백의 지시체이다.

<상징＝실체>의 정신을 표상하는 고백체의 통사형식은 정진규의 시의 철학적 사상의 표상 양식이다. '몸詩'를 거쳐 '알詩'에서 완성되는 정진규의 실체시는『껍질』에 이르면 그 형식의 순수성과 함께 주제적 깊이의 획득으로 또한 텍스트의 미학성이 전일적으로 구축되어 가고 있음을 볼 수 있다. 정진규의 <상징＝실체>에 관

한 문제의식은 사실 또 하나의 관점에서 시 양식의 본질을 건드리고 있다. 정진규는 그 하나의 문제에만 그의 전 시의 여정을 바치고 있다. 그의 산문적 고백체, 그리고 실체시의 표상 행위는 전통시에 대한 본질적인 면에서의 물음을 부각시켜 내고 있다. 그의 단순하기 그지없어 보이는 고백체 산문시, 나아가 우리가 '실체시'라고 부르는 그것은 존재와 은유에 관한 본질적인 물음을 제기한다. 그의 고백적 실체시는 그래서 그 어떤 타 형식의 시문보다 더 주목하고 소중히 다루어져야 하는 이유를 지닌다.

4장 주제론

4 - 1. 음예사상과 일원론

정진규는 제13시집에서 '연기본성緣起本性'이란 표현을 사용했다. 그러하다. 우주만물은 緣起的으로 관계된 하나로서의 존재이다. 시인은 '緣起本性'이란 용어에 '음예陰翳'라는 말을 더한다. 음예란, "나무 그늘 혹은 숲 그늘과 같은 것으로 대상들의 대립을 일치로 건드리는 작용을 하는 것으로, 서로가 그렇게 서로에게 무늬를 수놓는다는 뜻"이라고 시인은 밝힌다. '緣起本性'이나 '陰翳'나 같은 말임을 알 수 있다. 그런데 놀랍게도 정진규 시인은 이에 더하여 "서로 다른 것들의 같은 것 찾아내기"라는 표현을 사용한다. 여합부절如合符節의 풀이이다. 필자는 나름의 상징에 관한 숙고 끝에 상징의 본질은 '동일화의 표상'이며 또한, "다른 것으로서 같음을 표현하는 것", 즉 "비동질성의 동질성의 구현"이라고 생각했다. 그것이 상징의 원리이자 자연 표상의 원리라고 생각했다. 알고 보니 그것은 '如合符節'의 다른 표현인 것이다. '緣起本性'과 '陰翳'는 상징(symbol)인 如合符節의 설명이기도 하다. 정진규는 1960년 등단 당시부터 순수와 참여, 안과 밖의 이원적 대립성을 극복하기 위해 고뇌했고 20여 년 이상의 사유와 실험 끝에 결국 '몸詩'라는 깨달음을 얻었다. '몸詩'는 "자아와 세계는 별개가 아니며 개인과 집단이 회통하는 시의 미학"이라고 시인은 진술한다. 그런데 이것은 '緣起本性'과 '陰翳', 如合符節의 세부적 설명이기도 하다. 또한 이것은, 원래 개인과 우주, 세계는 하나라는 것이다. 정진규는 연기 본성에 관한 시편들인 「별무덤」·「紫檀木」·「뻘」·「어성초에게」 등의 시편들을 쓰고, 자서에서 그 연기적 묘리를 알려 준다. 나는 칼 융의 동시성원리(둘 혹은 그 이상의 사건들 사이의 의미상의 일치 현상)를 접하고 이를, 마음과 사건이 일치하는 경우 '제1', 마음과 사건의 일치가 (대체로) 동일한 시간에 다른 곳에서 일어나는 경우 '제2', 사건이 미래에 일어나는 경우 '제3'으로 번호를 붙여 보았는데, 전일성에 관한 정진규의 깨달음과 나의 인식의 경우 <동시성 제3의 사례>에 해당한다고 하겠다. 이런 동시성적 이해나 깨달음의 경우는 라이프니츠와 뉴턴의 미적분 발견, 프리스틀리와 라부아지에의 산소 발견, 프로이트와 칼 융의 무의식의 이해 등 그 사례는 무수히 많다. 이런 사례를 나는 또한 '원형'의 한 유형으로 설명한 바가 있다. 아마 그 글은 「비결정론으로서의 미학: 불과 얼음의 원형」일 것이다. 정진규 또한, "본래 하나였다."는 말에 "일시에 한 몸이 되는 벼락 치는 소리를 들었다."며 깜짝 놀랐다고 말한다. 필자 역시 언급한 바와 같이, '여합부절如合符節'의 설명에 너무 놀랐고, 지나간 5년여의 노력과 수고들이 주마등처럼 스쳐 지나갔다. 나는 하나로서의 세계에 대한 생각을 파르메니데스와 양자론의 속성을 접하고 2004년경에 「비결정론으로서의 미학: 하나로서의 세계」에서 구체화시켰다. 20세가 되기도 전에 뜻도 모른 채 읽었던 파르메니데스의 몇 줄의 글이 오랜 세월이 흐른 뒤에 "있음은 있음이요, 없음은 없음이다"라는 말과 함께, 파르메니데스의 사유가 상징의 본질로 연결될 줄이야 어떻게 알았겠는가! 이 모든 것이 그저…… 놀라울 뿐이었다. 시성과 산문성 사이에서 고뇌하고 방

황했던 시인의 고통과 회통의 득음 '몸詩'에 이른 그 기쁨을 나는
충분히 알 수 있을 것 같다. 시인은 제13시집 『껍질』에 이르러서
는, '緣起本性'에 '陰翳사상'의 미학 그늘까지 드리웠으니! 자유로
운 전일성의 산문체 획득과 '상징＝실체'의 극한에까지 이르렀다
할 '실체시'의 구현, 그리고 깊은 주제적 완성도까지 겸하여 지금
에 이르러서 정진규는 가히 시정신과 시 미학의 전일체적 세계를
이루었다고 말할 수 있다.

4-2. 정진규의 得音 旅程

나는 그와 연관되는 개인과 집단, 통합과 분열, 의식과 무의식, 현실과 초현실, 문
명과 자연, 형이상학과 형이하학, 정신과 육체라는 이분법적 굴레, 그 경계의 위치
에서 벼랑으로 아슬아슬 존재해 왔다는 사실이다. 특히 견딜 수 없었던 것은 남다
른 당시의 사회적 위기 속에서 예속적 자존·창의적 본성을 위한 개인의식은 일
거에 매도되거나, 또 달리 총체적 극복을 위한 중도의식과 같은 것은 도피 아니면
비겁으로 몰아세워지던 풍조였다. 실제 나는 죄지은 사람처럼 스스로 그늘을 골라
디뎌야만 했었다.
그 시절의 소외감은 지금까지도 이어지고 있다. 여기서 나를 건져준 것이 바로
'몸'이었다……나는 이 '몸'에 대하여 시집 『몸詩』自序에서 다음과 같이 고백한
바가 있다. "……'몸'은 가시적인 육신이면서 불가시적인 또 하나의 육신이라고
믿고 있다. 그것은 그릇이 아니다. 그것 자체이다……詩性과 육신적인 것으로서
의 散文性 사이에서 상처투성이가 되어 여기까지 흘러왔는데……이 같은 생각을
하게 된 것은 논리적 극복이라기보다는 일종의 은총이었다. 불가에서 말하는 '한
소식' 같은 것으로 여겨졌다. '본래 하나였다'"39)
〈알〉은 알몸을 가둔 몸이다. 순수생명의 실체이며 그 표상이다. 흔히 말하는 부화
를 기다리는 그런 미완으로서의 존재가 아니라, 그것 자체가 완성이며 원형이다.
하나의 小宇宙이다. 이 소우주에는 어디 은밀히 봉합된 자리가 있을 터인데 그런
흔적이 전혀 없다. 無縫이다. 절묘한 신의 솜씨! 알, 실로 둥글다.40) 서로 다른 개

체가 하나의 생명이 될 때 비로소 태어나는 황홀한 질서, 그걸 나는 요즈음 〈알〉이라 부르고 있으며 그것들은 어김없이 서로의 몸을 통과하고 있음을 보고 있다.[41] 그 상이한 요소들이 어떤 저항과 충돌의 과정을 거쳐 빚어내는 화해의 궁극이 늘 새로운 길 하나를 제시해주던 것을 나는 체험으로 알고 있다.[42] '如合符節'이라는 우리의 옛말에 거듭 신뢰가 갔다. '서로 다른 것들의 같은 것 찾아내기'에 나는 활짝 열렸다. 그러면서 나의 『알詩』, 『도둑이 다녀가셨다』, 『本色』 등의 묶음으로 나의 시는 이어져 나갔다. 이들 모두가 '몸詩'와의 연대 속에서 이루어졌다. '몸詩'라는 말을 내 개인 장르화하고 있는 연유가 또한 여기에 있다. '如合符節', 부절(옛날 대나무로 만든 신표)이 딱 맞아떨어지듯 하나가 되는 절대적 화해의 상징적 실체로서 내가 발견한 '알'에 대하여 나는 『알詩』자서에 다음과 같이 적어두고 있다. "'알'은 알몸을 가둔 알몸이다. 순수생명의 실체이며 그 표상이다……소리와 뜻이 한몸을 이루고 있는, 몸으로 경계를 지워낸 이 절대 순수생명체에 기대어 나는 지금 어두운 통로를 헤쳐 나가고 있다."[43]

4-3. 전일체의 세계관

우리는 분극적 세계상을 초월한 '몸詩', '알詩'에 이른 그의 '실체시' 사유의 특징을 '전일체의 세계관'이라고 할 수 있다. <상징=실체>라는 기호론과 전일성의 사유 세계에 기초한 그의 세계관은 인식론의 터미널이라 할 현상학과 현대화된 관념론, 즉 존재론의 문제를 그만의 방식으로 보다 본질적 측면에서 풀어내고 있다.

정진규의 '실체적 세계관'은 『껍질』에서는 '연기론'의 본질이라 할 진정한 하나로서의 세계에 대한 '의미론적' 이념, 즉 '알'(우주)

---

39) 「산문Ⅱ 경산시실시화, '몸詩'에 대하여」, 『껍질』(2007), p.124.

40) 「자서」, 『알詩』.

41) 『질문과 과녁』, pp.108~109.

42) 『질문과 과녁』, pp.137~139.

43) 정진규, 「산문Ⅱ 경산시실시화, '몸詩'에 대하여」, 『껍질』(2007. 8. 6).

에 대한 애정, 다시 말해 '사랑'이라는 사유의 원천지에 도달한다. 이 '사랑'에 대한 이해와 관심은 초기부터 정진규의 시 정신에 배아(胚芽)의 형태로 내재되어 있었다.

그의 독서의 출전을 "화이트헤드, 김용옥 옮김, 『이성의 기능』탈서(脫序) 부분……"이라고 적어 둔 글에서 정진규는 "논리화한 이런 이성적인 글만으로는 <감동의 전율>이 주는 <문신>을 새길 수는 없다."고 말하고 있다. 화자는 김용옥이, 현대물리학적 세계관을 철학에 입힌 화이트헤드의 주요한 인식론의 하나인 매크로와 마이크로의 개념적 양태를 태극사상의 음·양에 겹쳐 보고자 하였던 것을 기억한다.

화이트헤드(1861∼1947)는 철학의 체계를 나름의 방식으로 상징화했다는 점에서 그는 상징의 세계에 관한 특별한 이론가의 한 사람이다. 사실 그는 『상징주의Symbolism』라는 상징론을 저술하기도 하였다. 그는 문화철학적 상징론을 연구한 카시러(1874∼1945)와 같은 시대를 살아간 사람이다. 그런데 카시러와 화이트헤드는 20세기 초·중엽 현대 철학의 부흥기에 남달리 중요하고도 탁월한 업적을 이루었음에도 현상학의 훗설과 메를로 퐁티, 존재론의 하이데거와 사르트르 등에 비해서는 대중적으로 널리 이해되고 있지 않다. 사실 우리의 관점에서, 현상학과 존재론의 논의들은 서양철학사의 고질적 병폐인 이원적 대립의 또 다른 양태로 이해된다.

하이데거의 존재철학의 형이상학적 인식론이나 훗설의 현상학이 모두가 대상과 자아의 거리 좁히기라는 점에서 공통성을 갖지만 그들 다른 두 해석자로부터 자산을 상속받은 사르트르(1905∼1980)와 메를로 퐁티(1908∼1961)는, 한 사람은 '참여'의 앙가쥬망을, 메를로 퐁티는 신경학적 몸의 '순수' 현상학을 논구한다. 그러나 이들은 우리의 상징론 관점에서 볼 때, 세계 내 존재의 거리 좁히기에도 불구하고 이원론적이고 분극적 세계관에 함몰되었다는 생각이다.

그것은 피어스(1839~1914)의 기호에 관한 개념을 빌려 말한다면 특별한 관점에서 특별한 방식으로 세계를 나누고 쪼개어 본다는 말이다. 아무튼, 그들의 분극적이고 코드화된 논의들과는 달리 카시러는 보편의 존재론적 문화 인식의 이론을 개진해 나갔으며, 화이트헤드는 범우주론적 시·공간의 창조성에 관해 기술해 나갔다.

그러나 그들 역시 추상화된 자의적 관점의 기호와 언어들을 사용한다는 점에서 그리고 그들의 언어체계가 일직선의 선형적 분절의 양식을 갖고 있다는 점에서 존재와 실체 그 자체를 온전히 기술하기에는 무리가 있는 것이 사실이다. 화이트헤드와 김용옥 같은 철학자들의 표상 형식에 대해, 시인으로서의 정진규는 "논리화한 이런 이성적인 글만으로는 <감동의 전율>이 주는 <문신>을 새길 수는 없다. 생동하는 <몸>으로 현장에 다가가야 한다. 거기 <있어야> 한다."[44]는 생각을 갖게 되는 것이다.

앞에서 우리가 잠깐 현대의 특정 철학계의 입장과 상황을 거시적 관점에서 반추해 보았지만, 정진규는 그러한 이론적이고 철학적인, 思辨的 논의에 기대지 않는다. "지식의 통로를 지나 그로부터 한껏 자유로워진 상태, 무식해진 상태, 그 <게으름>의 공간과 그 시간을 나는 늘 동경"해 왔다[45]고 말하는 그는 시인으로서의 직관

---

44) 정진규, 「몸의 말」(2000).
45) 정진규, 산문 「게으름에 대하여」, 제12시집 『본색』.

과 사유로써 오랜 기간의 숙고를 통해 '하나로서의 전일체'인 '몸'
을 찾아내었다. 그는 자신의 시편 어디에서도 지적 사유들을 끌어
들이지 않는다. 그렇다고 그들의 논의를 정진규가 폄훼하는 것은
아닐 터이다. 다만, 그는 '몸'과 이론은 상징이라는 다리[46]를 두고
있는, 엄연히 다른 세계의 것들임을 알고 있다는 것이다.

　정진규의 정신은 그 천의무봉의 리듬을 통한 '말씀의 춤'인 '몸
詩', '알詩' 등을 거쳐 종국에는 『껍질』의 사유에 이른다. 정진규의
'전일성'에 관하여 정효구는 『정진규의 시와 시론 연구』(2005년)
첫 장에서 특별히 하나의 장을 할애하여 다루고 있다. 정효구는 그
에 대해 "이 글은 정진규 시에 나타난 전일성의 세계를 탐구해 보
고자 쓰여진다."며 정진규의 시편에 나타난 '內臟', '內通', '共生',
'光合成', '滿開', '獻身', '接觸', '直方' 그 여덟 개의 중심 시어
를 바탕으로 정진규 세계관의 전일성을 각별한 노력으로 풀어낸
바 있다. 정효구가 본 정진규의 전일성으로서의 '直方' 역시 정진
규의 '상징＝실체'에 대한, '시 정신' 그것에 대한 희구로서의 표상
일 것이다.

　세계는 분리되지 않는 하나이다. 나는 앞에서 아인슈타인의 EPR
사고실험을 예로 든 바 있다. 그런데 그 실험은 불확정성 원리에
대한 비판만이 아니라, 나아가 세계는 분리되어 있지 않은 하나로
서 필연적으로 상호 교호작용을 행한다는 닐스 보어 등의 견해를
비판하는 것이기도 하다. 정효구는 전일성의 논전으로서 『中庸』의
"太極이 분화되기 이전의 상태"와 "분화된 태극이 조화와 균형을

---

46) 정진규의 메타시 「詩論」, "(……전략……)그간 나는 은유에 속았다 은유가 거추장스럽다
　　잘 자란 소나무는 片鱗이 얇다 홍안백발이라는 말이 있지……제대로 늙자 물푸레나무를 오
　　얏나무라고 우기지 말자 다리를 놓고 강을 건너지 말자(……후략……)"에서 빌림.

이룬 상태"를 인용한다. 그런데 사실, 닐스 보어는 이 태극(太極) 문양을 일찍이 그의 문장(紋章)으로 삼았다.

정진규는 전일성의 문제에 관하여 등단 초기부터 근본적인 문제로 고뇌하고 극복하기 위해 사유해 왔다. 그러한 전일성의 극복 과정이 또한 그의 시 제작의 원리이자 본질로서 그는 정진을 거듭해 왔다. 그것은 앞에서도 우리가 살펴본 바와 같이, 박두진과 김동명의 추천을 받은 정진규로서 전통성에 바탕을 둔 시성과 유려한 자신의 은유 율문들을 모두 버리고 상징과 세계의 전일화를 추구하기 위해 험난한 실험의 세계로 그는 걸어 들어간 것이다.

정진규는 제13시집 『껍질』에 산문 「詩의 緣起本性에 대하여」를 싣고 있다. 서두 부분에서 그는 '별무덤'이 있다는 일본관심사日本觀心寺의 소개를 TV에서 본 휴일 날 아침, 손에는 전날부터 읽기 시작한 『시인을 위한 물리학』이라는 책이 쥐어져 있는 것에 놀랐다고 말한다. '우주의 신비와 잃어버린 시간을 찾아서'라는 부제에 어울리게 첫 페이지부터 별들의 이야기로 가득했으며, 특히 혜성의 운명적 예감이 세기말적 시적 상징으로 진하게 다가왔다고 한다. 머리말에는 "우리 모두는 허우적대며 세속적인 삶을 살고 있지만, 소수의 사람들은 별을 바라볼 줄 안다."는 오스카 와일드의 희망적인 암시를 인용하고 있어 안도감을 주는 것이 다행이었다고 한다. 어쨌건 이처럼 '별'이 '별'을 부른 것이라며 이런 상황을 바로 시의 '緣起本性'으로 생각한다며 정진규는 기술하였다. 정진규는 이 글에서 뒤이어 체험과 시의 간극을 없애는 체험시의 시관과, 아울러 시인의 일생사 아픔과 희열의 연기적 사태들을 詩作과 일체화하는 '緣起本性'의 詩論을 피력한다.

그런데 필자 또한 이 산문에서 놀랍고 흥미로운 여러 가지 사실들로 인하여 이 글을 부가하여 적는다. 나는 이 글의 서두 첫 페이지 첫 머리에 그의 시성을 대표하는 한 편의 시로서 「별」을 제시해 놓았었다. 다시 한 번 옮겨 본다.

별들의 바탕은 어둠이 마땅하다/ 대낮에는 보이지 않는다/ 지금 대낮인 사람들은/ 별들이 보이지 않는다/ 지금 어둠인 사람들에게만/ 별들이 보인다/ 지금 어둠인 사람들만/ 별들을 낳을 수 있다// 지금 대낮인 사람들은 어둡다

그런데 정진규는 '緣起本性'을 얘기하면서 첫 서두에서, 웁살라대학교의 이론물리학 교수가 쓴 별들의 이야기를 피력하고 있다. 그뿐이 아니다. 웁살라대학은 탁월한 과학자이자 신학자로서 영(靈)들의 세계를 왕래했다고 알려진 스베덴보리가 수학한 곳이다. 사실, 칸트는 스베덴보리의 영적(靈的) 능력이 무근거한 것이라는 생각에서, 인간의 이성 한계를 지적하는 『순수이성비판』을 썼다. 그러나 앞서도 언급이 있었지만 현대의 물리학자들은 기기에 의한 관찰의 실험결과들 이상으로 인간의 직관적 통찰에 의한 사고(思考)실험에 관심을 갖는다. 피어스는 기호학의 핵심 개념으로서 '통찰(insight)'을 고려하였으며, 화학자 케쿨레가 꿈속에서 꼬리에 꼬리를 물고 있는 원형의 뱀 무리를 보고 벤젠을 육각형구조의 사이클로 배열하는 영감을 얻었다는 사실은 너무나 유명하다. 앞서 언급한, 동시성원리를 칼 융은 뛰어난 물리학자 파울리와 공동 저서로 발표하였다. 하지만 칼 융은 현대심리학의 대부 격이었던 분트로부터 집단무의식에 대한 비판을 받았다. 그것은, 분트는 칸트의

'의식' 개념하에 현대심리학을 구축하였기 때문이다. 카시러 또한 의식에 바탕을 둔 싱징이론을 펼쳤는데, 우리가 카시러와 칸트의 이론 한계를 지적하는 것은 바로 그러한 문제 때문이다. 나는 시작(詩作)을 비롯하여 인간의 창조적 정신작용은 의식이나 무의식이 아니라 비의식[47](nonconsciousness)임을 줄곧 피력해 왔다. 통찰과 직관 그리고 칸트의 '순수이성'조차, 심지어는 일상적 언어수행까지도 의식이 아닌 비의식의 작용이다. 단지 인지작용인 의식이 병행되고 있을 뿐이다.

아주 작은 초미립자들의 세계가 공간을 초월하여 서로가 영향을 미치고 있다고 보는 데이비드 봄은, 우주는 하나(oneness)로 연결되어 있다고 생각했는데 이것을 비국소성 원리(non－locality principle)라고 하였다. 데이비드 봄은 정신과 물질, 우주를 (동일한 질료로 이루어진) 하나의 존재로 이해하였고, 이 역시 수학적 사고思考실험에 의한 것이다. 그런데 비국소성의 원리를 비롯한 현대 물리학자들의 우주관은 불교의 연기론緣起論과 동일한 모형의 사유이자 결론에 이르고 있다. 정진규 또한 자신의 고유한 사색을 통해 緣起論을 그의 전일체적 세계관의 시론에서 다시 재확인하고 '緣起本性'의

---

47) 비의식은 창조적 정신작용, 즉 상징을 생성하는 정신계 또는 그 작용이다. 무의식은 정신의학적 측면에서 사용되는 용어이고, 그것도 창조적 정신 기능이 아닌 개인적 콤플렉스의 이상 징후와 관련하여 사용하는 용어이다. 그 점은 프로이트는 말할 것도 없고 칼 융 역시 마찬가지였다. 단지, 칼 융은 집단무의식의 경우 신화소적 상징의 생성처로 보고 있으나, 그 점을 제외한다면 칼 융이 집단무의식을 창조적 정신작용으로 지시하였다고 볼 근거가 없다. 한편, 쉬르레알리슴의 자동기술과 관련하여 연구자들은 한결같이 '무의식'과 결부 지으나 그것은 처음부터 무의식의 성격에 대한 이해 부족에 기인한 것이다. 윌리엄 제임스 등은 철학에서의 '무의식' 개념 역시 상징 또는 창조적 사고 기능의 원천으로 보지 않았다. 오히려 분트는 심리학을 의식의 문제로 한정하기까지 하였으며 칸트, 카시러 등은 상징의 생성과 관련하여 무의식에 관하여선 외면하였다고 말할 수 있다. 보다 상세한 내용은 필자의 『비의식의 상징』(한국학술정보(주), 2008년) 참고.

詩論을 피력하고 있다.

　필자 역시 상징과 기호에 관한 기나긴 고찰의 과정에서 상징과 기호 그리고 자아와 자연 그것은 하나로 연결된 하나의 존재자라는 생각에 이르게 되었다. 그런데 놀랍게도 정진규 또한 전혀 다른 사유의 방식으로 그러한 전일체의 세계관에 도달하였다는 사실에서 나는 또 한 번, 세계와 존재가 하나의 모형과 패턴으로 현현한다는 사실에서 놀라고 말았다.

　아무튼, 정진규는 '음예陰翳'와 '여합부절如合符節'이란 의미를 '緣起本性'에 부가하여 사용함으로써 필자가 보기에 정진규는 그의 시문 통사형식의 양태와 함께 그 텍스트의 주제적 내용에 이르기까지 하나의 의미체를 이루어 가히 그의 시정신과 시미학은 전일체의 시학을 이룬 것으로 평가된다. 그러한 그의 시관은 정효구와의 대담에서 다음과 같은 언급으로 요약되어 나타난다.

"자아와 세계는 별개가 아니라는 것이 그간의 나의 생각이었습니다……
내가 쏜 화살이 과녁에 적중하고 과녁이 쏜 화살이 내게 돌아올 때까지
믿고 나는 기다립니다."(정진규)

4－4. 실체시 이후의 통사 양식: 암시적 상징 부여

　형식과 주제는 그 생성 주체主體를 중심으로 분리될 수 있는 것이 아니다. 주제는 곧 형식이며 형식은 진정한 의미의 주제를 품고 있다. 겉으로 드러난 꽃의 형상과 꽃의 속성은 다른 것이 아니다.

꽃의 형상이 거시적 관점의 것이라면 꽃의 속성은 꽃의 미시적 작용의 총합으로서의 '개념' 그것이다. 꽃의 형상은 꽃의 속성이 우리의 거시적 감관작용에 의해 포착된 부면일 뿐, 꽃의 형상 속에 꽃의 속성이 부여된 것이 아니다. 예술에 있어서 시의 형식 또한 그러하다. 시의 형식은 주제를 담고 있는 의미의 그릇이 아니다. 시의 형식은 시의 내용 그것이다.

우리는, 은유의 환영을 경계하여 정진규 그만의 방법론을 추구해 온 시인이 '알詩' 이후 상당히 진척된 시 미학을 여러 차례 보여주고 있음을 매우 이상히 여긴 바 있다. 그는 '알'로서의 육화된 세계로의 이행을 통해 그 방법론적 껍질마저 깨뜨리고 또 다른 우주에 들어서고 있는 것은 아닌가.

- 「알45」

근년 들어 정진규의 텍스트는 '의미의 향기'[48]가 더욱 깊어지고 있다. 우리가 실체시라 명명했듯 <상징＝실체>의 극단을 추구하면서도 그는 서서히 은유를 문면에 드러내기 시작한다. '실체시'의 통사형식에 암시적 상징의 수사학을 부여하는 것이다. 그러나 정진

---

48) 이 글에서 '의미'는 '텍스트의 의의'를 뜻한다. '형식'에 대응하는 용어가 아니다. '의미의 향기'는 '의미의 의미' 또는 '의미의 내용'이다. 그러나 전자는 그레마스가 기호학에서 먼저 사용했고, 후자는 '형식'의 대응어로 오해될 수 있어, '향기'를 썼다. 기술적(수사학적) 용어로는 '주제'이다.

규의 그 '암시적 상징'은 <상징＝실체>의 토대 위에서, 그 토대를 훼손함이 없이 설치되는 은유라는 것이 문채적 수사의 장치와 다르다. 정진규의 '암시적 상징'은 상징 곧 실체의 부정에서 비롯하는 것이 아니다. 다시 말해, 그의 주요한 시정신인 '화자우월주의'와 '비우기'를 포기하거나 부정하여 대상에 대한 자의적 관점의 접근에서 사용되는 수사학적 도입이 아니다. 이 암시적 상징이 그의 실체시 정신에 부여되기까지 정진규는, 이제 살펴보겠지만 『도둑이 다녀가셨다』, 『本色』 등 시편들을 통한 모색과 실험의 지난한 여정을 거친 결과이다. 그 과정에서 얻은 깨달음의 결과, 그는 암시적 은유의 상징들을 드러내게 되었다. 이는 정진규 시의 또 한 번의 의미 있는 전환이다. 시인은 실체시의 통사 형식을 '의미의 향기'로 승화시켜 내고 있다.

한여름 내내 천 개의 애벌구이*에 한여름 내내를 쓴 적이 있다 붓이 잘 나가질 않았다 들끓는 나를 靑華**로 달랜 적이 있다 자주 어지럽던 슬픔의 運筆을 구워낸 적이 있다 슬픔에 사흘 밤 사흘 낮 불을 지피자 항아리가 빚어졌다 슬픔이 항아리를 빚어냈다 터질 듯 달항아리로 떴다 속을 비워냈다 터질 듯 비워냈다 그때부터 그런 아궁이 하날 지니게 되었다 너는 떠나고 어제는 진종일 혼자서 장작을 팼다 이번 한여름에도 사흘 밤 사흘 낮 불을 때야 할 모양이다 슬픔의 運筆이 또다시 시작되었다 벌써 호되다

* 초벌구이. 유약을 안 바르고 저열로 처음 구워낸 질그릇.
** 辰砂, 鐵砂 등과 함께 도자기에 스는 푸른 물감.

— 「달항아리」

우주는 쉼 없는 像의 변화를 보여 주기 마련이다. 그의 '몸' 역시 우주의 기운의 한 자락이니, 맑고 깊은 알 속에서만 안거할 수 없다. 또한, 그것이 '시'의 이치이기도 하다. 제11시집 『도둑이 다녀가셨다』에서, 정진규는 그동안의 '방법론'에만 매여 있지 않음을 우리는 알 수 있다. 시가 아닌 것이 '좋은 시'일 수 있지만, '좋은 시'가 이제 더 이상 '시'가 되지 않기도 하다. 왜, 시인들은 시를 쓰다가 시를 버리는가! 그것은 나날이 자기를 깨닫기 때문이다. 정진규 시인은 등단 이후 끊임없이 자신의 화두를 제시해 보여 왔다. 시와 우주는 언제나 진행형 속에 있다. 그래서 우리는 그의 다음 텍스트에 대한 궁금증이 증폭되는 것이다.

위 시는 그의 '시'에 대한 끝없이 타오르는, 새로운 우주에 대한 강렬한 열망을 품고 있다. 그는 자신의 알을 스스로 해체하는 새로운 시작의 비장함을 내비추고 있는지도 모른다. '戀書'는 단순한 '戀書'가 아니다. 시인 정진규에게 '戀書'는 전일성의 하나의 화두 그 자체이다.

시인은, "긴 장대 하나만 허공에 흔들렸다 그 비인 자리에 네가 날아와 앉았다 어느 날은 너마저 어디로 날아갔는지 날로 수척해지는 기인 장대 하나만 허공에 흔들렸다"(「솟대」)고 부재의 스산함을 나타내기도 하지만 곧, "나도 모르는 사이 저 혼자 스스로 일군

남새밭, 꽤 키가 자란 초록 남새밭 한 떼기로 너에게 간다 너는 不在中, 나도 모르는 사이 오래 묵어 발효된 곰삭은 土質 탓이기야 하겠으나 저 혼자 자라 제 맛을 잃지는 않았을 터, 싱싱한 푸성귀들"이라 한다.(「남새밭」)

이러한 그의 「남새밭」은 의미심장하다. 나아가 시인은 "젖 먹던 힘을 다시 갖게 되었다……그리로 피가 돌았다……새로 만난 최근의 내 사랑은 최소한 토란밭 한 떼기는 될 수 있다고 나 말씀드릴 수 있다"고 한다.(「토란밭」) 그러하다면, 시인이 이루고자 하는 것은 무엇일까?

<blockquote>
죽음이여, 그래도 아직 십중팔구는 알을 슬을 수 있을지도 모를 늙은 男子 하나, 그의 이후 행로가 궁금하다(……)

– 「죽음」 부분
</blockquote>

그렇다. "본래 하나였다!"

그렇다면, 이제 정진규는 은유와 비은유의 경계마저 넘어서는가. 이제 은유 그 허황함의 두려움을 초극하였다는 것일까. 그런지도 모른다. 오랜 시의 여정을 오직 상징의 실체 되기만을 작업하여 온 정신은 이제 기둥을 이루었으니. 이제 시인은 그의 '詩性'을 '실체시'의 텃밭에서 다시 피어오르게 하려는지 모른다.

우리는 「戀書」에서 타지 않고 몸을 떠는 '白拔字'를 보지 않았던가. 뼈를 휘감아 오르는 정신은 이제 은유의 꽃을 두려워하지 않는다. 그는 세 번째 다시 태어날 준비를 하고 있는지도 모른다. 시인은 『껍질』에서 전에 없이 새로운 글들을 보여 준다. 이제 그는

詩性을 다시 불러들이고 있다.

　시인은 『껍질』의 「산문Ⅱ……」에서, '암시적인 언어'가 지니는 이미지로서의 리듬 같은 것을 접합시킬 수 있는 생체적인 호흡률이 산문 고유의 리듬에 있음을 발견하였다고 말한다. 그런데 『껍질』에서는 '암시적인 표현'들, 즉 '열림상징'49) 이 시편들마다 사용되는데 열림상징은 지시적 1 : 1의 단순한 은유와는 달리 그 의미론적 확산이 깊고 넓다.

> 길목에서 5백 년 묵은 滿開의 이팝나무를 통째 꽃다발로 받았다 길쪼로다 마침내 靈巖寺址엘 올라 천 년 龜趺의 옆구리에 천 년으로 양각된 잉어 한 마리를 낭자하게 보고야 말았다 물살 일었다 탱탱하게 꼬리치고 있는 걸 파다하게 보고야 말았다 한 번 더 이팝나무 꽃들이 합천 가회 지리산 골짜기를 滿開로 자욱하게 덮었다 나는 한 마리 잉어를 끝내 먹을 수 없게 되었다
>
> * '잉어'는 내 어머니의 태몽이셨다.
>
> － 「잉어」

　정진규는 정효구와의 대담에서 그의 시의 산문 樣式은 단순한 방법적 선택이 아니라 자연스러운 혹은 필연적인 하나의 발생이었다고 말한다. 그러하듯, 『알詩』에서부터 일부 나타나는 열림상징의 은유들 또한 '의도적'이 아닌, 자연발생적이고 내적 필연성에 의한

---

49) 열림상징이란, 의미확산적 상징을 말하며, 오늘날 수사학의 상징 그것인데 칸트는 감성적 이념은 "상상력의 표상을 의미하는 것으로, 이 표상은 많은 사유를 유발하지만 그러나 어떠한 특정한 사상, 즉 개념도 이 표상을 온전히 담을 수 없으며, 따라서 어떠한 언어도 이 표상을 다 설명할 수 없다."(『판단력 비판』§ 49)고 하였다. 괴테 역시 1824년의 『금언과 성찰』에서 "상징은, 현상을 관념으로 변형시키고 그 관념을 이미지로 변형시킨다. 그러나 그 관념이 항시 무한히 능동적인 상태를 유지하고 이미지를 통해서는 접근이 불가하며, 어떤 언어들을 다 사용하더라도 의미가 남게 한다."고 한 그것이다.

'발생'이다. 그것은 정진규의 시정신과 체질로 보아서도 당연한 일이다.

정진규는 『껍질』의 자서에서 "緣起本性의 生命律로 들숨날숨을 하고 있어 부끄러운 대로 자유롭다. 여기 묶는 시편들을 쓰는 동안 내 정신의 운용과 쓰기의 운필이 그러하였다고 감히 느낀다."고 언급한다. 이러한 자신감은, 이제 시인이 분명한 그 무언가를 이룬 듯한 느낌을 준다. 은유에 대한 거부도 들숨과 날숨의 생명률에 따라 이제는 놓아버린 듯하다. 시인은 리듬의 미학을 보다 깊은 곳에서 파동 쳐 나오게 한다. '음예사상'의 암시성은 그에 걸맞은 의미론적 리듬의 율격을 타고 있다.

음예라는 말, 큰 그늘 양산, 감당키 어려웠다 돌아와서도 지워내느라고 거두워내느라고 석 달 열흘쯤 걸렸다 감당키 어려웠다 일어서는 파도에 큰 바다의 무엇이 어려 있었을까 무슨 그늘 깊게 내리고 있었을까 연전 멕시코 바다 칸쿤까지 가서 내가 감히 여러 날 실종되었던 까닭도 바로 그거다 더께가 실로 두꺼웠다 너무 푸르고 너무 넓게 가려 있었다 오늘은 석남사 갔다가 양은 개밥 그릇에 익사한 호박벌 한 마리를 보았다 호박벌 한 마리가 관음보살로 몸 바꾼 그런 깊은 그늘도 하나 보았다 그런 호박벌의 실종을 보았다 지금 나도 또 무슨 큰 그늘로 실종되고 있는 중일까 또 석 달 열흘쯤 걸릴 것인가 요즈음엔 한 송이 키 작은 제비꽃 같은 것만 보아도 내가 한참씩 실종되고 있다 사는 일이란 실종의 연일이라는 걸 알았다 할 수 있다 거기가 어디인가 날로 실종에 익숙하다 그늘이 오지 않으면 오히려 기다려지게 되었다 돌아가야 할 길 날로 아득해질 것이다.
— 「陰翳」

산문시에 '암시적인 언어'를 사용하는 것은 형식의 완성 이후에 시인이 변화를 존재론적으로 보다 깊이 들어가고 있음이다. 그것은

『도둑이 다녀가셨다』,『本色』『껍질』 등에서 시인이 보여 주는 새로운 걸음이다. 확고한 시정신을 바탕으로 생명의 기운들이 새봄의 순처럼 그의 시를 휘감는다. 비은유의 상징 속에 상징의 기운이 맴돌고 있다. 그의 '실체시'에 연담(淵潭)처럼 은유의 꽃이 피고 있다. 그런 정진규는 여전히 실험의 삽날을 닦기를 게을리 하지 않는다. 상징 곧 실체라는 시인의 텍스트는 이제 존재론적 깊이와 함께 암시적 은유의 상징이 울림의 무게를 가중한다.

삽이란 발음이, 소리가 요즈음 들어 겁나게 좋다 삽, 땅을 여는 연장인데 왜 이토록 입술 얌전하게 다물어 소리를 거두어들이는 것일까 속내가 있다 삽, 거칠지가 않구나 좋구나 아주 잘 드는 소리, 그러면서도 한군데로 모아지는 소리, 한 자정子표에 네 속으로 그렇게 지나가는 소리가 난다. 이 삽 한 자루로 너를 파고자 했다 내 무덤 하나 짓고자 했다 했으나 왜 아직도 여기인가 삽, 젖은 먼지 내 나는 내 곳간, 구석에 기대 서 있는 작달막한 삽 한 자루, 닦기는 내가 늘 빛나게 닦아서 녹슬지 않았다 오달지게 한번 써볼 작정이다 삽, 오늘도 나를 염殮하며 마른 볏짚으로 한나절 너를 문질렀다

- 「삽」

5장 맺음

정진규는 상징 곧, 실체의 합일에 전력을 다해 왔다. 그의 '몸'의 시적 사고와 세미오시스는 '知'나 '智'의 차원이 아니라 삶과 실체의 문제를 겨누어 왔다. "시詩란 보이지 않는 것을 보이게 하는, 안과 밖이 하나의 몸으로 다시 태어나게 하는 가장 적극적인 사랑의 실체화라는 깊은 깨달음이었다."[50]고 그는 술회한다.

"'몸'은 가시적인 육신이면서 불가시적인 또 하나의 육신이라고 믿고 있다⋯⋯시간 속의 우리 존재와 영원 속의 우리 존재를 함께 지니고 있는 실체"라고 그는 생각한다.[51] 시·공을 초월하여 있는 실체. 그렇다. 시간은 나누어져 있지 않다. '있음'은 '언제나' '있음'이다. 미래는 '오지 않은, 일어나지 않은 것'이 아니다. 실체는 변화할 뿐이다. 그 속에서 실체로서의 '몸'은 하나로서 있다. '언제나' '하나'로서 존재하고 있는 것이다.

정진규는 전일체의 시정신과 실체론의 통사 형식에 더하여 상징의 깊이를 더함으로써 가히 전일론적 하나로서의 미학을 이루고 있다고 말할 수 있다. 정진규는 장인적 정신과 실험적 자세로서 끊임없이 정진해 온 이 시대의 보기 드문 장인의 한 명이다. 필자는 이 글을 쓰면서 정진규의 시 세계와 정신의 실현 과정에서 어떤 전율과 경의를 느낀다.

이 글에 끝으로 한 가지 덧붙인다면, 이 글은 고전시론에서 말하

---

50) 『질문과 과녁』, p.121.

51) 『몸詩』, 자서.

는 형식에 대응한 '의미'와 쾌감, 즉 미학성의 문제는 다루지 않았
다. 비록, 형식과 내용이 불가분의 관계에 있다고는 하지만, 비평의
생성자는 기호학적 형식의 문제만을 다루는 게 역할이며, 미학적
의미는 상징의 생성자 각자의 몫이라는 게 언제나 변함없는 지론
이다. 존재론이 존재를 대신하지는 못하는 까닭이다.

〈정진규 시인 연보〉

1939년 경기도 안성군 미양면 보체리 12번지 출생

1957년 안성농업고등학교 재학 중 김정혁, 박봉학, 홍성택 등과 동인시
　　　집『芽話集』,『바다로 가는 合唱』간행, <학원문학상> 수상

1958년 고려대학교 국어국문학과 입학. 당시 교수이던 조지훈 시인의
　　　문하를 드나듦. 만해 한용운문학전집 원고 발굴정리에 참여

1960년 조지훈, 김동명 심사로 <동아일보> 신춘문예 등단

1963년 변영림과 결혼. 1962년 장남 敏泳 출생

1964년 고려대학교 졸업. 딸 栖英 출생

1965년 김광림 시인 주선으로 제1시집『마른 수수깡의 평화』출간

1969년 전환의 시론「시의 애매함에 대하여」를『詩人』에 발표

______ 이때부터 시에 있어서의 개인과 집단에 대한 대립적 사고의 통
　　　합의지에 골몰함

______ 차남 芝泳 출생

1971년 제2시집『有限의 빗장』출간

1977년 제3시집『들판의 비인 집이로다』출간

______ 개인과 집단의 문제 이른바 <詩性>과 <散文性>의 구체적
　　　통합에 들어감

1979년 제4시집『매달려 있음의 세상』출간

______ 이해부터 이근배, 허영자, 김후란, 김종해, 이탄, 이건청, 강우식
　　　등과 <현대시를 위한 실험무대>를 극단 <민예극장>과 갖기
　　　시작함. 시극「빛이여 빛이여」를 허규 연출로 공연. 시와 무대에
　　　관한 관심은 <시춤>으로 이어져「따뜻한 상징」(창무춤터 1987),
　　　「오열도」(김숙자 무용단, 문예회관 1988),「먹춤」(류기봉 포도밭,
　　　1990), 교향시「조용한 아침의 나라」(장일남 작곡, 세종문화회관,
　　　1990) 등의 공연으로 이어짐

1980년 <한국시인협회상> 수상

1983년 제5시집『비어있음의 충만을 위하여』출간

______ 시론집『韓國現代詩散藁』출간, 편저『芝熏詩論』출간

1984년 제6시집 『연필로 쓰기』 출간

1985년 <월탄문학상> 수상

1986년 제7시집 『뼈에 대하여』 출간

1987년 <현대시학작품상> 수상

1988년 전봉건 시인 작고로 월간 시전문지 『현대시학』 승계

1990년 제8시집 『별들의 바탕은 어둠이 마땅하다』 출간

1994년 제9시집 『몸詩』 출간

1997년 제10시집 『알詩』 출간

1998년 한국시인협회 회장

2000년 제11시집 『도둑이 다녀가셨다』

2001년 <공초문학상> 수상

2002년 한국 현대시 100인의 시를 붓글씨로 쓴 <정진규 詩書展> 개
　　　 최, 『絅山詩書』 출간

2003년 시론집 『질문과 과녁』 출간

2004년 제12시집 『本色』 출간

______ 제2회 정진규의 춤쓰기 먹춤 공연(류기봉 포도원): 50m의 광목
　　　 에 춤을 추며 즉흥시를 붓으로 써 내려감

2005년 독일어 번역 시집 『말씀의 춤(Tanz der Worte』(프랑크푸르트:
　　　 아벨라 사) 출간

______ 정효구, 『정진규의 시와 시론 연구』 출간

2006년 대한민국 문화훈장 수훈

2007년 『정진규 시선집』 출간

______ 제13시집 『껍질』 출간

2008년 활판시선집 『우리나라에는 풀밭이 많다』 출간

2009년 제14시집 『공기는 내 사랑』

Ⅱ부

몸론의 연금술사 박상륭의 소설미학과 시적 장치
─ 시와 소설의 상호 텍스트성

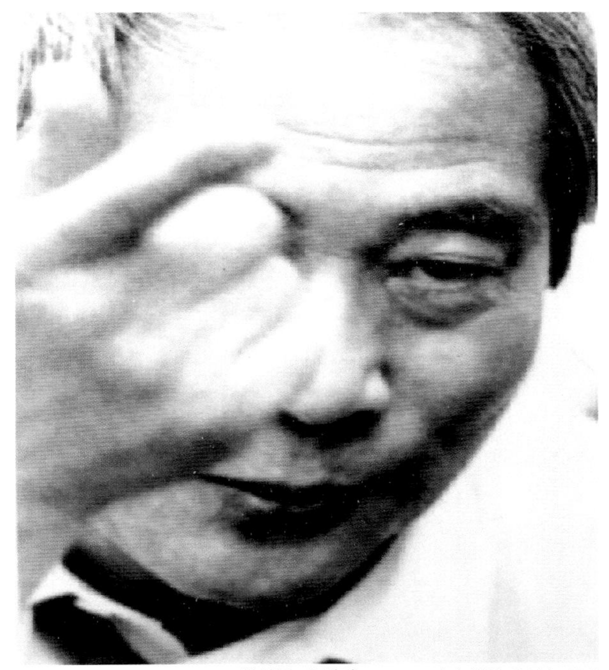

박상륭 소설가   사진 촬영 육상수 작가

자의적 상징이라는, 인간의 자연에 대한 과학적 해석과 구성은 언젠가는 하나의 조악한 신화로 읽힐 것이다. 마찬가지로 심오한 종교와 초월적 직관의 시와 예술마저도 언젠가는, 고고학적 사료처럼 형체를 알 수 없는 비문이나 그 부스러진 한 파편의 조각으로서, 이해되지 않는 주문처럼 기묘한 인상을 던져 주게 될 것이다. 그러니 미래의 그 무덤 속 비문의 해독가능성에 대하여 지금 여기서 우리가 시시비비를 논할 필요는 없을 것이다. 미래에 발견될 문자의 조각들은 그들의 운명에 맡겨 두자. 지금 우리가 할 일은, 문자기호와 체계의 양식이 이 시대의 생활양식에 비추어 어떤 흥미를 유발하는가를 살피며 기록하는 일일 것이다.

1장 시는 문화의 원천이자 본질소이다

- 나에게 정신은 오직 정신처럼 보이는 것에 지나지 않는다. 그리고 모든 '불멸의 것' - 그것도 한갓 비유에 지나지 않는다.(니체)

모든 인간 문명은 시의 표상이다. '시'는 다른 것으로 다른 것을 나타낸다. 그러므로 다른 것으로 다른 것을 나타내는 모든 기호는 시의 텍스트이다. 시는 텍스트가 아니다. 시는 '상징'이며, 그 표상이 텍스트이다. 즉 시의 '기호'이다. 그러니까 우리의 모든 문화적 표상물은 시의 텍스트인 것이다. 상징의 비유성을 잊은 채 모든 텍스트에 우리는 달리 이름을 부여할 뿐이다. 시는 우리의 동일화 상징 능력을 무한히 확장하여 실재의 인식으로 나아가게 한다. 자의적 상징기능을 지닌 인간은 본질적으로 시적인 존재이자, 그러한 운명의 존재이다. 이것은 상징기능을 지닌 우주 만물의 공통된 사실이다. 기호는 상징의 표상이며 상징은 자연의 반영이다.

비동일화의 동일화, 같지 않은 것을 같게 하는 것, 이것이 우리 만물 세계인식의 원리이다. 시는 모든 인식의 모태이다. 시는 이 원리를 궁극자로부터 최초로 부여받았다. 모든 문화예술의 본질은 은유라는 점에서 시의 아들들이다. 시는 모든 인간 문화와 삶의 밑바닥에 자리하고 있으며 그 기능성은 인간 문화의 모든 요소에서, 삶을 내밀히, 그 문화들의 숲을 이루게 한다.

이성의 논리는 통찰과 직관에 의해서 생성된다. 결론을 끌어내기 위한 전제의 생성은 '논리식'에 의해 주어지지 않는다. '전제'의 생성은 우리 정보체의 자신 내부에서 전기·화학적 신호작용의 비의식으로 이루어진다. 그것은 무(無)의 세계에서와 같은 심연의 바다에서 등불을 켜는 것과도 마찬가지의 일이다. 시적 상상력은 사유의 원형적 기능을 갖고 있다. 시는 직렬적 사고체계의 철학에 본질을 통찰하게 하는 열린 사고를 가능하게 한다. 시적 유희는 모든 창조성의 원형이다.

오늘날 물리학, 수학, 생화학 등이 학습되고 있지만 사실 그것들은 특별한 목적의 기능성 학문이다. 그것들을 보다 잘 운용케 할 수 있는 본질적인 기능은 상징의 훈련, 즉 비유를 활성케 하는 은유의 유희이다. 시 또한 쾌감을 추구한다는 점에서 특수한 목적을 갖는 예술의 하나이다. 하지만 시는 오직 비유에 초점을 맞춘다는 점에서 가장 본질적 상징의 기관이다.

모든 예술의 맛을 완성시키는 향로는 시이다. 박상륭의 소설에 있어서도 예외는 아니다. 「아겔다마」를 비롯한 단편들에선 강한 주제를 표출하는 신화적 장치의 시적 요소들이 단편들을 살리고 있다. 『죽음의 한 연구』는, '유리'라는 고대 중국의 지명을 차용하여 소설의 무대로 삼는, 시공을 초월한 유비적 공간의 배경을 설정함으로써 소설을 처음부터 시적 무대로 만들어 독자들로 하여금 신비한 세계를 들여다보게 하는 강한 호기심을 갖게 한다.

공문(空門)의 안뜰에 있는 것도 아니고 그렇다고 바깥뜰에 있는 것도 아니어서……(중략)……그냥 걸사(乞士)라거나 돌팔이중이라고 해야 할 것들 중의 어떤 것들은, 그 영봉을 구름에 머리 감기는 동녘 운산으로나, 사철 눈에 덮여 천년 동정스런 북녘 눈뫼로나, 미친 년 오줌 누듯 여덟 달간이나 비가 내리지만 겨울 또한 혹독한 법 없는 서녘 비골로도 찾아가지

소설은 선종 제5·6조의 종주 계승의 과정사를 주 인물의 이야
기와 겹치게 하여 구도적 미학의 소설을 끌어간다. 그렇게 박상륭
은 구도와 철학 그리고 소설이 만나는 은유의 시학적 장치를 통해
소설 미학을 깊고도 높은 경지로 이끌어 간다.

미술 역시 마찬가지이다. 깊은 미학의 도상성은 기호를 구성하는
질료체가 상호 텍스트적으로 교융하여 세계의 동질성을 궁구하도
록 나아가게 하는 상상을 불러일으키도록 기호의 구성이 이루어져
야 한다. 그러한 기호의 배열과 배치는 시적 상징의 표상으로 이루
어진다.

음악도 마찬가지로 그러하다. 음악의 주요소는 음의 높낮이, 길
이, 강약이다. 이 세 가지 음악의 기호소는 그 각각의 요소들이 순
차적으로 나열되지만, 극적 효과를 다하기 위해선 각각의 기호들이
상호 텍스트적으로 교융한다. 그 교융의 효과는 음의 모든 기호소
들이 화성을 이루도록 함에 있다. 세계를 표상하는 음악의 기호소
들이 세계의 편린들을 하나로 이어 주며 공감각적 사유 속에 시적
미학의 쾌감을 생성하게 한다. 우리는 음악의 경우 음의 높낮이의
진행, 즉 멜로디와 그 화음성에 먼저 관심을 갖지만, 음의 길이와

---

52) 박상륭, 『죽음의 한 硏究』(상)(서울: (주)문학과지성사, 1997년 재판), pp.9~10.
　　이하 『죽음의 한 硏究』는 ‘『죽음』’이라 한다.

강약 또한 멜로디와 화음의 시·공간적 변화 현상에 다름 아니며, 종국적으로 그 세 요소는 화음으로 환원된다. 음악 기호학은 이러한 관점에서의 논의가 필요하다.

희곡 역시 마찬가지이다. 한정된 공간에서 보여 주는 이야기란 특징적이고 함축적 표현을 사용한다. 이것은, 짧은 하나에 긴 세상사를 빗대는 기술인바, 곧 시의 방식이다. 느슨한 비유이다가도 때로 강조를 하기 위해선 동시성적 함축과 축약의 비유를 사용한다. 이때의 상황은 시공을 초월한다. 곧 신화적 공간이나 시적 판타지의 장면을 연출한다. 시적 비유가 없는 모든 이야기나 표현은 죽은 은유로 떨어진다.

소설 역시 시의 한 분파이다. 소설은 고도의 미학을 성취하기 위해 시적 기교를 사용한다. 서사적 측면에선 신화를, 보다 미학성을 높이고자 할 때 시적 기교로 나아간다. 신화나 동화는 서사적이다. 미학적 측면에서 시보다 느슨한 동화나 신화는 판타지를 사용한다. 사실적 이야기는 가공적이어야 한다. 그런 까닭에 과장된 비교법을 쓰게 된다. 물론, 시에서는 비교보다는 비유를 주로 쓴다. 비교나 비유 모두 시공을 초월하지만, 비교는 스토리라인에 의한 느슨한 시적 장치이다. 그와 달리, 비유는 스토리라인을 초월한 파격적 시공의 기술이다.

비유는 본질적으로 시공을 초월한다. 우리의 인식 기초는 시공이다. 시공 속에서 우리의 감각은 동일성과 차이를 구별한다. 그와 같이 시공을 단절하는 형식논리의 세계에서 A는 결코 $\bar{A}$일 수 없다. A는 오직 A인 것이다. 그러나 비유의 세계에서는 그렇지 아니하다. A는 $\bar{A}$이 된다. 비동질성의 동일성이 성립한다. 그러한 비유의 세계는 시공을 초월한다. 비유가 개입하지 않는 텍스트는 시가 되지 않는다.

아리스토텔레스는, 은유의 능력은 남에게서 배울 수 없다고 했다. 은유는 타고난 것이다. 은유는 칸트가 말한 비유의 형식이다. 아리스토텔레스는 모방의 쾌감을 '배움에 대한 욕망'에 결부 지었다. 그 모방의 근원적 특질은 바로 동일성 여부의 확인, 즉 '비교'에 있다.

그러나 알려진 일반적 논지와는 달리 아리스토텔레스의 '모방'은 '은유'이다. 아리스토텔레스에게 모방은 구체적이고 사실적이기도 하다. 그러나 "훨씬 더 중요한 건, 은유에 능한 것. 이것만은 남에게서 배울 수 없는 것이며 천재의 표징"53)이라 하였다.

시의 원리는 칸트가 말한 '비유의 형식'이다. 수사학적으로 칸트는 정확히 본질을 가리켰다. 시인은 등호(＝)를 사용하는 수학자나, 화학적 부호를 사용하는 생물학자 못지않게 '동일화' 작업을 수행한다. 시나 수학이나 물리학이나 '동일화'의 작용에 의한다는 점에서 본질적으로 동일한 모형의 작업을 행한다. 수학자는 매일같이 시인들 이상으로 많은 동일화 작업을 행하지만 시인 또한 그에 못지않은 본질적 방식의 동일화 작업을 행한다. 그것은 직관과 통찰의 심층 비의식의 비약적 형태의 '동일화 작용'이다.

---

53) 아리스토텔레스, 천병희 역, 『시학』(서울: 문예출판사, 2002), p.134.(1459a 5).

'비의식'은 우리의 사고작용, 즉 '상징'이다. '의식'은 우리에게 단지, '인지작용'일 뿐이다. 우리에게 '의식'은 사고작용이 아니다. 사고작용 그것은 의식되지 않는다. 그래서 사고작용은 '비의식'이다. 인지물은 사고작용의 결과이지 사고작용이 아니다. 그러나 의식, 즉 인지는 비의식의 진행 어디서든 자유로이 진행된다. 일상의 언어활동 중에는 물론, 깊은 비의식 중에도 의지로써 가능하다. 일상 중의 비의식을 의식비의식, 심층 사고 중의 비의식을 심층(순수)비의식이라 한다.

상징은 세계에 대한 통찰과 이해의 작용이다. 상징을 가능케 하는 유사동질성의 인식은 세계를 하나로 보게 하는 열쇠이다. 세계의 본질은 空이며 현상은 色이다. 우리가 色을 인식함은 차이, 즉 '관계'의 인식에 있다. 色, 즉 의미(meaning)는 관계성의 인식 다시 말해 緣起的 행위의 인식이다. 상징은 緣起的 인식의 유희이다. 색과 공은 상보적이다. 이를 통해 우리는 세계와 하나가 된다. 상징은 그 열쇠이다.

음악은 소리로써 슬픔, 환희, 고통, 애수를 표상한다. 그림은 빛과 형상으로써 음악과 마찬가지로 은유를 표상한다. 모든 것은 은유를 통해, 은유를 거쳐 기능하며, 삶을 이룬다. 그릇은 음식을 담지만 문양과 형태로써 음식의 맛을 대신하고 은유[54]한다. 인간 문화가 모든 것이 은유의 미학을 지닌다는 점에서 시의 텍스트이다. 소위 '죽은 은유'라고 부르지만, 빛바랜 문화의 은유들을 되살릴 때 세상은 미상불 푸른 것들로 가득 차 우리를 놀라게 한다.

유비와 상상, 그것은 같지 않은 것을 같게 한다. 그것 아닌 그것들을 그것이게 하는 마술적 힘이 시적[55] 언어에는 숨어 있다. 동일

---

54) 우리는 은유를 편의상 상징의 대리어로 쓰기도 한다. 그러나 은유는 기호(텍스트)가 아닌, '사고'이다.

률의 기계적 오성으로부터 벗어나게 하는 상상, 그것은 동일하지 않은 것을 동일하게 하며 동일하지 않은 것들을 동일한 곳으로 불러 모으고 다른 것들을 하나 되게 하여 동일한 하나로서 전체 짓게 한다. 그것이 곧 유비적 연상과 상상에 의한 상징의 기능이다. 시적 유비의 기능성 그것은 모든 학문과 창조의 본질소이다.

---

55) 이제는 편의상 '시'를 '시적'이라는 말과 동일하게 사용한다. '의식'도 특별한 설명이 요구되는 곳 외에는, '인지(지각, 자각)' 대신 '의식'이라 한다. 우리의 〈비의식의 시론〉의 용어체계를 일관되게 사용함으로써 겪을 독자들의 어려움을 덜기 위해서이다.

2장 박상륭 소설의 시적 장치

[비유, 신화]

2-1. 시의 특징적 원리

　박상륭의 소설은 시공을 초월하여 구성되고 있다. 시공의 초월은 가장 주요한 신화적 요소이다. 현대의 세계를 벗어나는 가장 본질적 방식은 시공을 벗어나는 것이다. 현대의 시공은 문명이라는 인간에 의한 자의적 상징의 세계 구성이다. 그것은 유클리드적 인식론의 바탕을 이루는 시공 속의 범주적 구성이다. 그러한 방식이 범상한 인간들에게는 가장 명확한 세계의 인식 방편이다. 그것은 지극히 통상적인 형식논리적이고 초점적인 사고의 방식이다.

　신화의 세계는 그러한 인식론적 논리를 벗어나 있으며 그것은 시공의 초월에서부터 생성된다. 신화란 태초의 물활론적 세계에 있어서의 시적 이야기, 달리 말하자면 상징적으로 나타낸 정신적 규범이자 원형적 역사이다. 신화와 꿈 그리고 시는 동일하다. 꿈은 프로이트의 생각처럼 자기검열 의식에 의해 원망을 은폐하고 왜곡하는 것처럼 명료한 인지 상태하의 사고를 하지 않는다. 자기검열의 은폐, 왜곡 등은 인지하의 사고를 행하는 깨어 있는 우리들이 만든 것이다.

　꿈은 신화적 사고와 마찬가지로 시공간을 초월한다. 그것은 꿈이나 신화 모두 문명을 지향하는 자의적 상징의 사고를 하지 않는다. 꿈과 신화는 자의적 상징 이전의 전일적이고 大地的인 본능적 상징에 따라 생성된다. 물론, 시는 꿈과 마찬가지로 시공을 초월한다. 그러나 시나 신화가 꿈과 다른 점은 1차적으로 본능적 상징을 사용하지만, 2차적으로 초점적 상징의 작업을 행한다는 것이다. 시나 신화는 2차적 수정을 행한다. 그러나 꿈은 프로이트가 생각했듯이 검열이라는 2차적 사후 수정작업을 행하는 것이 아니다. 꿈은 그저 1차적으로 전일적이고 대지적인 본능적 상징을 행할 뿐이며 그런 까닭에 신화적이며 시적 상태로 비쳐 보이는 것이다. 프로이트는 꿈을 자의적 문명인의 관점에서 2차적 가공을 한다.

시공의 초월적 세계에서 형식논리적 사고는 소용되지 않는다. 그곳에서는 상상력에 의해 사차원적 상징이 자유롭게 구성된다. 시공을 초월하여 모든 사물은 하나로 이어지고 변환된다. 그것이 비유이다. 형식논리적 비유가 아닌 유비의 비유이다. 수학적 동일성이 아닌, 비동질성의 동일성적 사유가 작동된다. 그것이 신화적 사고이다.

사물과 사물을 초월하고 시간과 공간을 초월하는 신화적 사유는 다름 아닌 시의 세계이다. 단지 초인적 세계를 다루고 있지 않다는 점에서 신화와 차별될 뿐, 현대의 자의적 형식논리와 수학적 동일성의 원리를 벗어난다는 점에서 신화와 시는 동일한 원리로 구성된다.

비유가 내재되지 않은 경우, 비록 시의 모양을 갖추어 흉내 지었다 하더라도 그것은 일반적 서사일 뿐이지 시가 아니다. 신화 또한 성립되지 않음은 물론이다. 『죽음의 한 연구』를 비롯하여 박상륭의 소설은 시공을 초월한 무대에서 이루어지며, 수사학 역시 시적 비유에 의한 초월적 방식을 사용하고 있다. 박상륭의 소설에서는 법륜이든, 잡설이든, 시공을 초월한 비유의 텍스트가 요소요소에 배치되어 있다. 그것이 그의 법륜과 잡설을 소설로서 유지하게 하며 미학성을 담지하게 한다.

『죽음』의 제39일째의 기록 중 "처음에 소리였다가, 소리 자체가 소리를 삼켜버려, 소리가 소리가 아니게 하는 소리, 처음에 숨이었다가, 숨 자체가 숨을 삼켜버려, 숨이 숨이 아니게 하는 숨, 말을 말이 아니게 하는 말, 존재를 존재가 아니게 하는 존재, 비존재를 비존재가 아니게 하는 비존재, 옴, 말"에서 보듯, '소리'가 '숨'으로, '말'로, '존재'로, '옴'으로 그리고 다시 '말'로 이어지는 변환의 비유의 고리를 보여 준다. 또는, 유리에서의 마지막 40일째를 기록하고 있는,

해는 없어도 어둡지는 않고, 그렇다고 조금도 밝지도 않아, 연수정 속을 들여다보는 것 같은 밝음. / 그런 어두움 / 그 가운데로는, 전엔 줄기차게 흘렀을 것도 같은 냇물이 한줄기 놓여 있는데, 그 물은 한 방울도 줄지도 늘지도 않은 채 그냥 정지해버려, 지금은 흐르지 않는다……그런데 저 정지해 버린 흐름의 한 둔덕에 계집 하나이 앉아 있는데, 하반신은 아직 명확히 보이지 않고, 겨드랑 밑에 독수리의 날개를 달고 있다. / 그녀는 그리고 뭔지 품속엣 것을 내려다보며 노래하고 있다. // 오씨요, 임자요 오씨요, 집우로 오씨요…… / 라고, 한없이 반복하고 계속한다…… // 그러다 조금 있으니, 황원의 복쪽에서 발원한, 한 회오리바람이 누런 모래기둥을 일으키며, 암컷에게 가는 검은 숫말로서 달려오는 것이 보이고 그것은 떨리도록 장엄했다.56)

---

56) 『죽음』(하), pp.366~367.

　그러한 은유의 비유가 시공 속의 진술들을 예술미학을 띠는 소설로 변하게 한다. 그것이 박상륭 소설미학의 본질적 원리이자 기교이다.

　김윤식은 『소설법』의 중편 「逆增加」의 부제가 "제8의 늙은 兒孩 애기"라는 점과 함께, 박상륭의 「逆增加」가 당초 『현대문학』 2004년 2월호에 발표될 땐 제목이 "두 집 사이"였음을 지적한다. 그리고 당시 그 작품을 "아담과 카인의 대화"로 요약하면서 "불쌍한 카인, 우리의 박 패관!"이라며 흥분했던 두 번째 이유를 밝히면서 다음과 같이 언급한다.

주 둘째, 극시劇詩의 형태를 취했다는 것. 여기에는 문예학적 설명이 없을 수 없지요. 이 작품엔 929세의 아비 아담과 장남 카인이 만나 대담하고 있습니다……이런 장면을 드러내는 문예학적 방식을 모르면 말짱 헛일일 터. 감동이란, 손재주나 말이 아니라 '형식'이어야 하니까. '본질Wesen'이란 알몸으로 존재할 수 없고 반드시 형식Form이 요망되는 법. 본질과 형식을 제1차적으로, 그러니까 원초적 형태로 드러난 문예적 양식type이 극시라는 것. / 객 문예의 원초적 양식이란 시가 아닌가요? / 주 『젊은 예술가의 초상』(박영사, 이상옥 역, p.334)의 조이스는 희곡이야말로 문예학의 최고 양식이라 했지요……광장의 작가 최인훈이 어째서 소설을 버리고 막판에 가서 『옛날 옛적에 훠이훠이』(1976)를 썼을까요. 극시랄까 연극 양식 말입니다. 그 자신의 설명에 따르면 양간도(洋間道, 미국) 생활 3년 만에 '벼락처럼' 깨침이 찾아왔다는 것. 귀국 동기이자 소설 포기, 극시에로 향하기였다는 것(『화두』(1), 민음사, p.458). 이와 비슷한 현상이 박씨에게도 일어난 형국. 『칠조어론』, 『神』을 죽인 자의……』 「두 집 사이」계에서 어느 한순간, 그러니까 벼락처럼(칼 포퍼의 창조론에 따르면 전격적 생성bitzschlagartige Erhellung)이라고나 할까요……극시란, 연극이란, 모든 것을 파괴하고 훼손시키는 '시간'이란 괴물이 침투되기 전의 상태라는 것……그러기에 황금시대(희랍, 원시공동체)를 꿈꾼다는 것, 미치고 환장케 하는 저 유토피아에의 열망이 그것.57)

이라며, 김윤식은 박상륭이 『잡설품』에서 '극시'의 형식을 사용한 것에 대해 높이 평가한다. 극시는 시간을 초월한다. 시간의 초월은 공간의 초월을 의미하며, 시공간의 초월은 우리의 형식논리적 상징기관의 기능을 초월함을 의미한다. 즉 우리의 인식이 전능의 신화적 마당으로 뛰어듦을 의미한다. 시는 그러한 기능을 갖고 있다. 극시의 매력은 신화적 시공간의 창출에 있다. 말할 것도 없이 희곡은 시의 펼친 화음이다.

박상륭은 『칠조어론』까지만 하여도 시를 깨달음의 도구로 생각하였다. 그것은 「쿠마장」(1967), 『죽음』(1975), 『칠조어론』 등을 비롯한 박상륭의 소설 곳곳에서 시적 제시, 시적 리듬, 음악과의 유비적 환기 등을 통해 볼 수 있다. 시적 장치의 사용에 대해 박상륭에 대한 오랜 연구자 임금복 역시 다음과 같이 언급하고 있다.

"박상륭은 소설 속에 통합한 시와 그 영혼의 맥락을 중첩시켜 '소설과 시', '시와 소설'을 통합시킨 '각도심시(覺道心詩)'라는 하나의 주제에 묶이는 음악의 선율과 각도(覺道), 무시(巫詩)와 구원의 메시아, 불교(佛敎)의 구도 방법론시(求道 方法論詩)인 점오파시(漸悟派詩), 돈오파시(頓悟派詩), 묵조선(默照禪)과 십우도(十牛圖)의 도(道) 인생 노선 차용 등으로 드러냈고, 그 영혼의 형식에 걸맞은 양식이 시를 단순히 장식의 시로 장식한 소설이 아닌 그의 철학적 소설에 합당한 장르로 찾아 접맥했던 것"이라고 말하며 나아가 "구시대를 벗어나 새 시대를 맞이하기 위한 가장 합당한 영혼과 방법론적 고뇌를 통합한 형식이 우주적 선율을 꿈꾸는 각도심시(覺道心詩), 즉 박상륭의 '소설시(小說詩)'가 아닐까 싶다."고 하

---

57) 『소설법』, pp.376~378.

였다.58)

『잡설품』에서의 '법륜' 역시, 비유의 원리에 의해서 각 종교와 철학사상 등이 하나로 치환되고 동일화되고 있다.『잡설품』은 동서양 종교와 철학사상의 종합적 통일을 보여 준다. 그러한 통일은 수사학적 유비성을 통해 기술되고 있지만, 본질적으로 모든 상징의 최초 태동은 '이질성의 동질화'에 있으며, 그 논의들의 유비적 일치와 동질성은 모델적 원형성 또는 우주의 심층 구조 원형과 원리에서 추론된다.

박상륭의 소설에서 시공을 초월하지 않은 기술의 부분은 소설미학을 주지 않는다. 오히려 그러한 기술은 스토리라인의 단순함으로 하여 대중소설보다 흥미를 끌지 못한다. 박상륭의 '법륜 소설'이 깊이의 미학과 지적 흥미를 돋우는 것은 시적 비유의 장치들을 사용함으로써 생성되고 있다.

2-2. 서사 양식과 시의 만남

김명신은 「식물적 순환과 회귀의 서사」59)에서, "박상륭의 다른 소설들이 눈에 띄게 사변적인 것과는 달리, 「남도」연작, 특히 「남도1」과 더불어 「남도3」의 뛰어난 미적 특질은 우리말의 아름다운 결과 리듬의 쓰기에 바탕을 둔 시적 산문에 있다."고 말하고 있다. 이어서 그는 각주를 통해 "시적 산문의 글쓰기를 보여 주는 「남도

---

58) 임금복, 『박상륭을 찾아서』(서울: 푸른사상사, 2004), pp.191~192.
59) 김사인 엮음, 『박상륭 깊이 읽기』, pp.226~227.

1」「남도3」과 그것의 계승인 『죽음의 한 연구』는 『칠조어론』과 그 이후의 에세이 등에서 보이는 현학적·사변적 글쓰기……방식은 「남도1」과 「남도3」 같은 방식으로 회귀해야 한다.”고 피력한다. 그러나 우리가 보기에 박상륭의 시적 장치는 오히려 『죽음의 한 연구』 등 '잡설' 쪽으로 진행될수록, 단순한 애상적 운율의 서정적 시구 사용에서 벗어나 고도의 신화적 수사학을 사용하고 있다.

아집에 따르는 두 병독은, 비계와 외눈이 아니겠느냐? ……비계는 탐욕의 은유이며, 외눈이란 편견의 비유가 아니겠는가? ……하오나 소승은…… 탐욕과 편견이 죽은 것이 아니고, 그것은 글쎄 비유나 익명의 죽음이 아니라는 것이 소승의 육성입니다……자네는 애 치고도 이상스런 짐승이 낳은 애야. 헌데 내 짐작키로는, 짐승이나 보살만이 원한 없이도 파괴를 자행할 수 있을 듯도 한데, 그러나 짐승이나 보살은 그 일로 괴로워하지는 않는 것이다. 글쎄 그것이 육신적 살육이든 구도적 살육이든, 그것은 같은 것이다.60)

촌장을 낚아내는 낚시터라 하는데입지. 누구든지 말입지. 그 못에서 펄펄 뛰는 고기를 낚아내기만 한다면입지, 촌장이 된다는 것인데 말씀입지. 사실에 있어 그건 한 형벌의 장소라고 합지. 고기를 낚아내기만 한다면 일단 어떤 종류의 죄로부터도 구속되는 것이라고 합지……마른 늪에서의 고기 낚기는, 분명히 공양미 삼백 석에 해당하는 도닦기의 의미라고 보는 모양입지.61) ……“그러면 그 마른 늪은 어디쯤에나 있는지, 대사께서는 알고 계시겠군요.” 하고 물었다. / 아 그야 물론 알고 있습지. 둘러보셔서 아시겠지만 말입지, 읍으로부터 들이 그저 평평히 뻗쳐내리다 말입습지, 미꾸라지라도 잡는 소쿠리모양, 한 서너 길 푹 꺼져내린 곳이 유리가 아니나 말입지. 헌데 동녘날(脈) 안쪽 아래 존자의 법수가 있고 말입지. 서녘날 기울어진 그 끝 쪽에도 그런 늪이 있는데입지, 그 수맥 끊어진 지는 하도 오래전이라 하니 몇백 년 족히 안 될까 모릅지, 나무 한 그루 없습지.62)

---

60) 『죽음』(상). p.97.

61) 『죽음』(상). p.121.

박상륭 소설 문학의 미학은 시의 수사학을 사용하지 않았다면 존재하지 않는다. 비록 그가 "나는 법륜을 굴린다."고 정색하여 말하나, 그것은 그의 소설 양 축의 한쪽인 '법륜', 즉 주제의 중요성을 밝힌 것일 뿐, '법륜을 굴리고' 있는 그의 '술언'들은 모두가 '잡설'의 꿰미로 엮은 은유의 소설 미학의 장치이다.

모두 마흔 개의 장으로 이루어진 『죽음』 각 장의 제목은 제1일에서 제40일까지이다. 『죽음』에서 유리의 40일은, 예수의 광야에서의 40일 고난과 겹쳐진 은유이다. 그 은유를 통해 박상륭은 석가와 예수가 자신에게서는 근본적으로 한 몸을 이루고 있음을 표명하고 있다. 그것은 박상륭의 법륜이 전일적 완성을 구현해 나가는 초석을 이룬다. 그러니까, 박상륭 소설의 미학성은 본질적으로, 詩적 은유의 세계인 것이다. 모든 사상과 이론들의 원형적 동일성의 인식, 그것은 다름 아닌 비유에 대한 인식이다. 동일성은 상징의 본성이다. 박상륭의 법륜 원환적 깨달음은 시적 기능성에 기초한다.

> 여러분의 구속자의 죽음이, 다시 한 번 나무에 매달렸던 것을 제발 염두에 두어두시기를 바라는 바인데, 이것은 그의 죽음이 어떻게 원죄를 대속할 수 있었던가를, 가장 직접적으로 설명해주는 단서가 되기 때문입니다. 저 '나무'는 이른바, '우주 가운데 있는 나무', 그것이 세상의 형태를 취한 것으로서의 '세상나무'라고 하며, 달리 부르기로는 '생명의 나무' 또는 '순화의 나무'라고 하여, 고대로부터, 나무를 높이 올라가려는 것으로써, 영혼의 순화를 성취함과 동시에 하늘에 닿으려고 하였던 것입니다. 이 '나무'는, 무교(巫敎)에 있어서의 '밧줄'과도 통하고, '무지개'와도 같은 것으로, 태초로부터 인류의 의지 속에는, 저 하늘에의 소망이 깔려오고 있었던 것입니다. 어쨌든, 저 아름다운 생명의 동산, 이른바 에덴이라고 하는 고장의 한가운데 있던 '나무'나, 저 추악한 해골의 골짜기, 이른바 골고다에 세워졌던

---

62) 『죽음』(상), pp.122~123.

‘나무(십자가)’나, 그것들은 똑같이, ‘세상의 나무’였으며, ‘생명의 나무’였으며, ‘순화의 나무’였던 것은, 거듭 강조할 필요도 없이 분명한 사실인 것입니다. 이때 우리가 꼭이 관심을 갖고 지켜보아야 할 것이 있는데, 어째서 최초의 것은 ‘생명의 동산’에 세워져 있었으며, 다음의 것은 ‘해골의 골짜기’에 세워져 있었던가 하는, 저 장소들의 이상스런 두 개의 은유인 것입니다. 아담이 서 있었을 때 ‘생명의 동산’이었던 것이, 예수가 서 있게 되었을 때, 그것은 어찌하여 ‘죽음(해골)의 골짜기’로 변해졌는지, 그것은 큰 흥밋거리이며, 동시에 수수께끼가 아닐 수 없습니다. 그런데 만약, 연금술사들의 상징적 도식을 차용하는 것이 허락되어진다면, 그 관계가 보다 명료해질 것인바, 동산은 아직 체(體)를 못 얻은 용(用)으로서 던져진, 원초적 질료의 남성적 국면의 상징으로서 나타난 듯하며, ‘골짜기’는, 체로서, 원초적 질료의 여성적 국면의 비유로서 나타난 듯합니다. 그들의 도식에 의하면,63) 아담의 하복부에서는, 저 ‘나무’가 자라고, 하와에 이르르면, 그 ‘나무’가 머리에서 자란 반면에 ‘해골’과의 관련하에 놓여져 있습니다. 말을 보다 복합화하면, 하와의 여근이 해골과 동일시되어 있는 것입니다. 이 용과 체는, 그것이 결합되었을 때 완전을 회복하는 것인바, 보다 문학적으로는, 동산 ‘나무’가 ‘해골’의 골짜기에서 심기어졌을 때, 거기 완성이 나타났다고 말할 수 있는 것입니다. 다른 방언을 빌려 말한다면, 그것이 이른바64) ‘옴마니팟메훔’입니다. 헌데 호흡법에 있어 ‘옴’은 날숨이며, ‘마니’는 ‘보석’의 뜻이고, ‘팟메’는 ‘연(煙)’이며, ‘훔’은 들숨인바, 전체로서 그 뜻은, ‘옴 연속에 담긴 보석이여 훔’으로 될 것인데, 그런데 이65) 연(蓮)은 요니라고 하여 여근(女根)의 상징이며, ‘보석’은 특히, ‘금강석’ 또는 ‘번개’로서 남근(男根)의 의미라고 하니, 그것은 우주적 음양의 화합의 상태를 가장 고차적인 어휘로서 정의하고 있는 것이라고 할 것입니다. 그래서 우리는 ‘연(蓮)’과 ‘해골’과, ‘보석’을, ‘해골의 골짜기에 세워진 십자가’로 환치하더라도, 거기에 무리가 없다는 것을 알게 됩니다. 그리하여 우리는, ‘동산 가운데 나무’가 죽음을 잉태한 것은 아니라는 결론을 이끌어낼 수 있게 된 셈입니다. 모든 잉태나 출산에는, 어머니가 매개되지 않으면 안 되기 때문인바, ‘나무’는 결코 음(陰)이 아니기 때문입니다.66)

---

63) C. G. Jung, Vol.12, 그림 131, 135.

64) *The Tibetan Book of the Dead*(p.149, 註 1)에 의하면, 이 6자 大明呪는, 再生의 門을 달고자 할 때 암송하는 것이라고 한다.
옴 - 白色, 神世, 마 - 綠色, 아수라界, 니 - 黃色, 人間世, 팟 - 靑色, 殺世, 금수계, 메 - 赤色, 鬼世, 훔 - 煙 또는 黑色, 지옥계.

65) *The Art of Tantra*, p.75.

　『소설법』의 「무소유」는 "어부왕 전설"이라는 신화적 이야기를 차용하고 있다. 그런 까닭에 실제 소설은 신화성을 띠고 있다. 병든 어부왕을 치유하기 위해 왕의 시동이 불사조를 찾아 이른 새벽에 성을 나선다. 시동은 "모두 닿고 싶어하되 닿을 수 없는 바로 그 성을 빠져나와, 그 성을 뒤에 둔 방향으로, 그러나 그 닿을 곳은 알 수 없는 곳을 향해, 몇 달, 혹은 몇 년, 혹은 몇 생生이 걸릴지도 모르는 걸음의 시작으로 터벅터벅 걸어나가고 있는 중"(『소설법』, 15쪽)이라고 한다. 「무소유」의 장편 『잡설품』에서도 이 표현은 그대로 옮겨져 있다.

　그리고 "걸어온 거리는 측정할 수 없었으되, 시간은, 해를 천장까지나 밀어올려놓고 있었으니"(『소설법』, 16쪽), "그것은 그런데 굴일 것이 분명한, 크고 쾽한 구멍을 둘씩이나 열고 있는, 그것이었다. 그 순간 시동이께 떠오른 연상에는……골리앗의 대가리가 거기 굴러와 있었다."(『소설법』, 18쪽)

　그리고 시동은 "바라볼수록 시력을 빨아들이는, 해골의 두 눈두멍 같은 굴 안을 살펴보아야겠다고 마음도 먹었고, 비옥한 황폐거니 잠은, 모르는 새 잠에 들었고, 깨었고"(『소설법』, 19쪽)라고 하며 "동녘에도 소리란 하나도 없었고, 서녘도 조용했으며, 남녘도 적막했고, 북녘도 소조해서, 부스스 잠깬 시동의 어눌한 느낌에는, 저 앉은 그 한가운데로, 무음無音의 폭설이 내려, 꼼짝달싹할 수도 없게 저를 묻어 눌러덮고 있는 듯이만 여겨졌다."(『소설법』, 20쪽)라며 시공간 개념을 초월하고 있다.

　또한 "얼마나 걸어왔는진 모르지만, 여기서는, 문잘배쉐의 첨탑

---

66) 『죽음』(하), pp.26～27.

도, 그 높은 굴뚝에서 오르는 연기도, 보이지가 않누면"(『소설법』, 21쪽)이라고 시동은 말한다. 아울러 화자는 "평균화된 시간의 단위로는 잴 수도 없는 그 짧은 시간에 (稗官이 이거, 잘 이해했다는 믿음은 적되, '아토세컨드Attoecond'라는 것이 있다는바, 그것으로 재는, 현존의 평균시간의 '일 초'는 말하자면, '삼백만 년'에 해당한다는 소리도 있던 것)"이라며 화자는 「무소유」의 시공간이 신화의 시공간임을 넌지시 비추고 있다. 시동은 그 바위에 새겨져 있는 글귀를 보게 된다.

돌아오고싶은행려자는왼쪽길을 가고돌아오고싶지않은행려자는오른쪽길을갈지니!
모든끝은그러나시작에물려있음을!(『소설법』, 22쪽)

그리고 「무소유」는 이렇게 끝맺는다. "모든길은그러나시작에물려있음을!"

2-3. 『신을 죽인 자의 행로는 쓸쓸했도다』의 원본 읽기

[시적 이해]

박상륭은 스스로가 "나는 법륜을 굴린다."라고 말하지만, 박상륭의 소설에 대하여 우리 문학계가 형이상학에 대한 어떤 콤플렉스를 갖고 있는 건 아닌가 한다. 『신을 죽인 자의 행로는 쓸쓸했도다』

(이하 『신』')가 처음 발간되던 당시와는 달리 시간이 지나면서 비평계와 저널리스트 등 작가 외부에선 '니체에 대한 비판'이 『신』의 주제인 것처럼 얘기되고 있는 것 같다. 일반적으로 논의되고 있는 바와는 달리, 『신』은 니체에 대한 비판서가 아니다.

박상륭 자신의 사상 편력 과정을 제3의 '차라투스트라'에 투사한 것으로, 『신』이 니체에 대한 비판서로 비쳐 보이는 것은, 소설의 수사학적 장치에 기인한 것임을 이해해야 한다. 우리는 『신』이 형이상학적 법륜서라는 점을 잊어서는 안 되겠지만, 한편 이 작품의 형이상학적 측면에 관심을 집중함으로써 그 문학적 작품성을 놓치게 됨을 우려하는 것이다. 문학성이란, 작품의 감동을 통해 우리들로 하여금 작품의 주제에 동조성을 일으키게 한다.

우리는 '몱'67)론자 박상륭이 『잡설품』에서 "'몸의 우주'에서는 '초인(超人)' 사상이 부르짖어지며, '말씀의 우주'에서는 '자기부정, 자기희생'이 설교되어지고, 그리고 '마음의 우주'에서는, '本來無一物', 즉 '공(空)'이 설법되어지는 갑더라."(『잡설품』, 343쪽) 하는 주제적 발언을 한다. 그러나 『신』에서 박상륭은 자신을 차라투스트라에 투사했을 뿐, 니체를 비판하고자 한 것이 주된 의도가 아니다. 이 점에 대해선 『신』에 해설을 붙인 '변지연'이 비교적 온전히 밝히고 있다.

박상륭이 너무도 명백하게 간파하고 있는 것처럼, 이 소설에서 싸움을 벌이고 있는 것은 단연코 니체와 박상륭이 아니다. 지극히 상식적이게도, 이 소설이 실제로 보여 주고 있는 것은 '니체의 차라투스트라'와 '박상륭의 차라

---

67) 박상륭 사상의 주제어: **몱** = 몸의 우주(초인 사상) + 말씀의 우주(철학) + 마음의 우주(종교).

투스트라'와의 대결인 것이다……아무려면 그렇지 않겠는가? 지금은 죽고 없는 니체의, 그 의미가 몹시 모호하거나 다의적인 텍스트를 해석한다는 것은, 어떤 면에서 실제가 아닌 '유령'과 싸우는 일이라 할 수 있을 터이다. 더군다나 그 유령과의 싸움을 성사시키기 위해 스스로의 새로운 유령을 창조해내는 일이란, 그 싸움을 구경하는 이들의 또 다른 무수한 해석과 판단들을 감당해야 하는 무거운 부담을 작가 스스로가 짊어지는 일인 것이다.[68]

『신』은, 晩論에 이른 박상륭이 아직은 몸과 말씀의 우주에 머물고 있었던 자신의 차라투스트라를 되돌아보며 그 세계를 '포월'하는 모습을 그린 것이다. 니체는 『차라투스트라는 이렇게 말하였다』에서 "신은 가상이다……신은 존재하지 않는다!"[69]고 하였다. 박상륭은 그 역시, 신은 인간이 만든 것이라고 전제하였다는 사실을 고려한다면, 사실은 니체나 박상륭은 흡사한 차라투스트라를 품었다고 볼 수 있다. 박상륭은 「말머리에 꼬리 달기」에서 다음과 같이 말하고 있다.

'이야기'의 이름으로 무슨 얘기를 하려 하면, 먼저 주인공을 상정해서, 그의 방자房子 노릇을 해야 하는데, 그래서 그런 어떤 상전上典을 찾던 중에, F. 니체Nietzsche의 차라투스트라Zarathustra를 만나게 된 것이거니와 그가 비록 조로아스터Zoroaster교敎의 창시자로 알려진 이의 이름을 빌려, 자기의 주인공으로 삼았다 해도, 그 본디 인물과 반드시 닮은 인물은 아니듯이, 본 패관의 주인공을 두고도, 그 같은 얘기를 할 수 있을 것 같다. 그래서 이 세 차라투스트라들은……닮은 데가 별로 많지 않다고 알게 될 게다. 밝혀진 것은 그러니, 니체가 조로아스터 교리敎理를 전파하려 하여 차라투스트라라는 이름을 빌린 것은 아니듯이, 본 패관도, 니체의 사

---

68) 박상륭, 『신을 죽인 자의 행로는 쓸쓸했도다』(서울: 문학동네, 2002), pp.381~382. 이하 『신을 죽인 자의 행로는 쓸쓸했도다』는 '『신』'이라 한다.

69) 니체, 황문수 역, 『차라투스트라는 이렇게 말하였다』(서울: 문예출판사, 1975), p.146. 이하 『차라투스트라는 이렇게 말하였다』는 '『차라투스트라』'라 한다.

상을 설파하려 하여 그 이름을 빌린 것은 아니라는 것이다. '차라투스트라'라는 그 이름은……그나 패관에게는, 자기들의 얘기를 시작하기에 좋은 출발점이나 또는 기반을 마련해준다고 여긴 것일 것이었다.70)

더욱이 다음 글에서는 차라투스트라라는 옷을 빌려, 기독의 사원을 떠난 박상륭 그의 사상 편력에 대한 참회와 회한을 드러내고 있는 듯도 하여 진한 감동을 느끼게 한다.

그리고 박상륭의 차라투스트라는 "아마도 인간은 그러나 나 차라투스트라가 회한으로써 말이지만, '초극'해야 하는 어떤 것이기보다, 가꿔야(鍊金) 하는 어떤 것인지도 모르는 것을?" 하며 그의 소설의 중요한 주제적 발언을 한다. 한편, "그도 어쨌든 한 삶을 마치긴 마쳤을 터인데, 어떻게 마쳤는지" 궁금해했다는 말은, 니체 역시 '차라투스트라'에 관한 사상을 변화시켰을 수도 있었으리라

---

70) 『신』, p.6.
71) 『신』, pp.24~25.

가정하여, 박상륭이 『신』의 모티브로 삼았음을 또한 말해 준다.

우리의 이러한 견해는 박상륭이 "이것은 무슨 '연구보고서' 같은 것이 아니라 차라투스트라를 상전 삼아, 그가 탄 늙다리 노새의 고삐를 쥐고, 광한루廣寒樓로 나서는 방자의 길트는 소리인 것"이라는 언급에서도 분명히 드러난다. 아울러, 『신』이 니체에 대한 비판이 목적이 아니라 소설의 주제가 진화론적 인·신관을 염두에 두었음을 다음과 같이 밝히고 있다.

기독교도였던 박상륭 그는 한때 차라투스트라와 같은 생각으로 신을 떠났다. 박상륭은 그의 차라투스트라를 통해 이렇게 부르짖고 있다. "전에 나는, 그랬었도다. 신의 얼굴이 있던 자리에다 처용 화상을 대신 내걸어, 그것이 '초인'이라고, 초인주의를 설設했었으며, 허무주의의 무저갱 속으로 떨어져내리는 정신들을 끄집어올리기 위해, '권력에의 의지'를 부르짖지 안했었던가! 그러나 이제는, 아으 차라투스트라여, 신이 아니라 초인을 끌어내려, 그의 시신屍身을 끌고 다니며, '초인이 죽었도다!'라고, 그 부음을 전해주어야 할 때가 온 듯하다."

---

72) 『신』, pp.6～7.

그러한 차라투스트라를 박상륭은 늙은 성자의 눈을 통해 이렇게 묘사하고 있다. "못 입고 지낸지도 오래되었으니, 가시쟁이나 바위 사이로 다니며, 생활生活을 거둬들이기에 애쓴 흔적으로 남은, 무수한 생채기 자국이나, 움푹 들어간 눈과 볼 등은, 그가 전에 어떤 얼굴을 해달고 있었던지, 그것도 읽어낼 수가 없었으려니와, 그러는 동안, 뼈에 발린 피부가, 추위와 더위, 찬비와 꺼끄러운 바람 따위에 시달리느라 거칠어지고 두터워져, 어린 코끼리나 멧돼지의 가죽처럼 변했는데다, 깎지 못한 머리칼과 수염에 덮여, 사람이기보다는 성성이를, 그것도 병든 성성이를 방불케 했다." 한때는 젊었던 박상륭 그 자신의 모습이기도 했을, 초인의 한 과정을 통과해 나간 차라투스트라를 박상륭은 차라투스트라의 남루를 통해 차라투스트라의 변모되어 가는 구도자로서의 모습을 안쓰러운 눈으로 묘사하고 있다.

그는, 불이라도 한 모닥 지필 모양이었다. 북더미도 모으고, 삭정이도 모으고 해쌓더니, 그는 그것들을 갖다 예의 그 반석 위에, 꾀 있게 쌓아올려 불이 잘 붙어 타도록 만든 뒤, 그 위에다 저 두 주검을 정성스레 올려놓는 것이었다. 그리고 그가, 자기의 동굴 안으로 들어갔다 나왔을 땐, 부시와 짓, 부싯돌을 들고 있었다⋯⋯아으 위대한 별이여, 보디사트바여, 차라투스트라가 바치는, 마지막 제사를 흠향하십스라! 차라투스트라도, 이 한 개의 몸말고, 뭐든 다른 것을 좀 더 가졌다면, 그대께 하는 공양이 좀더 풍부했을 것이나⋯⋯, 그러나 오늘, 차라투스트라는, 한 개밖에 없는 머리, 한 개밖에 없는 몸을 바쳐 공양하노니, 너무 가난하다 하지 마십스라.73)

초인 수행의 도반이자 상징물, 독수리와 뱀을 신에게 바친 박상

---

73) 『신』, pp.35～36.

류에게 하늘의 태양은 다정스레 박상륭의 차라투스트라에게 이른다. "해도……차라투스트라의 깡마른 굽은 등에 대고, 이렇게 들려주었다. / ─아 그렇지. 내리다 말이지. 공도 한 뒤 번은 만나 구면인, 저 아랫녘 사는, 그 늙은 성자를 한번 만나보시게나. 집 떠난 탕자를 기다리는 아버지처럼, 공을 기다려쌓더군. 그러느라 글쎄 늙은네는, 죽음까지도 미뤄놓고, 아직도 살고 있다네."74) 박상륭은 초인의 완전한 죽음(부활)을 꼬드긴다.

이러한 박상륭의 제의는 몸을 죽임으로써 재탄생을 하는 통과제의의 신화적 제례의식으로서, 자신의 꼬리를 물고 있는 차갑고도 지혜로운 우주적 뱀으로서의 권유이다. "죽음까지도 미뤄놓고, 아직도 살고 있다네"라는 말은, 또 하나의 죽임으로써 또 하나의 완성을 구하는 제의적 상징의 언표이다. 진리는 역설적으로만 현실계에서 나타난다. 모든 종교, 신화적 기원에 관한 기술들은 그러하다. 그러나 그러한 기술들이야말로 진실한 우주의 형상이다. 끝은 새로운 시작에 이어진다.

박상륭은 「차라투스트라에게 答한다」에서 "반가운 정이 부쩍 이는 것으로 보아……하늘의 저 큰 광명이 귀띔하여 만나보라던, 그 늙은 성자가 분명하다는 믿음이 들었다."며 차라투스트라가 재탄생의 부활을 위한 죽음을 티 없이 순수한 마음으로 기꺼이 맞아들이고 있음을 보여 준다. 그런 차라투스트라는 늙은 성자와 함께 소년처럼 웃는다. 박상륭 소설의 인물들은 그렇게 죽음을 두려워하지 않는다. 박상륭은 본능적 직관으로 죽음과 재탄생의 역바르도계의 윤회적 연결을 깨닫고 있다. 그런 그는 언제나 한 목소리로 "법륜

---

74) 『신』, pp.38~39.

을 굴린다.”고 말한다. 그런 그의 심층 비의식에는 신화적 목소리들이 심해로 출렁이고 있음을 우리는 알 수 있다.

우주의 재귀적 일원론을 체득한 박상륭의 『칠조어론』 이후의 ‘잡설’들이 공히 그러하듯, 『신』의 주제는 「차라투스트라의 두 번째 몰락」이다. 그런 점에서, 박상륭의 소설 어법은 단도직입적이고 저돌적이다. 그는, 문장은 내밀한 은유로 엮으면서도 소설의 전체적 구도의 측면에서는 선이 굵고 과감한 구성을 채택한다. 그러한 구도의 박진감은 “법륜을 굴리고 있다.”라는 그의 주장과도 관련이 있다고 볼 것인데, ‘법륜’은 그만큼 박상륭에게는 그의 시적 수사학 은유와 함께 그의 소설미학을 이루는 중요한 축이자 수레바퀴이다.

『신』은 처음과 끝이 하나의 원으로 연결되었다. 차라리 이 책의 독서는 「문요어 얘기」에서 시작해야 한다. 그리고 「짜라투스트라의 두 번째 몰락」을 읽어야 할 것이다. 그것은, 차라투스트라가 사실은 ‘박상륭’의 투사체이기 때문이다. 이 사실을 간과한다면 이 책을, 처음과 끝의 원환적 구조가 아닌 일직선의 구조로 읽게 될 것이다. 그러나 이 경우 소설의 미학은 태양이 구름에 가리듯 사라지고 말 것이다. 박상륭의 이러한 구조 텍스트는, 『소설법』과 『잡설품』 등에서 확연해지지만, 우주의 재귀적 동일성을 드러내는, 그의 우로보로스적 지혜의 표상이다.

『신』은 재귀적 자기합일의 이타적 정신을 소설미학으로 보여 준 박상륭의 가장 완성도 높은 작품의 하나로 이해된다. 『소설법』과 『잡설품』은 그 이후의 보완적 ‘주석서’라고 보아도 좋을 것이다. 박상륭이 『신』의 심층 배경에 강력한 시적 형식을 깔아 두었음은 말할 것이 없다. 시적 형식을 통하여 박상륭은 소설미학을 뛰어나게 형상화하였다.

'뭙'론이 보다 확고해진 까닭에서인지, 박상륭은 『죽음』, 『칠조어론』 등과 달리 『신』에서는 분명한 목소리로 시를 비판한다.

> "판켄드리야로부터, 그 다음 단계로의 도약력이 되는 것이 '종교'며, '시심'이라는 말로 포장된 '예술'은 아니라고 알게 된 그것이외다. 판켄드리야께 도약력이 되는 것이 종교라면, 카투린드리야께도 그런 것은 있었을 것인데, 그것은 '종교'라는 이름 대신, '예술'이라고 이르는 것일 것이라는 믿음이 있소이다……오관을 구비한 유정을, 육관六官 십관十官을 갖춘 유정으로 밀어올리기에, '예술'은 더 이상의 도약력을 갖고 있지 못하다는 얘기외다……예술이 어떤 정신을 고양시키는 힘을 갖는 건 부정될 수 없는 것이어서, 그것이 카투린드리야를 판켄드리야에로 밀어올린 힘이라고 말할 수 있었던 것이외다……예술을 어떻게 정의하든 간에, 영혼의 구원을 성취키 원하는 이들께 그것은, 구원의 힘이 못 되는 것이매, 해탈을 도모하는 정신에 대해서도, 그것이 할 수 있는 일이란 없다고 단정해도, 무리는 없을 것이외다……그것은 판켄드리야의 정서와 관계된 주제이지, 신앙이나 선적禪的 대상은 못 된다는 것입네다. 까닭에, 실학꾼(科學者)들이, '예술가들은, 진리보다도, 미를 추구하는 자들'이라고, 건너다보며 하는 도란거리는 소리가 들립네다……차라투스트라가 광적 시심으로 범하게 된 오류가 무엇인지쯤은 저절로 밝혀졌으리라는 믿음이외다. 그 운문적 정신에, 철학적 사유까지 합쳐지면, 그 결과는 더욱더 참담하게 될 터이외다."[75]

그러나 그에 대한 우리의 생각은 『차라투스트라는 이렇게 말했다』에서 니체의 차라투스트라와 그 제자 간의 대화로 대신하고자 한다.

> "그때 선생님은 '그러나 시인은 지나치게 거짓말을 한다.'고 덧붙이셨습니

---

75) 『신』, pp.77~78.

다. 왜 선생님께서는 시인은 거짓말이 너무 심하다고 말씀하셨습니까?"[76]
"시인은 거짓말이 너무 심하다고? 그러나 짜라투스트라도 시인이다. 지금
자네는 짜라투스트라가 그렇게 말했을 때 진실을 말했다고 믿는가? 왜 자
네는 그 말을 믿는가?"[77]

---

76) 『차라투스트라』. p.214.
77) 『차라투스트라』. p.215.

3장 박상륭의 시 비판과 우리의 반론

3-1. 박상륭의 시 비판

　판타지적 세계의 희구 대상인 이미지의 신-'공주'를 유토피아로 삼고, 그를 납치해 간 일정유관 외눈박이 거인 에켄드리아의 물신숭배 광증을 폭로하는 『산해기』는 비유를 통한 추상화의 극시적 장치로서 악마적 가면무도회의 시극이라 할 수 있다. 화려한 시인적 기질과 재능의 박상륭은, 『산해기』의 「아으, 누가 이 공주를 구해낼 것이냐」 연작에서도 시인들이란 "이미지에 취하여 세월도 잊고 '계관(桂冠)'이 씌워"지거나 "말(言語)의 망우수(忘憂樹) 열매 먹고, 번연히 눈뜨고 꿈꾸는 자들"이라며 폄하하고 비판한다.

　박상륭은 『신』에서, "'시심'이라는 말로 포장한 '예술'은……카투린드리야께는 종교가 되었을 것"이라며 철학에 비해 시를 폄하하지만, 그러나 『소설법』(2005)과 『잡설품』(2008)에서는 시를 더욱 혹독하게 비판한다. 박상륭은 결국 시와 소설의 연금술적 제작에서 감성과 이성에 대한 도식적 분리를 시도하여 철학, 즉 추상적 사유를 제1의 가치로 여긴다.

　우리는 상징의 논의에 관하여, 헤겔과는 달리 체계화한 카시러의 논지를 살펴볼 것이지만, 기호와 상징의 엄격한 분리는 후기 카시러의 문제점임을 확인할 수 있으며, 또한 상징이 표현적으로 기능할 때 신화와 예술, 직관적·재현적으로 기능하면 언어, 순수 의미작용으로 기능할 때 과학이 성립한다며, 상징기능은 표현적, 재현적, 순수 의미작용의 단계로 발전한다는 카시러의 논의는 공시태적 동시대의 생명계에서는 무의미한 논의임을 알게 될 것이다. 그리고 보다 중요한 것은 순수 의미작용의 상징기능과 '자애심'은 또한 어떤 함수관계가 성립하는지 생각해 보아야 한다.

『잠의 열매를 매단 나무는 뿌리로 꿈을 꾼다』는 연작「두 집 사이」(제4의 늙은 兒孩~제7의 兒孩 얘기) 4편과「混紡된 상상력의 한 형태」연작 4편 외 2편으로 구성되어 있다. 이 작품들 특히,「두 집 사이」연작들을 비롯하여, 모두가 박상륭 소설의 정수를 보여주는 듯하다. 그만큼 알레고리와 은유가 풍부하면서도 문장이 시문처럼 간결하여 이미지를 생생하게 살리고 있다. 박상륭의『잠의 열매를 매단 나무는 뿌리로 꿈을 꾼다』는 각 편들이 한 편의 장편 시로 여겨진다. 전 작품들이 일정한 수준의 시적 비유가 상징의 문장들로 이루어져 있다. 마치 고대의 경전들을 현대판 판본으로 옮겨 놓은 듯한 심오함과 미려한 문장들을 만날 수 있다.

그런데 박상륭은「두 집 사이」의 부제를 이상 시의「오감도」의 주제적 시어 '兒孩'를 빌린 것에서 볼 수 있듯, 박상륭이 이 작품의 실험적 상징성의 효과와 의미를 염두에 두고 있음은 짐작이 간다. 하지만 이 소설에서도 박상륭은 시에 대한 비판을 보이고 있다.

> "얼마쯤 시인은, 스스로 너무 남루하여, 眞理에 보다 美에 더 아첨하는자. 眞理보다 美가 예배되어지는 자리"78)

시에 관한 박상륭의 비판은 감각계로 떨어져 5관유정의 판켄드

---

78) 박상륭,『잠의 열매를 매단 나무는 뿌리로 꿈을 꾼다』(서울: 문학동네, 2002), p.109. 이하『잠의 열매를 매단 나무는 뿌리로 꿈을 꾼다』는 '『잠의 열매』'라 한다.

리야가 Nemo Sapiens[79]로 전락하게 됨을 우려한다. 『신』에서 박상
륭이 역진화에 빗대어 니체를 비판한 것은, 니체의 초인사상이 몸
의 우주에 집착하여 5관유정이 4관유정으로의 역진화를 일으키는
것을 우려한 까닭이다. 그러나 곧 언급이 있겠지만, 궁극적으로 '자
애심'과 육체적 진화와 정비례하지는 않는다는 사실을 우리는 경험
칙으로 알 수 있다.

　『죽음』에서, '나'를 기다리다 촛불중에게 욕을 당하고 비상을 먹
은 그 수도부를 위해 그녀가 죽어 가기를 의도하는 것, 그리고 '나'
의 신체의 일부인 혀를 끊어 피와 함께 그녀의 목구멍 깊숙이 밀어
넣어 주는 행위는 두 사람이 하나로 합일하여 결과적으로 수도부
의 죽음을 통해 '나'의 육신을 죽이는 '자아 부정, 자기희생'을 보
여 준다. 『죽음』에서 박상륭의 소승적 무아(無我)의 발현과 대승적
이타 정신은 그렇게 표현되고 있다.

　박상륭의 법륜 소설의 주 인물은, 법륜의 깨달음과 함께 자아를
'죽임'한다. 그 '죽임'이 자의든 타의든 또는 체의 죽임이든 용의
죽임이든 박상륭은 그러한 결말로 끌고 간다. 그것은 『죽음』(체의
죽임), 『칠조어론』(용의 죽임), 『신』, 『잡설품』에 이르는 과정에서
그러한 상황을 보여 준다. 죽임은 곧 자아의 초월을 통한 우주심에
의 도달이다. 그것은 어린 인간들에 대한 자애심을 본질적으로 내
포하고 있다. 박상륭의 '飜론'은 궁극적으로 '사랑'에 있다.

　　그 '보편적 진리'보다, '사랑'이 더 큰 호소력을 갖은 것은 아니겠는가?
　　그런 '사랑'의 힘으로, 세계는 한 번도 하나여 본 적이 없었다는 것을![80]

---

79) Neo ＋ Homo ＝ Nemo, 박상륭, 『소설법』(서울: (주)현대문학, 2005), p.92.

"수행자 하나하나는, 자기부정, 자기희생 같은 것을, 구제 구원의 본도(本道)로 삼지만, 한 종가(宗家)라는 대체(大體)는, 다른 종가와의 사이에 울 두르기를 하늘까지 높여, 하늘도 구획하려 하잖더냐? 그래서 하늘도 조각이 나고, 조각들 사이엔 넘을 수 없는 울타리들이 선다."(『잡설품』, 338쪽)

"인간의 재림이 시급하다. 사실에 있어, 人間이기의 까닭에, 人間主義를 제외하곤, 이 僞界(프라브리티)에, 무엇이 절대적으로 선하며, 절대적으로 정의롭고 정당한 것이 있겠느냐? ……人間은 위대한 과정이다. 아비가 人間을 앞세우는 것은, 니고다로부터 무량겁에 걸치는 진화의 어려운 과정을 통해서, 드디어 획득하게 된, 정신의 진화의 可能性, 그리고 드디어 성취하게 된 해탈에의 절호의 機會 등을 소중하게 여기기 때문이다. 인간만이 그 가능성이며, 그 기회 자체인 것. 人間은 그래서……자신이 믿는 정의나, 어떤 대의, 또는 소기의 목적 달성을 위해서, 다른 人間을 소비품화하는 것은, 많이 생각해보아야 할 일이다……절망적이라 해도, 菌世, 아으, 人間의 再臨이 필요하다(!) 그런 비 내리는 소리는 없느냐(?)"(『잡설품』, 312~313쪽)

시에 관한 박상륭의 부정적인 생각은 아마, 그가 시의 본성과 현대시의 경향을 폭넓게 접하지 못함으로 인하여, 시를 '미에 봉사'하는 것으로만 생각하게 된 것일 터이다. 박상륭은, "孔子를 일례로 든다면……공자는, 自然에 대한 文化를 중시했던 文化人이었다는 것, 그에 연유하여, 아낙네들 '연애시' 따위며, '樂'이 무엇인지도 잘 모르되, 흥만 아는 樂士들 깽깽이 켜는 소리까지, 또 '禮'는 어떤가, 극구 찬양하기에 이르렀을 터이다……稗見에는, 중원의 몇 늙은네들(老子)은, 人種이 어렵게 성취한 판켄드리야를, 시간을 되돌려, 카투린드리야, 그리고 그 이전의 상태로 되돌리려, 매우 바람직하지 않은 노력을 바쳐왔던 듯한데,[81] 차라투스트라는 시인이

---

80) 「소설법」, 『소설법』, p.150.

리까? 이 '시심詩心'은 그런데 어쩌면, 그렇소이다 어쩌면, 카투린 드리야가 마지막으로 뜬눈이나 아닌가, 그리하여 그것에 의해, 판 켄드리야를 성취하는 것이나 아닌가, 그 역동적 도약력이나 아닌 가, 하는, 거의 신념에 가까운 생각도 하고 있소이다. 이런 일종의 신념을 이루게 한 관건은, 판켄드리야로부터, 그 다음 단계에로의 도약력이 되는 것은 '종교'며, 앞에 '시심'이라는 말로 포장한 '예 술'은 아니라고 알게 된 것이외다. 판켄드리야께 도약력이 되는 것 이 종교라면, 카투린드리야께도 그런 것은 있었을 것인데, 그것은 '종교'라는 이름 대신, '예술'이라는 것일 것이라는 믿음이 있소이 다. 그러니까 '예술'이. 카투린드리야께는 종교가 되었을 것이란 말 로도 바뀔 수 있겠소이다."82)라고 말한다.

『잡설품』의 늙은 성자의 언술은 헤겔의 입장과도 유사한데 아무 튼, 그러한 생각들은 시·예술에서 정서와 사유를 분리시켜, 시· 예술은 정서만으로 존재한다는 생각이다. 그러나 시든 소설이든 또 는 철학이든, 종교이든 본질에선 다를 것이 없는바, 그 모두는 감 각에 바탕을 둔 정서와 탈감각적 사유가 연금술적으로 녹아 있을 때 훌륭한 텍스트가 된다는 사실이다. 늙은 성자나 헤겔의 생각은, 사물을 한 특별한 관점에서만 바라보는 우리 인간들의 보편적인 인식의 문제와 한계를 노정한 것으로 보인다.

> ……예술가라는 이들 자신들은, 자기들의 짓/질하기를 '사기'라고 떠들어
> 공언하는데도, 그것들에 접하는 자들은, 그것들이 커다란 상상력의 창조물
> 이라고, 예술이라고, 진품으로 보아주려는 짓/질은, 어째 좀 희화적인 데가

---

81) 「爲想 둘」, 『소설법』, p.293.
82) 『신』, pp.76~77.

있어, 뒤떨어진 무식배로 하여금 쿡쿡 웃게 만든다……'구상적 이미지를
추상적 아이디어화'하는 수사학을 개발해야 한다……그러면 '마음의 우
주'가 개벽하게 되기 때문이다.83)

"'존재'가 무슨녀러 여러 뜻을 가진 것이든, 존재치 말거라, 그러
면 (公은) 생각할 일도 없음인 것! 존재의 저주는 존재케 되었다는
것이며, 은총은 존재치 않기 위해 존재한다는 것"이라며 박상륭은
마치, 시를 철학의 경작도구로 삼았던 하이데거를 염두에 둔 듯한
발언을 한다. 그러한 박상륭은 서정시에 대해서는 더욱 혹독하고도
일관되게 폄하한다.

'禪'이나, (김정란 시인이 力說하는) '靈性'(은, 사실로는 선구자적 절규가
아닌 것은 아니다) 같은 것들은 제외하고 말해야겠지만, (비유·은유 따위
가 아닌, 自然을 主材로 삼을 때는, 거기 기필코 '道'가 드러난다) 이를
두고 전원시(田園詩) 또는 자연시(自然詩)의 '서정성'을 들먹인다면, 설명
이 빠르게 될 듯한데, 전원시인들이 노래하는 것과는 전혀 같지 안해……
시적 주제로서 '전원, 자연'을 노래하는 이들은, 그래서 보면 사티로스
Satiros꼴이다. 신들과 인간과 자연의 가운데 강보를 두고 태어난 그들은
축제 자체로 보인다. 얼굴은 '신의 형상'을 닮아 있는데, 양각(羊角) 양각
(羊脚)을 하고, 풀이며 꽃이며 열매, 바위며, 그늘은 물론 구름 따위들까지,
무차별적으로 끌럭인다. 흐흐, 이들 끌럭거리고 지나간 자리에서 '서정'이
라는 공주들이 태어난다.84)

그리고 박상륭은 또한, 시동을 통해 "먼저 이 구분을 해두는 것
은 필요할 듯하다. 文學은 (이 자리에서 詩는 내 보내쟈!) 보다 더
眞理를 추구하는 산문적 행위(concrete image→abstract idea)라면,

---

83) 『잡설품』, p.381.
84) 『잡설품』. pp.156~157.

美術은 보다 더 美를 추구하는 운문적 행위(abstract idea→concrete image."(『잡설품』, 379쪽)라며 시 일반과 함께 미술까지 비판하고 있다.

3-2. 박상륭의 시 비판에 대한 반론 (서정시: 자비행의 매체)

[원형→정화→동조성]

기호학적 법륜은 존재 그것을 대신하지 못한다. 법륜은 그러니까, '잡설'이라는 양식, 즉 예술을 통해 대중을 움직이려는 것이 아닌가? 인간의 상징에 의한 구성물은 어디까지나 '상징'일 뿐이다. 우리들 인간에게 문제는 그 상징의 능력이 아니라 '자애심'이다. '자애심' 그것은 지성이 미력한 동물들에게서도 발견된다. 짐승이나 미물조차도 다쳤거나 어미 없는 어린것들을 종을 뛰어넘어 보살피고 키우는 것을 보게 된다. 자애심은, 5관유정85)의 우주를 복제하는 지성에 바탕을 둔다고는 생각되지 않는다. 지성은 하나의 '수단'일 뿐이다. 지성을 위한 지성으로서의 수단일 뿐, 자애심은 자기 속에 우주를 생성하는 능력 이후에 있는 것이 아니라, 하나로서의 동일성을 느끼는 본성에 있는 것이다.

'자비'라는 화두, 그것은 깨달음의 향이며, 해탈의 빛이다. 선과 경은 '자비'에 이르기 위한 '뗏목'이다. 우리가 일원론적 사유의 인

---

85) 현재의 5관을 구비한 우리들 인간. 자이나교(Jainism) 경전 용어.
　　1관유정: 에켄드리야, 2관유정: 데빈드리야 , 3관유정: 트린드리야, 4관유정: 카투린드리야.

식에 이르고자 함 역시 '자비'심에 이르고자 함이다. 그렇지 아니한 장좌불와와 만 권의 경전은 무용하다. 박상륭의 진화론적 사유는 헤겔미학과 카시러의 상징형식의 논의와 유사하다. 그의 '법륜'은 지적 완성을 통해 '깨달음과 구원'의 메시지를 제시하는 것일 텐데, 그러나 『잡설품』까지의 지적 총결산과 이타적 '자비행'은 그 연결고리가 보이지 않는다는 것이다.

우리가 보기에 지금까지의 제 종교와 지적 유산가들 또한 그러하지만, 그들의 지적 깨달음과 '자비행' 그 둘의 인간 '심소'는 또 다른 연결고리가 있어야 한다는 것을 생각하지 않는 것 같다. 시·예술은 그 연결고리로서 문화형식의 하나이다. 아리스토텔레스는 일찍이 '정화'라는 탁월한 통찰을 하였는데, 예술은 마음의 '정화', 즉 작품 중 사태의 경험을 통한 무구한 마음의 회복으로써 자연이입, 자연합일이 가능해진다.

서정시를 비롯하여 텍스트는 궁극적으로 인간애를 지향한다. 그렇지 아니한, 텍스트를 통한 지식의 추구와 사상의 피력은 사상누각이다. 텍스트를 통해 우리가 가 닿는 곳은 궁극적으로 재귀적 우주의 동일성이며, 그러한 관점에서 자연합일의 무구한 서정시는 경전을 넘어선 경전으로서의 텍스트일 수 있다. 헤겔과는 달리 하이데거는 시를 철학 이상의, 존재 지평을 열어 보여 주는 것으로 이해하였지만, 시야말로 그 이상의, 지적 깨달음을 넘어 종교적 신앙과 실천으로 나아가게 하는 진정한 서책일 수 있다.

우리는 서정시를 말할 때 언제나 '동일성', '동일화'를 말함을 본다. 그것은 다름 아닌 시인과 자연의 동일화이다. 그런데 시인과 자연의 동일화에서 반드시 요구되는 것이 '문명성' 달리 말해 '자의성'의 배제이다. '지적 유희' 그것이 개입되는 순간 인간은 자연에서 떨어져 나가 독립하게 된다. 자연합일의 서정시가 오직 자연만을 대상으로 언술하는 이유가 거기에 있다.

서정시를 비롯하여 텍스트의 의의는 텍스트를 접한, 상징을 생성하는 수용자에 의해 생성된다. 자연 서정시를 4관유정의 향유물로 한정하는 수용자에게서 선과 경 너머의 이타적 자엽합일의 정신을 구할 수는 없는 일이다. 서정을 얘기할 때 모두가 염불처럼 외우는 자연합일은 사실은 사랑과 연민 그리고 자비가 그 궁극의 지향점이다. 선(禪)과 경(經)은 우리들이 가 닿고자 몸부림하는, 보리심을 향한 오체투지의 고투이다. 석가모니 생전의 말씀이 자의적 지식으로 치장된 것이 아니었음은 익히 알고 있는 일이지 않는가.

인간의 본성 깊은 곳에서 발현된 동물에 대한 애정과 가여움은 어디서 비롯된 것일까. 고통스런 '산 것'에 대한 안쓰러움, 그것은 존재의 본성에 내재한 동일체의 발현에서 기인한다. 經은 종교의 내용을 풍요하게 한다. 그러나 그러한 수행들이 궁극적으로 요구되는 이유는 이타적 실행을 위해서이다. 그것이 수반되지 않는 수행은 무용하다.

단순 소박한 자연 서정의 시인의 눈빛이 소중하고 의미로운 것은, 산 것들에 대한 이타적 관심의 발로로서, 제 종교와 철학과 지혜가 지향하는 궁극의 우주심 발로이기 때문이다. 經은 지적 조작 세계의 것에 머물고 말지만, 시성(詩性)은 이타적 실행을 자극한다. 돈오적 깨달음이 일어난다. 깨달음은 문자기호체계 지식의 도움에 의해서만 이루어지는 것이 아니다. 깨달음은 마음으로 이루어진다. 박상륭은 마치 플라톤이나 헤겔이 그러하였듯, 시를 철학적 지성

아래에 두고 폄하한다. 그러나 순수 서정의 '시성'은 경전이라는 기호체계로서의 텍스트 이전의 '본성'(그것은 불성으로 보아도 무방할 것이다)에 의한 '상징'이다.

일찍이 칸트는 동일성적 '개념'의 철학이 수행해 내지 못하는 영역을 시·예술이 훌륭히 수행함을 통찰하였다. 칸트의 경우 우리와 마찬가지로 추상적 개념을 구상적 이미지로 나타내는 '시'야말로 예술의 정수로 이해하였다. 감성적 이념의 상징물에 관하여 칸트는 "많은 사유를 유발하지만 그러나 어떠한 특정한 사상, 즉 개념도 이 표상을 온전히 담을 수는 없으며, 따라서 어떠한 언어도 이 표상을 다 설명할 수가 없다."고 하였다.

또한, 상징을 알레고리와 구별한 괴테는 "상징은, 현상을 관념으로 변형시키고 그 관념을 이미지로 변형시킨다. 그러나 그 관념이 항시 무한히 능동적인 상태를 유지하고 이미지를 통해서는 접근이 불가하며, 어떤 언어들을 사용하더라도 의미가 남게 한다."고 하였다(『금언과 성찰』, 1824).

본질적으로 이념은 감각을 통하여 구현된다. 하이데거가 시예술을 철학의 방편으로 삼은 것은 우리의 이러한 생각과 상통한다. 기존의 추상적 사유의 철학은 실재하는 존재계를 오히려 가리는 작업을 해 왔다. 인간은 본질적으로 존재의 의미를 많은 부분 감각에 의존한다. 거시적으로도 자연은 우리의 감각과 일치하지만, 그 이전에 우리의 감각은 자연의 반영이자 자연의 한 속성이다.

기호란 문자나 표시 같은 것이지만 기호가 감관의 표상물이라는 점에서 사실은 물질적 모든 것이 기호이다. '자연'이지만 우리 인간의 감관에 의해 포착된 이상 그것은 기호인 것이다. 추상은 세계와 자연에서 감각을 제거하고 개념을 부각시킨다.

칸딘스키나 프랑크 스텔라 같은 이들의 작업은, 그들이 일급 색채의 화가들이었다는 점에서 「구성」시리즈나 비구상의 '색 띠' 같은 추상의 작업들이 미래적 징후의 작품들로서 받아들여진다. 만약, 그렇지 아니하였다면 그들의 텍스트는 단순한 색과 선들의 표상체로 여겨졌을 것이다.

그러나 그들이 사실은 그런 단순한 능력의 소유자들이 아니라는 데 모두가 주목하게 된다. 우리는 여기서 또한 현대의 미술이 사유의 세계로 이행함을 보게 된다. 그들의 단순하거나, 무질서한 듯한 색과 선들은 물리적 집합의 의미 그 너머의 사유 세계로 나아가고 있다. 그들의 비구상의 도상 기호들은 물리적 표상 세계를 넘어 추상 세계로 나아가고 있다. 우리는 그들의 작품이 적어도 그 어떤 하나의 사유체계로서의 철학을 표상하고 있음을 알게 된다. 그들은 하나의 사유체계와 명상 또는 시적 진술에 귀를 기울이게 한다는 것이다.[86]

언어를 존재의 집으로 생각한 하이데거는 시와 예술은 오히려 지적 깨달음에 봉사토록 하였지만, 그러나 시예술은 '정화', 즉 '감동'을 통해 '지적 깨달음'을 '자비행'으로 이행케 한다. 이러한 우리의 예술론을 정신의학의 측면에서 잘 적용한 이는 칼 융이다. 칼 융은 '원형'을 단순한 정적 가치의 개념이 아니라 '경험적인 것'임을 이해했고, 그것을 정신의학도들이 임상적 경험을 통해 깨우치도

---

86) 졸고, 「시와 미술의 상호 텍스트성 그리고 20세기 실험예술의 문제」, 『문학마당』 2008년 겨울호.
이하 「시와 미술의 상호 텍스트성 그리고 20세기 실험예술의 문제」는 '「시와 미술」'이라 한다.

록 하였다.

　융의 이론은 원형론이 그 핵이라고 해도 과언이 아닐 만큼 그 중심에 있지만 그와 아울러 결부되는 것이 '신성력'이다. 융은 "신성력이 체험해본 적이 없는 「이미지」에 불과하다면……그때 사용하는 낱말은 공허하며 아무 가치도 없는 것이다. 그 낱말들은 원형의 신성성－즉 살아 있는 개체와의 관계성－을 고려에 넣고자 할 때만 생명력과 의미를 갖게 된다."[87]고 하였다. 융은, "원형은 본능으로서 특수한 에너지를 갖고 있을 가능성이 크다." 나아가 "'마법적'이라고 할 수는 없어도 정신적geistig이라고 표현할 만한, 두드러진 누미노제의 성격을 지니고 있다."(『인간과 무의식의 상징』)고 하였다.

　융이 말했듯, 원형이란 정동적 혹은 이성적 힘에 바탕을 둔 본능적 활성소로서, 하나의 개념이나 이미지를 넘어서 경험적이고 사태적인 것이다. '원형'은 시에 나타난 이미지가 아닌, 시를 쓰고 읽게 하는 정념의 힘이다. 원형은 느끼는 것이지 묘사된 것이 아니다. 쓰는 사람이 감동해야 읽는 이도 감동한다는 이 말은 곧, 원형을 통한 작가와 독자 간의 동조성을 말하는 것이다. 감각과 서정은 '원형'에 결부되어 있어 행동하게 한다. 따뜻한 시선의 서정시는 자비행에 이르도록 하는 원형성을 불러일으킨다. 시는 상징의 힘과 함께 주술적 힘을 지니고 있다. 박상륭의 '법륜 소설'은 우리의 동일성 논의에 바탕을 둔 시론과 궁극적으로 지향하는 바가 사랑과 자비라는 점에서 마찬가지 인식을 갖고 있다. 박상륭의 시에 대한 강한 비판은 그만큼 '인간 재림'에 대한 강한 열망에 기인한 것으로 이해된다.

---

87) 『인간과 무의식의 상징』, p.99.

4장 실험예술

　박상륭은 플라톤이나 헤겔과 마찬가지로 서정과 실험시를 비판한다. 하지만 우리가 살펴보듯, 박상륭은 누구보다도 시적 장치와 실험적 양식의 소설을 쓰고 있다. 현대의 시·예술은 오히려 질료성을 넘어 추상의 미학을 추구한다. 그러나 사유로서의 상징은 질료적 기호체와 근본적으로 하나이며, 질료에 근거를 두지 않은 상징이란 표상되지 않은 것이라는 우려를 우리는 갖고 있다.

　미술은 질료체인 보조관념의 미학성을 중시함으로써 존재한다. 그럼에도, 현대의 실험미술을 중심으로 나타나는 현상들은 표상체 그 자체의 미학성보다는 지시 대상과의 관계, 즉 텍스트 제작의 동기인 사유의 문제에 더 중심을 두고 있다는 것은 주지의 사실이다. 물론 이것은 현대미술이 균형을 잃고 있다는 증례로 우리는 이해하고 있다.

　연금술의 도상 못지않게 난해한 현대미술은 갈수록 개념화, 의미화, 철학화되어 가고 있는 것이 사실이다. 어떻게 보면, 미술은 이제 '형상의 철학'이라고 말해야 할 상황에 도달했다. 일찍이 마르셀 뒤샹은 미술은 "물질을 교묘하게 치장하는 데 있지 않고 미의 고찰을 위한 선택에 있다."고 하였다.

　고전적 전통의 미학이 유사동질성에 바탕을 둔 '자연적 상징'에 의한다면 현대의 소위 실험 미학은 파격적 결합의 '자의적 상징'의 작업을 지향한다. 자의적 상징이란 관점과 맥락, 상황에 따른 태도의 미학이다. 이러한 경향은 언급이 있었듯, 미술이 철학적 사유의 담론을 끌어들임으로써 비롯한 것이다.[88] 미술은 세계와 질서를 이해하는 눈을 열어 가고 있다.

미적 아름다움은 정동적 원형성을 불러일으킨다. 그 아름다움에 동화케 하고 아름다움을 구현하게 한다. 그러니까, 원형은 동조성을 생성케 한다. 동조성은 자연의 리듬과의 융화이다. '미'는 그 자체가 5정유관에게 무용한 것이라기보다, 미를 수용하는 우리들의 능력에 그 유의미성이 있다. 경문經文 역시 그 의미가 우리의 심상에서 그 자연의 질서에 동조하게 하는 정동적 상태를 얻게 한다. 물론, 그러한 '상태'를 얻지 못할 수가 있는데 그것은 경문의 탓이 아니다. 경문과 수용자 간에 연결물이 필요하여 동조성을 띠지 못하였을 뿐이다.

깨달음은, '상징'이다. 깨달음의 인식은 반드시 자연언어의 '경문經文'으로써만 가능한 것이 아니다. 그 어떤 매체이든 5관유정인 우리들은 '상징'을 불러일으킬 수 있다. 단지 어떤 사물을 보거나, 사태를 접하는 것으로도 우리는 어떤 깨침에 이를 정동성이 발현된다. 그것은 일종의 어떤 영감의 순간 같은 것이기도 한데, 어떤 경우 우리는 그 깨달음의 세계에 영원히 편입될 수도 있다. 그러한 경험이 반드시 그 어떤 문자기호의 접촉으로써만이 가능하다는 건 우리의 많은 가능성을 부인하는 일이다.

혜능이 경문을 읽은 적이 없음에도 '본래무일물本來無一物'을 깨칠 수 있었던 건 그러한 까닭이다. 자연언어를 접할 수 있는 우

---

88) 「시와 미술」.

리들 인간만이 이타심을 지니게 된다는 생각 또한 마찬가지이다. 깨달음과 자애심은 문자의 도움이 아니더라도 생성된다. 예술은 그 가능성들 중의 하나이다.

우리는 문맹의 어떤 사람이 처음 듣는 음률에서 평생의 깊은 깨달음을 얻는 경우를 전해 듣기도 한다. 우리 또한 평소 시를 접할 기회가 없었던 사람들이 난해한 우리의 시문을 전문가와 달리, 깊은 정동성을 생성하는 것을 본다. '깨달음'은 반드시 문자로만 이루어지는 것이 아님은 우리 경험에서도 흔히 볼 수 있는 일이다.

시의 본질, 즉 시미학을 이타적 행위에 두고 있을 때, 지식은 시인에 있어 어떤 경우, 불필요한 것일 수 있다. 무상(無常)이나 공(空)이 단순히 사유나 지식으로서 그친다면 무의미하다. '자비'와 '사랑'이라는 이타적 삶의 실천이 본질이다. 무상의 공은 그 사다리이며 경우에 따라 그 사다리는 필요치 않을 수도 있다.

인간의 상징에 의한 구성물은 어디까지나 '상징'일 뿐이다. 문제의 본질은 상징의 능력이 아니라 '자애심'이다. '자애심'은 어떤 경우 오히려 열등하다고 생각되는 동물들에게서 발견된다. 인간만이 자애심을 지니고 있고, 더욱이 자애심이 우주를 복제하는 '상징'의 힘에 있다는 생각은 옳지 않다. 지성이 자애심을 불러일으키지는 않는다.

지성은 수단일 뿐, 이타적 자애심은 자기 속에 우주를 생성하는 능력에 있지 않고, 하나로서의 동일성에 있다. 우주를 복제하는 '지성'이 자애심의 생성소라면, 고도의 지성체인 우리들 인간은 미물들 이상으로 더 평화로워야 한다. 그러나 사실은 그렇지 아니하다. 극에 달한 폭력과 전쟁, 이기적 기만과 팽만이 가슴을 미어지게 한다. 자애심은 지성에 있지 않다. 선禪과 경經은 자애심에 이르기 위한 그 방편일 뿐이다. 그것도 세계가 어떻게 하나인지 깨닫게 하는 수행의 한 과정일 뿐이다.

시에 있어서의 논의 역시 그러하다. 이론, 즉 사유의 체계는 이타적 미학을 위한 수업의 도정이다. 이론적 논의 없이도 시는 쓸 수 있다. 업을 닦는 비구에게 경經이 자애심에 이르는 과정이듯, 자동화의 업을 지닌 우리에게 실험적 탐구와 논의는 이타적 정동성의 미학을 생성하기 위한 수행의 과정이다.[89]

미적 경험을 통한 '정화'는 각성에 이르게 한다. 우리가 양식의 실험에 몰입하는 것은 새로운 인식을 끌어내기 위함이다. 우리의 수용기관은 '자동화'라는 기제가 작동하여 동일한 것에는 정동성을 불러일으키지 않는다. 형상이든 의미이든 (그들은 언제나 하나의 실체이지만) 새로움으로 자동화된 감각기관, 자동화된 우리의 영체를 흔들어 깨우기 위함이다. 그것이 우리가 실험에 매진하는 주요한 이유이다.

---

89) 졸고, 「제3의 바르도(bar do)1) 그 회색빛 속의 代贖罪 : 노태맹의 『푸른 염소를 부르다』」, 『현대시학』 2008, 11월호.

5장 '추상화'론

[시 ⊃ '추상화' 능력]

"패관이 이해하고 있는 바의 저 '창의력'이란 다름이 아니라, 이성이나 감성을 조직화하는 어떤 '힘(Vasanas, 또는 Samskara, Skt)'을 가리키는 것으로써, 그 초보적·원시적인 것은, 둥지 짓고, 서식하며 새끼 낳을 굴 파는, 금수까지도 갖는 것……그것은 결코 판켄드리야만의 품목 아니라고 알게 된다……판켄드리야는 '추상적 사고력'의 눈까지는 띠어 있지를 못해, ……판켄드리야가 기를 쓰고 악을 써서, 아등바등 발전시켜온 '언어'의 한계는 아마도 거기까지인 듯하다. '글이나 말로써는 표현될 수 없는……'이란 말이 자주 쓰여지는데, 자칭 '영장'이라고 이르는 판켄드리야가, 이 상태에서는 벙어리가 된다."90)

박상륭은 "판켄드리야의 개선凱旋은, 그들이, 구체적 구상적, 견고한 것뿐만 아니라, 추상적 관념적인 것, 심지어는 우주적 신비까지도 관할 수 있는 능력을 갖췄다."91)고 말한다. 그런데 "추상적 관념적인 것, 심지어는 우주적 신비까지도 관할 수 있는 능력"이란 다름 아닌, 우리의 논의에서 말하는 '상징기능'이다. 그런데 박상륭은 "'창의력'이란 다름이 아니라, 이성이나 감성을 조직화하는 어떤 '힘(Vasanas, 또는 Samskara, Skt)'"이라고는 언급하나 그 내밀한 상징의 기능과 원리에 관해서는 더 이상의 상세한 논의가 없다. 아무튼, 박상륭은 추상의 상징의 능력을 구체적이고 구상적인 감각의 기능과 그 세계보다도 높이 평가한다. 그리고 카투린드리야(직전

---

90) 「소설법」, 『소설법』, pp.81~82.
91) 『신』, p.91.

현대인)에게 있어서 시는 철학 아래의 종교에 비견된다고 말한다.

'이름 부여하기'를 판켄드리야만의 위대한 업적으로 이해하는[92] 박상륭은 "어린 크리슈나krṣna가 흙밭에 놀며, 흙을 집어먹어싸므로, 그의 어머니가, 애의 입을 열고 들여다보았드라지요. 그리고 애의 어머니가 놀란 것은, 애의 입의 안쪽에는, 흙덩이가 아니라, 밖에 있는 것과 꼭 같은, 한 벌의 우주가 고스란히 차려져 있더라."는 경전의 구절을 인용하고 "판켄드리야는 자기의 안을 들여다보기에 의해, '위에 있는 것은 아래에도 있다'든가, '여기에 있는 것은 저쪽에도 있으며, 여기에 없는 것은 아무 데도 없다'라는 데까지, 시야를 넓혔던 듯하외다."고 말한다.

그런데 '자기의 안을 들여다보기'란 그것 역시 '상징기능'의 다른 표현이다. '상징' 그것은 사물을 동일화의 기능으로써 인지하는 '상징'의 작용이다. 이 상징의 기능이 자연을 추상화하여 또 한 벌의 자기 속의 우주, 즉 상징의 우주를 이루는 것이다. 그러나 이러한 상징은 어디까지나 우리 인간의 불완전한 자의적 생성체이다.

『잡설품』과 함께 인류문화학적 비판의 논의서라고도 할 박상륭의 '법륜'서 『소설법』은 4관유정과 5관유정의 구별을 추상적 능력에 두고 있다. 이것은 헤겔의 진화론적 정신현상학이나 카시러의 상징론을 연상케 한다. 박상륭은,

니고다Nigoda에서 카투린드리야(四官有情)에 이르기까지, 유정들은……

---

92) 『신』, pp.96~97 참조.
　　cf. 우리의 논의에서 '이름 붙이기'란 언어기호에 의한 '상징', 즉 '동일화'이다. 본질적으로 상징(박상륭의 '이름 붙이기', '추상화')은 기호와 하나의 상태에서 생겨났다. 그리고 텍스트에서도 그 둘은 '투사'로 인해 하나가 된다. 즉 자연의 상태와 마찬가지로 감각과 추상이 하나로 융합된다.

본능과 직접적으로 관계된, 극히 소수의 언어(符命圖＋冥力으로 表記되
는 언어, 『칠조어론』참조)밖에 개발해 있지 못한 듯함으로, 그것들과 더불
어, '사고력', 또는 '추상적 사고' 따위를 운위할 여지는 없는 듯하되, 특
히 '遠心力的 상상력('밖 깨우기')' '추상적 사고'라는 주제와 더불어서는,
판켄드리야(五官有情) 또한, '사고력' 따위에 대한 카투린드리야나 아니겠
는가, 하는 것이 패관이 갖는 우문이다……판켄드리야界는……'사고력'
까지는 개발해 있으므로 하여……자만해 한다. 여기, '몸의 우주'로부터의
'말씀의 우주'에로의 진화의 종계가 보이는데, 그것에 '예술'과 '철학'이
기여하고 있다는 주장이 있다. (거개의 판켄드리야가, 그 루타와 달리, 아
르타는 카투린드리야에 머물러 있다는, 그 전제를 염두에 둘 때만 이해되
는 얘기일 것인데) '예술'은, 카투린드리야를 판켄드리야이게 하는, 카투린
드리야쪽의 종교며, '철학'은 아마도, 판켄드리야가 이룩한 최상의 업적이
라는 주장도 할 수 있을 듯하다. 도식적으로 되풀면, '예술'은, 그 루타는
판켄드리야라도, 아르타는 카투린드리야에 머문, '몸의 우주'의 화리化理
며, '철학'은, 카투린드리야를 뒤꿈치까지 벗은, 판켄드리야, 즉슨 '말의 우
주'의 그리고 '종교'는, '맘의 우주'의 그것이랄 것이다……예술을 두고,
일반적으론 '상상력'·'창의력'의 산물이라고 하나, 분명히 그런 것도 있
겠으나, 어쩌면 그것은 보다 더 '미적 감각'의 눈뜨기의 산물일 것이며,
철학은 '사고력'의 결과일 것이다……전자는, 어떤 주제에 대한 '감성적
感性的 반응의 논리적 조직화'라면, 후자는 '이성적理性的 반응의 논리적
조직화'라는 식일 것이다……人間道에서는……'철학'이야말로, 판켄드리
야를 판켄드리야이게 하는, 가장 위대한 성취라고 주장하는 것에도 일리는
있어 뵌다.93)

라며, 박상륭은 "'나는 사고한다, 고로 존재한다.'를, '나는 사고
한다, 고로 나는 인간이다.'라고, 원상에로 돌려놓을 필요가 있을
듯하다."고 말한다.

헤겔이 예술, 종교, 철학의 발전적 성취 단계를 피력하였는데, 이
와 유사하게 카시러는 상징이 표현적으로 기능할 때 신화와 예술,

---

93) 『소설법』, pp.74～75.

직관적·재현적으로 기능하면 언어, 순수 의미작용으로 기능할 때 과학이 성립한다고 말하고[94] 추상화 기능인 순수의미작용의 상징을 가장 발전적 기능으로 간주한다.

그러나 우리의 동시대 공시태의 관점에서, 그 세 가지 기능은 상호 유기적이다. 그리고 시·예술의 경우는 박상륭의 언급처럼 "감성적感性的 반응의 논리적 조직화"일 뿐만 아니라 "이성적理性的 반응의 논리적 조직화" 기능이 동시적으로 병행하여 이루어진다. 오히려, 수학이나 과학, 철학의 경우는 시·예술과는 반대로 "이성적理性的 반응의 논리적 조직화"가 주 기능으로 작용한다.

인간 문화의 생성은 동일화의 표상에 의한다. 동일화, 그것은 지식 생성의 생래적인 능력으로, 문화 생성의 본질적 수단이며, 상징의 원리이다. 우리가 지식의 생성에 있어서 동일화의 방식을 사용하는 것은, 사물을 있는 그대로 단번에 인지하지 못하기 때문이다. 존재는 일자이지만 우리의 인식 기관은 존재를 일자로서 파악하지 못하고 다원적으로 접근한다. 인식을 일차원으로 언어화하는 우리로서는 일자를 표현할 경우 다원적 관점에서 그 하나하나를 모두 열거하여 나타내어야 한다.

그런 우리는 추론적 상징을 통해서 세계에 대한 이해를 해 나간다. 그런데 도식적 상징의 형식논리는 특정한 관점에서 일직선적 언어의 작업을 수행하며, 직관적이고 그물형 상징의 방식은 시·예술 등과 같이 세계를 전체적 관점에서 유기적 관계의 상징을 전개해 나간다.

---

94) 카시러, 『상징형식의 철학』 II (1925); 우리사상연구소 편, 『우리말철학사전2 - 생명, 상징, 예술』(서울: (주)지식산업사, 2002), p.85, 재인용.

실재에 대한 개념화 작업인 추상화의 문제점은 훗설(현상학)이나 하이데거(존재론), 화이트헤드(추상화의 오류) 등과 같은 철학자들 역시 인식하였었지만, 불가에서는 불립문자라는 인식으로, 우리는 재귀적 기호작용의 관점에서 이해하는데, 개념화는 직관의 도움 없이는 일상세계의 감각적 부재 국면을 초래한다. 시·예술의 유의미성은 유비적 사유로써 세계의 실체적 진실을 직관케 함에 있다. 형식논리적 '추상화'는, 실체를 포착하고자 하는 무딘 감관을 지닌 우리의 지난한 몸짓이다.

박상륭이 '이름붙이기'의 중요성을 언급하였듯, 언어 역시, '동일성'이란 토대를 포기할 때 '언어'는 존재할 수 없다. 인간의 모든 표현의 산물, 즉 보고 듣는 단순한 감각적 인지의 문제로부터 체계적 지식과 예술적·학문적 표현, 기술적 생산을 비롯한 모든 문화 행위는 상징, 즉 동일성의 원리에 의한다.

아리스토텔레스는 '유비' 능력에 관하여는 가르쳐 줄 수 있는 것이 아니라 타고난 능력이라 하였다. 그러한 유비의 능력은 사실, 모든 학문에 있어 기본적으로 요구되는 동일률의 인식력, 즉 이것은 저것과 같은가, 다른가? 'A = A인가, 아닌가?'를 가늠하는 능력에 기초한다. 그에 바탕을 둔 유비는 비동질성 속에서의 동질성 파악이라는 본질 파악의 직관 능력이다. 외부의 대상을 감관으로 수용하여 인지·표상하는 우리는 사물을 실재와 동일하게 인식고자 하지만 그것은 감관의 능력 내에서이다. 인지는 실재가 아닌 기호작용으로서의 표상에 머문다. 우리는 그러한 표상들을 추상의 동일화 방식으로 연결하여 문화를 형성한다.

동일률에 바탕을 둔 형식논리와 모순성에 바탕을 둔 변증적 논리는 모두 우리가 특정한 관점에서 구성한 자의적 산물이다. 그러나 그 논리의 도식들은 다름 아닌 자연에 내재하는 본성이다. 동일률은 이질성 속에서 유사성을, 변화 속에서 연속성을, 그리고 그들 속의 본질적 근원을 이해하게 한다.

상징은 사유 기호를 사용함에 있어서, 도식적인 것과 이미지에 의한 것이 있다. 그런데 두 경우 모두 보조기관의 생성은 직관이나 통찰에 의한 '비약'이 요구된다. 전자는 오성적 비약, 후자는 유사동질적 이미지의 비약이 요구된다. 물론, 전자는 미니멀적이고 도식적 통일성을 찾아나가는 과학이나 수학에서와 같이 개념·수식 등에 의한 것이고, 후자는 실존적 동일성을 추구하는 시·예술, 신화와 같이 직관적 표상에 의한 것이다.

우리는 일상에 있어서 실재의 어느 것도 A＝A라는 형식논리적 동일률에 부합되지 않음을 알고 있다. 모든 물체의 형상과 성질은 끊임없이 변화한다. 그것들은 결코 한순간도 그 자신과 동일하지 않다. 항상 다른 것으로 이행하며 그 자신을 변형한다. 그럼에도 동일률이 성립하는 것은 동일률이 현상계의 무수한 특성들 중 하나의 특정한 유사적 성질만을 포착하기 때문이다.

그러한 동일률은 개념과 도식을 그 대상으로 삼는 수학에서나 성립한다. 도식과 개념은 실재로서의 자연을 특정한 기호로써 대치한 하나의 표상이다. 기호는 다차원의 자연을 무차원의 사유, 즉 상징의 세계로 옮겨 놓는 일이다. 따라서 그러한 기호를 사용하는 형식논리 역시 무차원의 세계이다. 그러한 형식논리는 무차원의 수학에서나 성립할 뿐 다차원의 자연계에는 부합되지 않는다. 그럼에도 자연현상에 동일률이 적용되는 것은, 우리가 자연을 이미 사유의 형식을 통해 특정한 기호, 즉 관념으로 치환하기 때문이다.

관념으로 치환한다 함은 자연의 수많은 면모 중 어느 특정한 면만을 우리가 자의적으로 선택한다는 의미이다. 수학적, 논리적 추론 작업 역시 본질적으로 사물 간의 유사·동질성을 찾아나간다. 수학과 논리를 자연에 적용시킬 때 이미 자연은 특정한 관점의 기호로 환원되기 때문이다. 그러한 유사·동질성의 생성 작업은 곧 상징화이다.

과학은 개념, 즉 도식적 동일성을, 시·예술은 이미지에 의한 유사, 동질성을 추구한다. 이미지에 의한 동일성 전개는 자연을 보다 자연에 가깝게 범주화한 기호의 방식이다.

상징은 매개념 또는 보조관념을 사용함에 있어서, 도식적인 것과 이미지에 의한 것을 들 수 있다.95) 그런데 두 경우 모두 매개념인 〈특정한 관점에서의 동질성〉 그것의 발견은 직관이나 통찰, 즉 사고의 '비약'이 요구된다. 그리고 도식적 매개념은 오성적 비약, 이미지성의 매개념은 유사동질적 이미지의 비약이 요구된다.

이미지를 비롯한 자연적 상징, 즉 은유의 유의미성은 본질적으로 추상적 도식에서 벗어나 존재론적 관점을 지향한다. 은유와 시는 초점적 과학이 제시하지 못하는 존재론적 인식과 성찰을 유도한다. 과학이 초점적 추상화의 철학을 추구한다면, 시·예술로서의 은유와 상징은 실체적 존재론의 인식을 추구한다.

은유는 형식논리의 입장에서는 기만이나 거짓이다. 그러나 모순적 현상의 내부에서 은유는 통일적 사실을 함유한다. 시적 은유의 힘과 본질은 거기에 있다. 그러한 은유는 신화의 모태이다. 추상화의 개념적 과학 못지않게 시적 은유는 더 깊은 비의식의 자연에 닿아 있다.

카시러는 예술·과학·역사·신화가 모두 '상징'의 구현이라고 하였다. 하지만 이러한 상징은 모두가 동일성에 바탕을 둔 논리적 구성체이다. 상징의 생성은 상징 기관 내의 유사성과 동일성의 발견에 있으며, 그것은 비의식의 직관과 통찰에 의한다.

추론적이든 시·예술이든 상징은 모두 논리적 계산에 의해서가 아니라 비의식의 직관에 의한다. 단지 시·예술은 수학이나 과학보다 다차원 개념의 이미지를 사용하여, 보다 집중된 비의식의 에너지가 요구된다.

과학은 개념과 도식에 의한 논리 전개의 상징을 사용함으로써 현실을 추상화시키는 반면 이미지적 유사 동질성을 매개로 하는 시·예술의 상징은 현실을 심층적이고 감각적으로 인식한다.

기호의 정식들과 그 진행은 사고의 비약적 직관과 통찰에 바탕을 둔다. 사실, 수학 역시 시인들 이상의 직관과 상상력을 요구하며, 현대물리학은 동양의 직관적 사유에서 새로운 시작을 할 수 있음을 인식하고 있다.

기호의 조작과 운용은 어디까지나 실재에 대한 개념화이다. 실재는 사차원 이상의 조직계인 반면 개념은 비존재의 차원이다. 그것이 '추상화'라는 형식논리의 한계이다. 철학사에서 지금까지도 제대로 밝혀지지 않고 있는 제논의 역설은 다름 아닌 추상화의 오류에 그 비밀이 있다.[96]

시는 사유와 기호가 만나는 교차로이자 회랑이다. 수학이나 과학, 시·예술·비평이 모두 동일성에 바탕을 둔 상징을 사용한다는 점에서 그 원리는 동일하지만 수학이나 과학이 극단적 자의성의 추상을 추구하는 반면, 시·예술은 자연적 상징을 사용한다는 점에서 세계에 대한 접근과 표상 방식이 다르다.

---

95) 매개념의 범주·유형은, 도식·개념적(수학·과학적) / 이념적·수사학적(형이상학·철학) / 이미지적(시·예술) / 실제적(신화·신비학)으로 대별할 수 있다.

그러나 시·예술 역시 수학이나 과학처럼 극단적 자의성의 기법을 사용함으로써 이지적이고 추상적 미학을 구현한다. 그것은 오늘날 실험예술의 세계에서 확인할 수 있다.

유사·동질성의 비유는, 표상적 측면에서는 동일하지 않으나 내재적 속성 면에 있어서는 동질적인 대상을 포착한다. 시·예술은, 텍스트의 구성에 있어 부분으로서의 '상징'은 전체적 상징과 하나의 동일성적 아이덴티티, 다시 말해 엄격히 통일된 조화를 이루어야 한다. 그것은 오성적 사고나 논리기관 또는 정해진 공식에 따른 사고로 얻어지는 것이 아니다. 그것은 비의식계의 그물망적 정신작용인 통찰과 직관으로 생성된다.

수학적, 논리적 추론 작업 역시 엄밀히 말해, 사물 간의 유사·동질성을 찾아나간다. 형식논리의 수학은 고전물리학을 기본적으로 수용함으로써 성립한다. 과학이 개념적 동일성을, 시·예술이 이미지에 의한 그물망적 유사, 동질성을 추구한다는 점에서 과학이나 시·예술 모두 수학과 마찬가지의 논리 기관이다.

과학과 시·예술은 근원적으로 동일성을 추구하는 논리적 기관으로서의 구성체이며 그 보조관념의 사용에 있어서 개념적이냐 이미지적이냐 하는 것이 다를 뿐이다. 그런데 과학은 도식적 상징을 사용함으로써 현실을 추상화시키는 반면 유사 동질성을 매개로 삼는 시·예술은 현실을 정동적으로 인식게 한다. 그리고 과학이 현실을 추상화, 시·예술이 감각화한다는 점 그리고 보조개념의 파악에 있어 주로, 과학이 초점적 사유를, 예술은 비의식을 사용한다는 점에서, 과학과 예술은 다르다. 그와 같이 저마다 다른 유형의 보조기관을 찾아나가는 각 상징 활동들은 저마다 특정한 관점에서 세계의 실재를 드러내 보여 주는 상보적 관계의 인식소로서 기능한다고 우리는 말할 수 있다.

---

96) 졸저, 『비의식의 상징(시론)』(파주: 한국학술정보주식회사, 2008), pp.240~246. 이하 『비의식의 상징(시론)』은 '『(시론)』'이라 한다.

6장 박상륭의 무의식 사용

[비의식]

詩나, 音樂, 美術 등, 宗敎 밖에서 창작행위를 하는 이들의 작업들에서,
패관은 간혹, 그런 상태에 처한 정신을 얼핏얼핏 감지하기는 하지만,
……산문꾼은, 말(言語)의 의식적 국면뿐만 아니라, 무의식적 국면도 잘
어거하기로써……산문꾼도 포함한, 모든 창조적 정신은, 이 비밀의 방문
을 열고 들여다 볼 수 있는 능력을 개발해 갖출 때, 그 제작된 것의 뿌리
밑에, 깊이의 무저갱을 열어놓을 수 있기는 할 테다(『소설법』, 143쪽).

더욱이 그는 『잠의 열매』의 「混紡된 상상력의 한 형태」에서는
"패관 문학의 상상력이나 수사학에 있어, 비유·은유·상징 등이
주요한 역할을 담당해온 것은 부인치 못할 것이다. 그러나 이 패관
의 생각엔, 패관들의 상상력의 지하층에, 아직도 그 문이 활짝 열
려본 적이 없는 방이 하나 있어 오는 듯하다."[97]고 말한다.

"어쨌든, 인식한다는 유정들의 프라브티브의 우주는, '잠'이고,
동시에 '꿈'"이라고 박상륭은 언급한다. 그런데 우리는 먼저 '인식'
이라는 말에 주목할 필요가 있다. 2005년 가을의 언젠가 박상륭은,
한 작품을 열 번 고쳐서 쓴다며 자신의 작품은 무의식으로부터 나
온다고 말했다. 그러한 집필 방식은 그의 전 지식의 정보들이 심층
비의식 속에서 상호 교융하여 완전한 하나의 연금술적 작업이 되
게 할 것임을 우리는 미루어 짐작할 수 있다. 그의 작품은 자각 상
태에서의 기술이 아니라, 연금술적 주술 상태에서의 비의식의 표상

---

97) 『잠의 열매』, p.179.

이다. 이것을 기존의 논의자들은 '무의식'의 기술 또는 '자동기술'로 불러 왔는데, 이는 정신작용에 관한 미분화적 상태의 인식이다.

칼 융은 예술 창조에 있어서 '내향적 태도'와 '외향적 태도'로 나누고 전자는 무의식에 후자는 의식에 따르는 태도로 파악하였다. 그리고 융은, 의식적 의도를 초월한 상징의 작품은 무의식에서 비롯됨을 피력한다. 융은, "기호라고 하는 것은 그것이 나타내고 있는 개념에 미치지 못하지만, 상징98)은 분명하고도 직접적인 의미 이상의 어떤 것을 나타낸다."고 하였다.99)

한편 칸트는 이러한 상징 생성의 정신작용을 '천재'로 이해하였는데 칸트는, 뉴턴(Sir Isaac Newton, 1642~1727)이 자연철학의 원리에 관한 그의 불후의 저작 속에서 아무리 위대한 두뇌가 필요했다 할지라도 그것을 모두 학습할 수가 있으나, 호메로스나 뷔일란트와 같은 시인의 재기 넘치는 상상과 이념들이 어떻게 하여 뇌리에 떠올라서 정리가 되는지 밝혀 詩作을 할 수는 없다고 하였다.

우리는 융의 '집단무의식'과 칸트의 '천재'라는 자연의 재능을 창조적 정신작용인 직관과 통찰로 이해하며, 그러한 직관과 통찰의 작용을 '비의식'이라는 용어로 부르고 있다. 다른 논의자들에 의해 사용되는 '무의식'은 정신분석학의 용어를 예술미학이 차용해 온

---

98) 융은 상징을 집단적 무의식에 의한 '이미지의 상'으로, 기호는 문화적 표상물로 이해한다. 하지만 우리는 상징을 사고작용, 기호를 그 표상물로 이해한다는 점에서 다르다.
이와 같이 상징과 기호에 관한 제 인문학 논구자들 간의 개념이 저마다 다름으로 하여 논자들 간의 이론적 호환이 장애를 겪는다. 그래서 나는 상징과 기호를 궁구한 끝에 상징과 기호의 본질을 밝히고, 제반 인문학의 상징과 기호의 개념을 통일하였다. 이에 관해서는 졸저 『비의식의 상징(시론)』(2008) 등에서 단편적으로 거론되었으나, 상징과 기호에 관한 단행본을 준비 중이다. 제반 인문학과 기호학자들 간에 상이한 기호와 상징의 개념 통일은 이론 간에 호환을 위한 고속도로를 개설하는 일일 것이다.

99) 융이 (철학자들처럼) '의식'을 인식되는 사고작용으로 본 문제가 있으나, 그의 말은 참된 시·예술은 인식되지 않는 사고작용에서 나온다는 말로 요약할 수 있다.

것이다. 그러나 예술미학은 무의식에 관하여 새롭게 정의한 바가 없다. 물론, 예술미학의 창조적 정신작용과 정신병리학의 무의식은 그 내용이 다르다.

예술미학에서 창조적 정신작용을 '무의식'으로 칭하는 건, 고도의 정신집중 상태에서는 그 과정이 의식되지 않는데 그런 까닭에서 '무의식'이라고 하나, 이는 소박한 인식이다. 창조적 정신작용은 지각이나 자각이 되지 않는 정신작용으로서 우리는 '비의식'이라고 한다. 우리의 정신작용 과정(process · system)은 인지되지 않는다. 그래서 '의식'이라는 용어는 사용하지 않아야 하거나 사용하는 경우라도 지각이나 자각의 인지작용에 한정해야 한다.[100]

지금까지 여타의 논자들은 논자들의 지각이나 자각의 '인지작용'과 '사고작용'을 함께 아울러 '의식'이라 칭한다. 철학 역시 그들의 의식을 인지되는 사고작용으로 이해하여 왔다. 하지만 여기서 모든 문제가 일어난다.[101] 사고작용, 다시 말해 '생각하는 과정'은 지각

---

100) 의식(인지작용): '자신 내 · 외부의 상황 인식 기제'이다. 비의식에서 진행되는 '신호적 상징 작용'을 기호적 표상으로 인지해 내는 정신작용이다. 의식(인지) 상태에서는 목적적이며, 선형의 논리적 사고를 진행할 수 있다. 의식(인지작용)은 자신과 외부를 하나의 세계로 이어 주는 창이다. 그러한 내 · 외부 세계에 대한 인식기능은, 인간이 기호라는 도구를 사용하게 하고 나아가 새로운 상징을 가능하게 하며 상징 생성을 가속화, 고도화시킨다. 의식(인지)의 중요성은 거기에 있다. 의식(인지작용)은 비의식의 신호작용을 기호화해 낸다.
비의식: 우리의 사유작용을 말한다. 그것은 곧 '신호적 상징작용'을 행하는 정신작용이다. 복합적이고 융합적, 동시적인 정신작용으로 직관, 통찰 등이 이루어진다. 비의식으로 생성된 개념 혹은 표상은 의식에서 기호로 '표상'될 때 분명한 '인식'이 되며 텍스트로 구현된다. 의식이 단지 인지작용이라는 점에서, '사유(생각)'와 같은 의식(인지)되지 않는 정신작용인 창조적 정신작용을 나는 비의식(nonconsciousness)이라고 이름한다.

101) '의식'을 사고작용으로 이해함으로 인해, 그간 서양 철학사는 '의식'(사고작용)과 그 '주체', 그리고 '영혼(마음 또는 정신)'에 관한 문제에 혼란을 일으켜 왔다. 또한, 직관 · 통찰 등의 지각되지 않는 사고작용에 대해 학문적인 연구를 진행하지 못하고 있다. 그러나 인지과학계에서는 필자와 같이 '의식'을 '인지작용'(크룩), 사고작용을 '비의식'(The unconscious - 코흐)으로 이해하는 연구자가 있다. 의식을 인지작용으로 보게 되면 사고하는 자의 사고를 사고하는 사고⋯⋯와 같은 무한 퇴행의 사고자에 관한 문제는 간단히 해결된다. 그리고 무의식이란 나이브한 개념의 문제도 해결이 된다.

되지 않는다. 그것은 뇌세포를 중심으로 한 전기화학적인 신호작용들이다. 그러한 신호적 상징작용의 피막으로 둘러싸인 '사고작용'의 내면은 지각되지 않는다. 우리는 사고작용의 결과물인 '표상'만을 인지할 뿐이다.

'사고'를 '인지(의식)'하는 상태에서 '사고'는 깊이 침잠하지 않는다. 뿐만 아니라, 인지(의식)는 외부를 지향하게 되므로 깊은 본질적 사유에 이를 수가 없다. 그러니까, 어떻게 해서 사고작용이 진행되어 나가는지 우리로서는 알 수 없는 영역의 일이다. 그런 까닭에 우리는 사고작용을 '의식'이라 하지 않고 '비의식'이라고 이름한다. 의식을 사고작용으로 이해하는 경우, 모든 논자들이 그러하듯 사고작용이 인지되는 것으로 오해하게 된다. 그런 까닭에서, 그들의 '의식'은 '인지작용'으로 한정되어야 한다.

빙산은 햇빛 속에도 그리고 햇빛이 닿지 않는 수면 아래에도 존재한다. 사람들은 햇빛이 비치는 수면 위의 빙산을 '의식'이라고 여기고, 물속에 잠긴 부분을 '무의식'으로 생각한다. 그리하여 의식과 무의식을 각각 다른 덩어리의 빙산으로 여긴다. 그러나 물속에 잠긴 부분의 빙산과 물 밖에서 빛나는 빙산은 같은 한 덩이의 빙산이다. 단지 물 밖의 빙산은 '지각'이라는 인식의 빛이 닿았을 뿐이다.

정신작용은 햇빛을 받아 밝게 빛나는 부분도 있고 햇빛이 닿지 않아 어두운 부분도 있다. 우리의 정신작용은 지각 여부와는 상관없이 자아의 의지나 그 어떤 지향성에 따라 끊임없는 생성작용을 한다. 우리의 지각으로 비추어, 보이든 보이지 않든 정신[102]은 창

---

102) 보다 정확히 말하자면 '정신'이 아니라 정신과 육체의 통합적 의미로서의 몸 또는 정령 그리고 '의지'나 '본능' 또는 '본능욕구'라는 분절적 표현도 역시 부적절한 표현이다. '생명', '생령체'는 '의지'나 '본능' 등으로 분절되는 것이 아니고, 연속적 상태의 변화상일 뿐이다.

조적이든 비생산적이든, 계속 일들을 하고 있는 것이다.[103] '인지'
의 빛이 비추인 정신작용을 사람들은 '의식', 인지되지 않은 정신
작용을 '무의식'이라고 하지만 그러나 우리는 '의식'은 '인지작용',
'사고작용'은 '비의식'이라 이름한다.

삶은 환몽(마야)이다. 꿈속에서는 모든 것이 자유롭다. 시공을 초
월한 신화를 끌어들일 필요도 없이, 우리가 사는 이곳은 실제로 환
영이다. 사람들은 꿈과 실재의 구분을 감각에다 두고 있다. 삶을
꿈이나 환영이라고 하고 또 달리, 꿈을 실재라고도 한다. 하지만
감각은 실재의 표피에 불과하다. 의식은 딱딱한 표면의 내부인 꿈
의 세계를 방해한다. 외부의 눈에 비추어지지 않은 꿈의 세계는 순
수한 자연의 작용이다. 의식은 꿈의 외부에서 꿈을 바라본다. 그러
한 때, 꿈의 세계는 매우 위험하다. 꿈은 딱딱한 의식의 해변으로
밀려나 과일의 껍질처럼 말라 버리고 만다.[104]

삶을 꿈이나 환영이라고 하고 또 달리, 꿈을 실재라고도 한다. 사람들은
꿈과 실재의 구분을 감각에다 두고 있다. 하지만 감각은 실재의 표피에 불
과하다. 실재는 감각의 내부에 있다. 그렇다고 외부의 감각계가 실재가 아
닌 것은 아니다. 감각 되는 외부인 표피만을 실재로 여기고 표면이 가린
내부의 세계를 없는 것이나 환영으로 여겨서는 안 된다. 만져지는 표피의
세계는 무딘 감각으로 오해된 환영이다.
외부의 눈에 비추어지지 않은 꿈의 세계는 순수한 자연의 작용이다. 의식
은 꿈의 외부에서 꿈을 바라본다. 그러한 순간 꿈의 세계는 매우 위험하
다. 꿈은 딱딱한 의식의 해변으로 밀려나고 과일의 껍질처럼 말라버리고

개념적 표현은 하나로서의 생명체를 분절적이고 개별적인 기관들의 모임이나 결합체로 오
해하게 하므로 그에 대한 주의가 요한다.

103) 『(시론)』, p.122.

104) 졸시 「자연·정령·기호」, 『비의식의 상징(장시)』(파주: 주식회사한국학술정보, 2008)에서.

만다.

의식의 빛은 태양처럼 강렬하다. 그 아래선 모든 것이 분명하며 변화와 움직임이 또렷하게 인지된다. 밤하늘의 숲에서는 보이지 않던 수많은 형상들이 마법처럼 홀연히 나타나 모습을 드러낸다. 의식은 우리들 정령을 그렇게 비의식의 숲에서 깨어나게 한다.

우리들 정령의 의식은 우리들이 자연의 밖으로 걸어 나가 비의식의 꿈에서 깨어나게 한다.

의식의 거울, 의식의 태양 아래서 삶은 환영이다. 그러나 인식의 세계 너머 비의식의 숲에서 환영은 삶 그 자체이다. 자연의 숲에서 환영 – 마야는 살아 숨쉬는 정령들의 세계 그것이다.

– 졸시 「의식 · 마야 · 성」에서

우주는 비자의성의 홀로그램이다. 홀로그램은 빛의 영상체이다. 우주는 초감각적 관점에서 무(無)나 다름없는 공간이다. 일찍이 물리학자 데이비드 봄은, 우주를 딱딱한 물질의 형태로 인식하는 것은 착각이라 했다. 우리가 물질로 인식하는 것들은, 사실은 에너지의 진동에 의해 이루어진 껍질일 뿐이다. 물질들이 진동하는 공간은 물질이라는 껍질 속으로 무한히 압축시킬 수 있다. "물리학자들은 별이 무한정 붕괴될 수 있다는 확신을 갖고 있다……질량이 태양의 1.4배 또는 그 이상이라면……원자핵들을 따로 떼어내고 원자를 부스러뜨린다……그 별이 태양의 질량보다 3.6배 이상이면 수축작용이 중성자별 단계에서 멈추지 않는다. 이때에는 중력이 뚜렷이 앞장서서 일을 벌이고, 무자비하게 밀고 나간다. 그 별은 줄일 대로 줄여 그 자체의 무게의 희생물로 삼는다……압축작용은 계속되고 마침내 아주 작은 블랙홀이 나타난다."[105] 현대물리학에

---

105) 존 보슬로우, 홍동선 역 『스티븐 호킹의 우주』(서울: 도서출판 책세상, 1991년), pp.88~

서 색과 공이 호환됨은 상식의 일이다. 우리는 물질에 대한 환상을 깨뜨려야 한다. 물론, 정신이라는 관념에 대한 착시적 인식 역시 마찬가지이다.

홀로그램의 우주는 움직임 '그것'만이 있을 뿐, 미래, 과거, 현재라는 영역은 없다. 또한 항상 움직임만 있으므로 '상'은 없으며 우주를 '무'라고 부르게도 되는 것이다. 마음과 자아에 집착할 필요가 없다는 것은 우주의 속성을 이해하면 매우 자연스런 일이다. '자아'는 광대한 우주의 산 과정의 한 양태일 뿐. 그러니 우주가 꿈이고 잠인 것은 당연하다.

'비의식'은 '나' 속의 일방적 자아의 진행과 팽창이 있다. 그것의 극단적인 진행은 죽음도 개의치 않는다. 그러한 상황을 '의식'은 체크한다. '의식'(인지)은 그래서 요구된다. 박상륭은 의식과 비의식의 세계를 자유로이 건너다님을 알 수 있다. 비의식계는 맹목적 에너지의 움직임만이 있다. 신경증 역시 '의식'의 빛이 제대로 작동하지 않기 때문인데, 아무튼 의식계에서 바라보는 비의식계는 맹목적이고 기계적이다. 박상륭은 의식계('외부')에서 비의식계('내부')의 그러한 위험성을 잘 알고 있다.

> 많은 경우, 글을 짓는다는 이들은, 그 잉크를, 지옥의 썩은 핏물에서 구해오며, 그림을 그린다는 이들은, 그 같은 물감으로 지옥의 풍경을 묘사해내려 하고, 소리를 짓는 이들은 이들대로, 지옥의 비명을 조직화하려 하고 있어뵌다.[106]
> 詩나, 音樂, 美術 등, 宗敎 밖에서 창작행위를 하는 이들의 작업들에서,

89, 105.

106) 「소설법」, 『소설법』, p.89.

패관은 간혹, 그런 상태에 처한 정신을 얼핏얼핏 감지하기는 하지만, (稗
官流의 알량한) '散文'에 관심을 기울여온 패관으로서는, 그렇기도(얼마쯤
그 상태에 처하기도), 그렇지 않기도……하다는, '아리숭'한 대답밖에 할
수 없는 것이 탈이다……산문꾼은, 말(言語)의 의식적 국면뿐만 아니라,
무의식적 국면도 잘 어거하기로써……산문꾼도 포함한, 모든 창조적 정신
은, 이 비밀의 방문을 열고 들여다 볼 수 있는 능력을 개발해 갖출 때, 그
제작된 것의 뿌리 밑에, 깊이의 무저갱을 열어놓을 수 있기는 할 테다. 그
안에 든 정신은……시퍼런 의식에 의해 통제되지 않을 때……光氣의 三
頭毒狗(Gerberus)가 거기서, 그의 정신을 찢어발기고, 피를 핥으며, 골을
빨 것이다. 그 머리 하나는 Eros, 다른 하나는 Thanatos, 그리고 그 가운
데 것은 그 속에 떨어져든, 그 당자의 것인 것. 바로 여기서, 모든 종류의
악몽·악환·시퍼런 色鬼들이 일어날 것이다. 바르도의 험난함이 그것일
테다…….107)

노태맹 시인은 "내가 시를 쓰지만, 적어도 내가 시를 들여다보고
있는 순간에는, 시가 나를 쓴다." "사물들의 현존, 나를 때리는, 나
를 고통스럽게 하는, 시의 물질성"이라고 토로한 바 있다. 그리고
시인은 "'시를 쓰다가 시에 의해 내가 죽을지 모르겠다는 두려움이
더 컸다.'고 나는 말하고 싶어진다. 시는 분명 나에게서 작동하는
것이므로."(『현대시학』 2008. 11월호)라고 말하기도 한다.

우리는 19세기 말의 로트레아몽을 기억할 것이다. 당시 심리학자
르미 드 구르몽(Remy de Gourmont)은 로트레아몽이 의심할 여지없
는 정신병자라고 했다. 이에 합류하여 비평가 르네 뒤메닐(René
Dumesnil)은 로트레아몽을 주저 없이 환상적 예술가로 단정했으며,
심지어는 정신병자실에서 비참하게 죽었을 거라는 추측을 하기도
했다.

---

107) 「소설법」, 『소설법』, p.143.

물론, 로트레아몽은, 자신은 바이런이나 보들레르처럼 악을 노래했으며 단지 독자들이 보다 선을 갈구하도록 악을 과장하였을 뿐이라고 말했다. 그리고 「말도로르의 노래」의 첫 번째 노래가 시작하기에 앞서,

독자가 앞으로 읽게 될 내용처럼 대담하고 또 일시적으로 사나워져서, 음산하고 독으로 가득 찬 이 작품의 황폐한 늪 가운데서, 방향을 잃지 말고 가파르고 황량한 자신의 길을 찾아내기 바란다. 독자가 엄격한 논리와 적어도 자기의 의혹에 상당하는 정신적 긴장을 가지고 독서에 임하지 않는다면, 이 책의 죽음의 발산은 물이 설탕을 적시듯 독자의 영혼을 적실 것이다.

라고 자신의 서신과 작품에서 수미일관되게 명시하고 있다. 필자의 경우, 첫 시집 『먼 나라 추억의 도시』는 대부분의 시편들이 초의식108)(다른 논자들은 '무의식'이라고 한다)에 의해 쓰였다. 글씨를 알아보기 힘들 정도로 빨리 써 내려갔으므로 반짝이는 빛을 받아 적는 데는 대체로 몇 분 이내였다. 이것은 필자만의 예가 아니다.

그러나 이러한 작업은 실로 위험하다. 폭풍처럼 대지적 상상력의 세계로 내려가서 비의식의 세계를 끌어올려야 하는데, 그 세계는 사실 선도, 악도, 빛도, 어둠도 존재하지 않는 곳이다. 그 속에서 많은 시간을 작가나 시인이 맴돈다는 건, 그의 심혼은 자칫하다간

---

108) 짧은 시간 내에 비의식을 효율적으로 진행시켜 신호적 상징과정으로부터 기호적 인식을 이루어 내는 정신 상태. 정신집중이 요구되며 직관, 통찰, 영감, 예지력 등이 이루어지는, 깊은 상징작용의 기능이다. 인지작용의 의식과 사고작용의 비의식이 매우 빨리 이루어져 마치 그 두 작용이 하나로 여겨진다.
※ 한편, 말하기와 길 가기 등 일상생활에서도 의식과 비의식은 병행된다. 이것은 '의식비의식'이라 한다. 그러나 정작 깊은 사고작용은 비의식에서 행한다. 그것은 편의상 순수비의식 또는 심층 비의식으로 이름 붙인다. 창조적 텍스트의 구성은 심층 비의식의 수행이 바람직하다. 그것은 초의식 상태에서의 비의식의 수행이다.

그 어떤 극단적 선택의 일을 저지를지도 모르는 일이다.

박상륭은 자신이 말하는 '무의식'계에서 소설을 길어 올려 쓰지만, 그는 사후적으로 그 원고들을 의식의 상태, 우리가 말하는 초점적 지각의 상태에서 자신의 미학코드에 따라 재구성을 해 낸다. 박상륭은 우리가 경험한 그러한 사실들을 그 자신의 경험을 통해 너무나 잘 이해하고 있다.

물론, 로트레아몽은 첫 번째 노래의 말미에서 "아직은 그의 칠현금을 시험해 보고 있을 뿐인 사람에게 그것이 그렇게 이상한 소리를 낸다고 너무 준엄하게 대하지는 말라. (중략) 멀지 않은 기간에 제2의 노래를 출현시키기 위해 다시 일을 시작하겠다. 19세기 말은 그 시인을 보게 될 것"이라고 말했고, 물론, 그는 자신이 예언한 바대로 폴 엘리아르(Paul Eluard)를 비롯한 1920년대의 초현실주의 시인들로부터 그들의 선구자로 숭앙받았다.

박상륭은 "그것이 성숙한, 中道的 의식에 의해 어거되지 못할 때, 그것을 통해 뭔가를 제작해낸 이나, 그 제작된 것을 접하는 이나, 양쪽을 다 곪겨, 미숙한 아이에 머물게 하거나, 나찰化 위험이 있다. 그래서 패관은……산문꾼이기를 고집한다."고 말한다. 그러한 박상륭은 "창조적 정신은, 이 비밀의 방문을 열고 들여다볼 수 있는 능력을 개발해 갖출 때, 그 제작된 것의 뿌리 밑에, 깊이의 무저갱을 열어놓을 수 있기는 할 테다."라고 하였듯이, 그는 심층 비의식의 세계를 적절히 제어하고 활용해 나가는 능력을 또한 지녔다. 박상륭은 "『장자』의 「소요유」의 서두에 나오는 얘기를 하나 빌렸으면" 한다며 다음과 같이 말한다.

한 바다를 가득 채우고 있는 큰 물고기의 이름에 '鯤곤'이라는 것이 있는
가 하면, 그것이 날아올라 하늘을 가득 덮는 '鵬붕'이라는 새가 있다고 합
니다. 이것을 우리가 鯤곤은 '침묵 속에 기복해 있는 언어'의 상징이라고,
그리고 '鵬붕'은 '침묵을 벗어난 언어' 그것이라고 바꾸기만 하면, 내가 말
하고자 하는 의도가 대번에 확연해질 것입니다. 이 '곤'은 그리고 그 등에
'하도河圖'나 '落書낙서'라는 한 벌의 언어체계를 짊고, 낙수 깊은 데 기
복해 있는 '거북'과도 같으며, '붕'은 '주작'과도 같은 것으로 변용될 수도
있을 것입니다. 야심 있는 작가들의 관심이 쏠리는 부분은 이럴 때, '붕'
이나 '주작'이 아니라, 넓고 깊고 큰 물의 밑바닥에 기복해 있는 '곤'이나
'거북'일 것은 당연합니다. 모든 뛰어난 작가들은, 아직 형체를 드러내지
않은, 저 거대한 의미덩이를, 자기가 보듬어내어 후두둥 날리고 싶은 욕망
을 가지고 있음에 분명합니다.109)

　　"문이 활짝 열려 본 적이 없는 방",110) "비밀의 방"111)과 "형체
를 드러내지 않은, 저 거대한 의미덩이"란 무한 기호작용(semiosis)
이 가 닿고자 하는 심원한 뫼비우스적 공간의 우주이다. 그곳을 원
관념의 귀향처로 하여 시적 비유는 언어들을 운동시키고 문화적
산물들을 풀어내는 것이다. 우리가 인용한 위 박상륭의 언술은 산
문의 시문이라 해도 지나치지 않다.

---

109) 「깃털이 성긴 늙은 白鳥/깃털이 성긴 어린 白鳥」, 『소설법』, pp.331～332.
110) 『잠의 열매』, p.179.
111) 『소설법』, p.143.

7장 '각주 소설'의 제시

박상륭은 『칠조어론』 이후로는 소설의 경계를 '포월匍越'하여 '잡설'이라는 '법륜'의 양식을 보다 분명히 하였고 마침내, 불교 경전의 정수를 담는 그릇으로 당당히 '잡설품'이라 명명한다. 『잡설품』에서 박상륭은 인류 문화사의 전 지혜서를 '묾론'이라는 여의주로 비추어 하나의 꿰미를 이루었다.

우리의 시편들 역시, 실험을 통해 언어의 본질을 궁구해 나가는 가운데 상징과 기호의 분리, 그 투사적 합일,112) 그에 따른 시와 텍스트의 이질적 차이성을 고려해 왔다.113) 그리고 근년부터는 보완적 텍스트로서의 '각주시'라는 양식을 제시하여 왔다. 그것은 텍스트의 통시적 정보를 제시하는 텍스트인데, 전통적 입장에서 보면, 각주시는 '이론'으로 보일 뿐 시가 아니다. 그러나 우리의 관점에서는 분명 '시'의 표상체로서 텍스트이다.

우리의 실험적 시편의 특징은 시인과 텍스트에 대한 주석까지

---

112) "정신적인 것의 순수한 기능은 감각성 속에서 그 구체적인 충만을 찾게 된다."(카시러, PdsF Ⅰ, S. 42f. 김길웅, "상징, 기호학, 그리고 문화연구; 카시러의 『상징형식의 철학』을 중심으로" 재인용)고 말한 카시러는 "상징적 형식이란 말을 통해서 이해되어야 하는 것은 정신들이 가지고 있는 각각의 힘, 즉 어떤 정신적 의미내용을 하나의 구체적이고 감성적인 기호에 결합하고 이 기호에 내면화하는 정신적인 힘"(카시러, Wesen und Wirkung des Symbolbegrif, 175쪽, 우리말사전 pp.83~84. 재인용)이라고 하였다. 상징에 관해 카시러가 형식이라는 개념을 사용하긴 했지만 '기호에 내면화하는 정신적인 힘'이라고 한 것은 '투사'라는 우리의 견해와 흡사하다. '기호'는 동일화의 정신작용인 '상징'의 투사체이다. 이러한 까닭에 기호와 상징은 하나일 수 있는 것이다.

113) 기호 기능에 시가 있다. 시 속에 시가 있지 않다. 시 문법은 상상의 정보체계로서, 우리의 인체에 내장되어 있다. 텍스트는 시의 마법적 상징의 힘을 묻어 둔 기호체이다. 상징은 '사유' 곧 '비의식'으로 단순한 '표상'작용에서 심층 상징작용까지의 스펙트럼을 가진다.

'시' 또는 시의 '텍스트'로 생각한다는 것이다. '각주'와 '각주 시편'은 시인의 또 다른 텍스트들로 구성된다. 단일 텍스트의 표면구조에는 나타나 있지 않은 심층 배면의 사유 세계를 우리는 드러내고자 한다. 비근한 예로, 현대미술은 주석이 곧 작품성을 결정한다. 고전 물리적 표상의 미학성은 보조적 수단에 불과하다. 심층 배면의 각주는 시인의 단일 텍스트에 직접 제시되지 않는다.

우리가 실험적 태도로 제시하는 '각주 시편'114)이나 '각주 소설'은 시나 소설의 본체이다. 그러니까 '상징'의 '원관념'이다. 원 상징의 내용이 '각주 시'로 표상되는 것이다. 박상륭의 『잡설품』 역시 전통적 입장에서는 소설로 이해되기 어렵다. 아무튼 박상륭의 실험적 모색 과정은 우리의 시적 실험의 모색과 유사한 양태를 보이고 있다는 점에서, 박상륭의 실험소설은 『칠조어론』 이후 '각주 소설'로 들어섰다는 게 우리의 인식이다.

박상륭은, 우주를 빼곡 채우고도 넘칠 정도로 몸이 불어난 힌두 신화의 아자가라 뱀을 얘기한 바 있다. 조금도 움직일 수 없는 그 뱀은 시작과 끝의 동일성과 그 모형적 우주의 반복을 의미한다. 박상륭은 『죽음』 이후 그의 소설 어디서나 시작과 끝을 다른 형상으로 반복해서 보여 주는데, 『칠조어론』이나 『신』 이후의 소설들은 아자가라 뱀의 주석이라고도 말할 수 있다.

---

114) '각주 시편'과 달리 '각주'는 개별 시인의 사상만이 아니라, 단일 텍스트를 뒷받침하는 여타 비평가들의 '모든 기술'이 포함된다. 그러한 각주들은 시의 '텍스트'가 될 수 있다. 그러니까, '각주 시편'은 '비평'을 포함한다. 비평은 접촉자(독자, 비평가)가 생성한 '상징'이다. '비평' 중에 작가의 주관적 의도에 부합되는 내용을 발췌하여 작가는 시나 소설 등의 '텍스트'로 제시할 수도 있다. 물론, 그 전거를 밝히는 일은 당연하다. '비평' 중에 작가의 의도에 부합되지 않는 내용은 온전히 접촉자 고유의 상징으로서 접촉자의 작품이나 작업물이 된다.

‘묽론’으로서의 박상륭의 각주소설은 구상적 미학 비유를 삭제하고자 한다. 사건에 의한 비유와 ‘미를 위한 미’와 같은 구상적 세계의 존재를 배제한 ‘법륜 소설’을 쓰고자 한다. 하지만 차라투스트라가 도반으로서 독수리와 뱀을 언제나 함께하였듯, 박상륭 그가 ‘비유’라는 ‘독룡’은 벗어날 수 없음을 우리는 그의 소설에서 충분히 확인할 수 있다. 그는 “아직 형체를 드러내지 않은, 저 거대한 의미덩이를, 자기가 보듬어내어 후두둥 날리고 싶은 욕망을 가지고 있음에 분명하다.”

8장 글을 맺으며

박상륭은 『칠조어론』 4책에서는 165쪽에서 172쪽에 이르는 「제
3장 點品」의 내용으로 십우도 그림만을 싣고 있다. 그런 그의 원
숙함은 소설미학의 한 극점을 보여 준다. 그는 자연언어를 초월하
여 진정한 의미의 '언어'를 깨닫고 있다는 말이다. 언어는 자의적
상징의 한 수단이다. 그러나 앞서 언급한 것처럼, '동일화'의 번잡
하고 더딘 표현의 수단인 관계로, 불가에서는 불립문자성 직관과
통찰을 그림으로써 말을 하기도 한 것인데, 박상륭 또한 그의 소설
의 언어기호로 취한 것이다. 우리의 경우는 그와는 역으로, 언어의
본질을 드러내기 위하여 도상과 비자연언어의 기호를 제시하여 왔
다.115) 그러나 박상륭은 추상의 서사를 법륜의 소설로 제시하였다.

평단은 박상륭의 소설이 매우 파격적임에 대해 독창적 실험 양
식으로서의 소설의 새로운 지평을 열고 있다는 평가를 하기보다는
그 낯설음에 당혹스러워한다. 김사인은 박상륭에게, 『칠조어론』은
문학이라는 이름으로 합의가능한 한계를 넘어선 것은 아닌가 한다

---

115)  ≪롤링키트 가면≫, 목제,
** DNA
*** 컴퓨터 작업: 최진석

「언어」외 (다수)

는 세간의 설을 얘기하였고, 그에 대해 박상륭은 "한때 지동설은 합의 가능치 않은 진리"였다고 말하였다.[116] 우리는 그러한 박상륭이 형식의 실험보다는 법륜적 주제에 소설의 의미를 보다 두었다 하더라도 그의 소설의 형식에 대해 다룰 필요가 있음을 느낀다. '벌뢰(벌레＋번뇌)'와 '지바'(자아)의 개별자들이 박상륭의 법륜을 저마다 어떻게 받아들일지는 또 다른 차원의 문제일 것이다.

자연의 기호로서의 인간의 정신은 자연의 원형 속에서 영원히 변주된다. 자연과 인간, 기호라는 주제를 다루다 보면 우리의 앎과 자연의 현상들이 모두 유기적으로 연결되어 있어 처음과 끝 구분이 사실상 무의미하며 그 어디나 처음 혹은 입구이고 허리임을 알게 된다.

『소설법』과 『잡설품』에서 박상륭은 세계와 우주의 전일성을 말하고 있다. 『잡설품』의 첫 장 「가출」에서는 "모든끝은그러나시작에물려있음을!",[117] 작품의 허리인 「時中」에서는 모두(冒頭)에서 "모든시작은끝에물려있음을!"이라 하였으며, 작품의 종결부 「목샤(解脫) 혹은 出家」의 말미에서는 "모든길은그러나시작에물려있음을!"이라는 경구를 적어 두고 있다.

『피네건의 경야』 우리말 역자인 김종건은 『피네건의 경야』는 "그 시작이 작품의 마지막 행인 한 문장의 중간과 이어짐으로써, 시는 부활과 재생을 암시한다."며, "조이스는 위버(H. S. Weaver) 여사에게 보낸 한 편지에서, '이 작품은 시작도 없고 끝도 없다.'고 말한 바" 있다고 전한다.[118]

---

116) 김사인 엮음, 『박상륭 깊이 읽기』(서울 : 문학과지성사, 2001). p.28.

117) 『잡설품』. p.24 · 30.

우리가 늘 논해 왔듯, 세계는 분리되어 있지 않은 하나이다. 이것을 이해한다면, 시작이나 끝은 존재하지 않는다. 완전한 자동성은 동일론의 우주를 제시한다. 동일성의 우주를 대변하는 자동성의 텍스트는 재귀적 회전 운동을 한다. 왜냐하면 그것은 천체계의 인력들이 집중하는 중심이기 때문이다.

시동이의 문잘배쉐는 없거나, 모든 곳에 있는 게다. 그것이 그의 광야일 것이었다. / 시동은 입을 다물고, 광야쪽에다 시선을 보냈다. 자기의 광야를 새로 내어다보려는 모양인데, 그러는 어느 순간부터 시동은, 어지럼병 기를 느낀 듯하여, 눈에서는 중심이 흔들리고 있었다. 광야가, 아니면 시동이의 눈이나 마음이, 펄럭이거나 출렁이기 시작한 것이다. 그 텅 빈, 열림/닫힘이, 일순, 어차피 열려 있는 열림 쪽으로만 끝없이 확대 확산하더니, 삼차원이던 것이 이차원으로, 그리고 대무(大無)라고도 이를, 무차원화해버리는 것이었다. 시간의 현재, 그리고 장소의 이 일점으로부터 시발한 이 확산은, 영겁의 시간의 과거는 물론, 미래 쪽으로 보라쳐(vritti) 간 가[邊] 없는 원(圓)운동이었으나, 어차피 있었지도 않은, 모든 입체(立體)들로부터 입체성이 사상(捨象)되기에 좇아서 드러나는 그 평면(平面)은 시동의 눈엔 사각(四角)으로 보였으되, 시동이로서는 현재, 시각이나 생각의 능동성을 잃고 있어, 보여지거나, 인식되는 대로만 보고, 인식할 뿐이기는 하다.[119]

그때 우리 비의식의 생체 기호작용은 영적 육체로서의 자동성의 '진행체'이다. 시작과 끝은 우리의 미진한 감각의 산물일 뿐, 모든 길은 시·종이 없다. 이것은 박상륭이 흩어진 지혜 구슬들의 '꿰미'를 이루어 낸 『잡설품』에서 '시동'이 얻은 깨달음 그것이기도 하다.

---

118) 제임스 조이스, 종건 역, 『피네건의 경야』(서울: 범우사, 2002년), p.31.
119) 『잡설품』, pp.417~418.

"시동은, 문잘배쉐 쪽을 향해, 책상다리 자세를 꾸며, 두 팔로 두 정강이를 껴안아 모은 뒤, 세워진 두 무릎 위에 얼굴을 받쳐 올려놓은 그대로, 앉았던 자리에서 한 발자국도 떼어놓지 안 했거나, 못 했었던 것 같았다. 그렇게 몇 날, 몇 주야, 몇 달, 몇 성상, 또는 몇 세기를 보냈던지, (이 또한 선돌에게나 물어보는 수밖엔 없겠지만) 굵은 사지四肢뼈로 밖을 구획하고, 갈비뼈 따위 잔뼈들로 안을 꾸민, 그 한가운데, 몹시 퇴색한데다 얼룩져 있었으나, 가즈런히 놓여진 한 켤레의, 그 뽐나는 신발 위에 놓여 진 희둑스레한 해골은, 어째선지, 그만한 크기의 붉은 돌로 보여, 않음다웠다."!(『소설법』, 37쪽)

환유적 차이론은 자기 상호 텍스트intertextuality적으로 기술된다. 어차피 텍스트가 주석적 기호체들이므로 그 어떤 글들일지라도 수월한 기호들의 연결물일 경우 재귀적 상호 텍스트의 양태를 갖는다.[120]

시공을 초월한 추상의 세계화를 그리는 박상륭은 사건 중심의 이야기 구조를 사용하지 않는다. 박상륭은 구상의 현상을 추상의 사유세계로 환원하여 '인류문화사'를 박물적 해석의 비평으로 들려준다. 그의 '잡설품'이 목적하는 바는 인간의 구원이다. 그러한 박상륭의 법륜은 다름 아닌, '뽊론'이라는 진주 구슬이다.

"이 늙다리 비구는……'진화론'을 기조로 한 '뽊(몸＋말＋맘)'론……의 정립定立을 위해, 한 삶을 다 바쳤었구나! ……인류의 업적으로 삼는 말한 바의 저것들은, 이미 있어온 것만으로도 이 한 우주가 무너질 때까진 너무도 충분하다고, 믿었기 까닭이다. 그것들은 그러나 하나하나가, 구멍만 뚫리고, 끈에 꿰어져본 적이 없어, 인류는, 자기가 이룬 업적의 까닭으로, 차라리 더욱더, 모순당착의 심연에 빠져 허덕이고 있거니, 그리하여 마침내, 유리의 늙은 비구 하나가, 그 구슬들을 한 끈에 꿰어, 하나의 꿰미를

---

120) 졸저, 『비의식의 상징(비평)』(파주: 한국학술정보주식회사, 2008년), p.102.

이뤘다"(『잡설품』, 61쪽)

박상륭은 그것을 '雜說品'이라 한다.

그러나 또한, 박상륭은 자신이 소설의 형식을 넘어선 실험 작업을 행하고 있음에도 아이러니하게, "나로서는, 표현주의, 미래파, 입체파, 그 외의 다른 主義들을 표방한 창작물들이, 예술적 천재들의 고차적 영감의 산물이라고는 인정하지 않을 것이다. 나로서는 그것들을 이해할 수도 없지만, 그것들도 내게 즐거움을 주지 못한다……그것이 여하히 새것인 것처럼 보여도, 그 실은, 무량겁 전부터 쌓여온, '習氣'의 방, 즉 '藏識' 속에 쌓여져 있던 것의 재현, 또는 유출에 불과하다……'새로운 것' 또한, 그 실은 '모방(模倣)'된 것에 불과한"(『잡설품』, 315~316쪽) 것이라고 말한다.

'감성적인 것과 이성적인 것'의 융합이 위험하다고 생각하는 박상륭은 시인적 기질의 니체는 말씀의 우주에서 몸의 우주로 전락하는 역진화를 초래한다고 생각한다. 그러나 20세기에 접어들어 고전적 기하학의 아름다움을 접어 두고 추상적 사유의 세계를 지향하는 근·현대의 실험적 예술들 그리고 실험적 시인들은 박상륭의 견해와는 달리, 어쩌면, 제5관유정의 완성, 제6관유정으로의 진화를 위한 허물벗기의 노력인지도 모른다.

'小說'이라는 개새끼(怪色鬼)는, 어떻게도 갈블 수 없이 雜스러운 것이라는 생각이 자꾸 깊어지는데, 이는, '감성'과 '이성'이, 어지럽게, 그리고……잡탕이라는 그 생각이 (글세, 패관만을 한정해 말이지만) 패관께는 깊어지고 있다는 얘기다. 거기다, 대놓고, 그 솥을 둘러서, 후딱 좀 그 국물맛 좀 봤으면 좋겠다고 껄떡거려 쌓는 것들은, 그것은 훨씬 더 雜 스러

박상륭 역시 소설이 지적 사유만이 아니라, 감성적 내용이 요긴
하다는 사실을 모를 리 없다. 그래서 小說이 "雜스러운 것이라는
생각이 자꾸 깊어"진다. 그렇다고 '후딱' '국물맛'만 생각하여 사상
(思想)의 '뼈'만 넣어 고을 수는 없는 일이다. 실제로, 문학예술의
현실계는 박상륭의 우려와 마찬가지로 감성적 측면만을 좇거나 또
는 급한 대로 알맹이만을 좇아 '소설'을 패스트푸드화하고 있는 것
이 사실이다. 그러나 우리가 이미 살펴보았듯, 박상륭은 시공을 초
월한 추상을 지향하면서 또한, 신화와 극시의 양식을 사용하게 된다.

박상륭은 『칠조어론』 이후 비소설로 나아가고 있다. 그것은 추상
적 세계로의 기술인데 다시 말해, 그는 메타 소설을 쓰고 있는 것
이다. 그것은 인류문화학적 비평서라고 할 작품으로, 『소설법』이라
제명(題名)한 것에서부터 우리는 그의 의도를 뚜렷이 확인할 수 있
다. 우리가 비시를 제시함으로써, 시의 본질을 각성케 하고 시의
표상매체 외연을 넓히려는 것과 마찬가지로 박상륭은 비소설을 제
시함으로써 현재의 소설을 '포월'하고자 한다.

우리는 이제 '문자 언어'의 텍스트는 임계점에 도달한 것이 아닌
가 생각한다. 박상륭은 소설에서 어떤 임계점을 이미 인식하였으며
그는 당당히 '잡설품'의 형식을 제시하였다. 사실, 우리는 제임스
조이스의 『피네건의 경야』 역시 묵시론적 추상의 시적 소설이라는

---

121) 『소설법』, pp.77~78.

점에서 '잡설품'의 형식에 분류할 수 있지 않을까 생각한다.

그러나 모든 실험은, '완성'이란 존재하지 않는다. 길 속에는 시작과 끝이 없다. 크리스테바는 젊은 나이에 '기호분석이론'이라는 틀을 통해 '상징계'와 '기호계'라는 생각을 해 내었는데, 이는 세계 변화의 원리를 갈파한 본질적인 통찰이다.

『소설법』에서, 박상륭은 기존의 인물들의 행위 중심의 구상적 기술 방식을 버리고 보편적 인물들의 정신세계에 관한 추상적 기술을 적극적으로 시도한다. 박상륭은 그의 언술들을 '줍쇼릭'라 하며 겸허한 자세를 보인다. 그러나 그가 '줍쇼릭'를 꾸미면서도 "법륜을 굴린다."고 말할 수 있듯이, 그의 뙒론의 소설은 '잡설'과 '법륜'이 따로일 수 없다.

'인간 재림의 빗소리'를 기다리는 박상륭은 '뙒론'의 꿰미를 이루었다. "'진화론'을 기조로 한 '뙒(몸＋말＋맘)'론……의 정립定立을 위해, 한 삶을 다 바쳤었구나! ……유리의 늙은 비구 하나가, 그 구슬들을 한 끈에 꿰어, 하나의 꿰미를 이뤘다."(『잡설품』)며, 박상륭은 철학과 종교, 예술을 하나로 통합하여 '잡설품'을 내어 놓았다.

체용론, 인신론 그리고 추상과 구상론 등을 통해 박상륭은 몸·말·마음의 공·시체인 '뙒'이라는 인식의 현상학에 도달하였다. 박상륭에게 뙒론은 진화론적 인·신관의 완성을 의미하는 위대한 보디사트바의 우주수(宇宙樹)이다.

'벌뢰', '앓음답다', '줍쇼릭', '꽛' 등의 '추상화' 진화론을 거쳐 동서고금의 인문학적 자산의 성찰 끝에 '뙒'의 꿰미에 이른 그의 통찰은, 앞으로 더 논의가 필요하겠지만, 신화적 계시의 단계를 보여 주는 『피네건의 경야』에 견주어, 오히려 의미론적 측면에서는 능가하지 않나 생각된다. 우리는, '호서'에 제임스 조이스가 있다면, '호동'에는 박상륭이 있다고 말할 수 있다.

상징은 유비적 동일성이 본질이다. 모든 텍스트는 시적 원리에 바탕을 둔다. 박상륭의 법륜 논설이 소설이 될 수 있는 건 비유의 '상징'으로서이다. 박상륭은, 지적 깨달음과 무관한 시와 예술이 5 관유정에게는 오히려 유해한 것이라 생각하는 것 같다. 그러나 시 텍스트는 그 제작 의도와 텍스트에 따라, 지적 통찰을 생성케 한다. 시는 비유의 구성체이다. 시적 사유는 수학과 같이 순수한 지적 기능을 연마하는 유희이다. 우리가 세계의 동일성을 피력해 온 수단은 다름 아닌 시적 기호작용에 의해서였다.

박상륭이 소설을 '雜說品'으로 이끌었듯 이와 같은 장르 실험들의 대두는 이제 기존의 양식들이 변화를 일으켜야 한다는 '징후'인 것이다. 감각과 유클리드적 기호체계가 배제된 극단적 추상의 상징 작업은 작가가 그의 상징세계를 직접 진술해야만 하거나 또는 우리가 각주라고 이름한 추상의 언술들을 숨겨 두고 있다. 이것은 박상륭의 소설에서만이 아니라 미술과 시미학을 비롯한 현대예술에서 특징적 현상의 하나로 나타나고 있다.

이러한 실험과 양식적 제시의 문제는 새로운 '기호계'가 낡은 '상징계'를 깨고 그 자리를 대체하게 됨을 의미한다. 보다 본질적 측면에서 시나 소설, 예술이 새로운 양식들을 꽃피워야 한다는 자각이 발현되고 있다. 시의 본질을 집요하게 묻는 우리 역시 그러하다. 보다 보편적이며, 본질적인 원리가 드러날 때 우리의 문화지층은 새로운 차원을 맞이하게 된다.

사유, 즉 상징은 자연 질서의 표상이다. 상징은 하나로서의 세계 본질을 대표하며, 기호는 차이로서의 현상의 표상이다. 상징과 기호론에 바탕을 둔 시·예술은 세계는 하나라는 인식으로 소환되며, 나아가 자기와 사회 그리고 자연과의 평형을 이루길 간구한다. 유비적 사유의 활성화는, 궁극적으로 <세계는 하나>라는 동일성의 원리에 도달하게 한다. 이것이 우리의 시적 사유와 세미오시스의 궁극적 의미이다. 비의식의 상징론이 의도하는 것은 유비적 사유로써 자신과 외부에 관하여 사유토록 하는 것이다.

차이는 동일성의 본질 그 심층부에서 꿈틀거려 상징계의 표층부를 가른다. 이른바 지표면을 찢고 가르는 지진이자 화산의 분출인 것이다. '충동'은 동일자의 지속을 위한 차이적 발현의 에너지이다. 우리는 젊은 세대들에 의해서 물질성을 존속시켜 나간다. 기존 상징계의 심층 저변부에는 감지할 수 없는 미시물리적 작용계가 있으며 상징계는 그 표층부를 이루어 의식계를 구성한다. 우리들 세계의 표층부 밑바닥에는 언제나 멈춤 없는 움직임이 작용하고 있어 딱딱한 지표면을 새롭게 변화시킨다. 우리는 그러한 변화를 두려워한다. 그래서 법률은 언제나 방탕아들을 상징계의 질서로 묶어둔다. 그러나 미시물리계의 패러다임은 지각의 판을 변화시킨다.[122]

시는 모든 예술의 매트릭스이다. 시의 태반에서 미술과 음악, 무용 등의 예술이 탄생했고 성장했다. 뿐만 아니라, 시의 게놈에 의해 철학과 수학, 제반 학문과 신화는 진화해 나갔다. 그러나 오늘날 시는 문자언어의 외딴 산 속에 은거해 있다. 시는 그러한 고독을, 고결한 일로 여기는 것 같다. 그리고 시인들은 그러한 '시'를

---

122) 졸고, 『비의식의 상징: 제4시집』(파주: 한국학술정보주식회사, 2008) 자서에서.

외경하여, 더욱 외딴 곳으로 은거시킨다. 우리는 학문과 예술에 더욱 풍요한 영감을 줄 수 있도록 대지의 신이 태양 아래 드러나도록 해야 한다. 우리 주위의 빛바랜 은유의 형식들, 그들 은유가 언제든 우리 앞에서 마법처럼 반짝여 살아날 수 있어야 한다. 시는, 그들 예술과 학문의 원천으로서, 그들을 포괄하고 품고 있다. 시는, 자연은 동일체라는 大思想에서 생성된다.

<박상륭 소설가 연보>

1940년 전북 장수 출생
1953년 장수초등학교졸업
1956년 장수중학교 졸업
______ -500여 편의 시작
1959년 장수고등학교 졸업
______ -문예부 활동: 시작 계속
______ -지도적 인물이고 장래가 촉망되는 모범적 인물이었으나 자존
　　　심이 매우 강한 것으로 평가
1961년 서라벌예대 문창과 입학
1963년 (24세) 『사상계』에 「아겔다마」 입상 등단
1964년 경희대 정치외교학과 편입학, 중퇴
1965년 서라벌예대 문창과 동기 배유자와 결혼
______ -사서삼경, 신구약성경, 팔만대장경 등 종교서적 연구 독서 몰두
1968년 부인 캐나다 밴쿠버 취업이민
1969년 부인을 따라 캐나다 이민
1970년 큰딸 크리스티나 출생
1971년 『박상륭소설집』(민음사 출판)
1974년 둘째딸 온딩 출생
1975년 『죽음의 한 연구』(한국문학사)
1977년 셋째딸 어거스틴 출생
1982년 서점 ‘Readers Retreat’ 개업
1986년 『죽음의 한 연구』(문학과 지성사 재출판)
1990년 『칠조어론』제1권 (문학과 지성사)
1991년 『칠조어론』제2권 (문학과 지성사)
1992년 『칠조어론』제3권 (문학과 지성사)
1994년 『칠조어론』제4권 (문학과 지성사)
1994년 서점 ‘Northshore Books’ 운영
1999년 소설집 『평심』, 『산해기』(문학동네)

1999년 4월 23일~24일, 예술의 전당 자유소극장에서 ≪박상륭 문학
    제≫ 엶
2002년 『잠의 열매를 매단 나무는 뿌리로 꿈을 꾼다』(문학동네)
2002년 『신을 죽인 자의 행로는 쓸쓸했도다』(문학동네)
2005년 『小說法』
2008년 『雜說品』

Ⅲ부

절대 정신의 시인 박청룡

— 절대이미지의 텍스트를 통한 형벌(刑罰)적 시 쓰기와 구원의 문제

박청륭 시인

실험정신이란 작가 고유의 양식을 작성하는 일이다.
진정한 장인이란 자신의 실험을 완성해 나가는 자이다.

시적 표상은 존재에 대한 영적 표상의 대표적 양식이다. 추상의 언어는 존재를 시간의 세계로 끌어들인다. 우주는 일순간 정지되고 분석을 위한 마취의 상태로 들어간다. 그곳에서는 모든 것이 분명하다. 만질 수가 있고 측정이 가능하며 규칙으로써 예측이 가능하다. 하지만 그것은 극히 단편적인 인식의 세계이다. 존재는 시간으로 환원되지 않는다. 시간은 '추상'의 가상적 세계의 공간이다. 화살은 공간의 한 점을 통과하는 것이 아니다. 시인은 비유를 사용하여 시공간을 초월한다. 시인은 존재를 추상이 아닌 존재 그것으로 체험한다.

시라는 비유적 표상은 정적인 추상의 인식에서 나아가 동적인 세계의 이해를 생성한다. '순수의미작용'의 상징에 의한 과학의 문명은 '쾌락'과 '안락'을 추구한다. 본능의 충족을 강화시키는 그것은 순수의미작용의 상징의 역기능이다. 종교에 대한, 과학적 정신과 언술이 인간을 구원할 수 있을까? 실천은, 그러나 예술적 표상에서 찾아진다. 성서는 과학적으로 기술되지 않고, 시적으로 표상된다. 논리적 동일화의 언어는 영적 세계의 전일성을 제대로 기술하지 못한다.

시·예술은 개성과 정신이다. 개성은 자기 실험으로써 나타난다. 정신은 개성과는 다르다. 정신은 동일성이다. 그것은 영원한 본질을 의미한다. 자연과 우주, 인간, 신 등으로 이야기되는 그것은 영원한 하나로서의 자기 재귀적 동일성이다. 하지만 본질은 변화로써 구현된다. 변화 없는 동일성은 무(無)이다.

시와 예술에서 변화는 개성으로 구현된다. 개성 없는 시·예술은 존재하지 않는 위(僞)예술(pseudo – art)이다. 예술의 옷을 입었으나

예술이 아닌 예술이다. 모창은 가수의 노래가 아닌, 모방이다. 가수
는 분명한 자기 음색과 발성의 규칙을 갖고 있다. 김영랑, 김소월,
한용운, 이상 등은 저마다의 분명한 음색과 발성의 규칙을 갖고 있
다. 그들은 가수로서의 충분한 자격을 갖고 있다. 오늘날 현존하는
작가 중에 자기의 개성과 규칙을 확보하고 있는 시인은 과연 몇몇일
까? 그렇지 아니한 많은 작가들은 그렇다면 시인일까, 모방자일까?

그러나 또한, 고유한 음색과 발성의 규칙만으로 가수가 되는 것
은 아니다. 가수란, 심금을 울려야 한다. 적어도 가슴을 공명하는
울림과 시원한 카타르시스를 안겨 줄 수 있어야 한다. 그것은 개성
만으로 되는 것이 아니다. 자신과 세계를 하나의 끈으로 묶어 내는
'정신'이 요구된다. 우리는 진정으로 시를 위해 자신의 에너지를
소진하고 있는가? 우리는 진정으로 이타적 실험과 정신을 구현하고
있는가? 그렇게 하려고 조금의 노력이라도 하고는 있는가? 국민가
수란 그러한 사람들이다. 그것이 진정한 가수이며, 시인의 길이다.

박청륭 시인은 대여(大餘) 김춘수로부터 첫 번째 추천을 받는 행
운을 얻었다. 하지만 그러한 행운만큼이나, 그의 시단 입지는 달랐
다. 그러한 행운은 오히려 박청륭 시인을 비웃기라도 하듯 그를 고
독한 심연의 세계로 유랑하게 했다. 일찍이 김춘수 시인이 짚고 있
었듯, 획일화되어 가는 시단에서 "자기 개성을 자각하고, 그 자각
위에서 예술의지를 관철해 보이는 집요한 자세"를 박청륭 시인은
지녔다. 하지만 시단에서 오히려 그것은 시인이 고독한 유랑의 길
을 떠나야만 하는 이유가 된다.

그런 시인의 초지일관한 자세는 『불의 假面(가면)』과 『第七彌撒
(제7미사)』와 같은 시집들을 통해 '절대이미지'라는 그만의 고유한

규칙을 창조해 낸다. 곧 기술될 '기호계 시편'과 '의식계 시편'이 그것인데, 시인의 그와 같은 실험적 의도는 인간의 마성에 대한 자기 확인과 고해성사이다. 후일에, 그러한 시인의 정신은 『하늘역광장』을 중심으로 사회학적 보고의 서정시편을 작성하게 한다. 그와 같은 시인의 '이야기 시편'의 차안(此岸)과 피안(彼岸)은 우리에게 원형적 경험을 통한 카타르시스를 안겨 줄 것이다.

그러나 시인 자신은 이미 형벌적 시 쓰기에 길들여진 '삐딱한' '노새'이다. 창조의 불길에 기꺼이 몸을 던지는 시인의 일촉즉발 '광기'의 '뇌세포'는 언제나 '폭발' 직전이다. 그러한 박청륭 시인의 정신은 지금도 유랑의 길에 있다. 그러면, 한 잊힌 천재적 시인이 그 유랑의 시로(詩路) 속에서 어떤 생활을 영위해 나가고 있었을까? 우리는 이제 그에 관해 이야기하고자 한다.

1장 절대의 정신

어떤 예술가는 의지로써 죽음을 택하고, 어떤 시인은 살아서 끝내 의지를 시지프스처럼 표현한다. 둘 다 같은 형국이다.

뒤틀린 척추를 곧추세운다
정수리로부터
하늘 끝까지 치켜든 꼬리는
팽팽한 활시울이다
목도 허리도 한 굽이 휘었다
그래도 아직 다하지 못한
충혈된 증오가
안구 가득 살아 넘친다
끝내 속물근성을 거부한
자폭

'인생은 공, 파멸, 오후 6시 거사'*

— 「공空 : 권진규」 전문

인용 시의 마지막 행 "인생은 공, 파멸, 오후 6시 거사"는 조각가 권진규의 유서 내용이다. "그날 이후, 땅 속의 뱀을 볼 수 없었다. 하늘의 비둘기며 제비, 그 흔한 참새도 볼 수 없었다. 개, 염소, 고양이, 소는커녕 심지어 쥐새끼 한 마리 보이지 않았다. 비행기와 포탄이 날아드는, 아비규환. — 찌르고, 쏘고, 터지고, 차고, 박고, 벗기고, 물고, 뜯고, ……살아있는 것이라곤 성한 것 하나 없는 초토화된 <자유 공화국> 도시 — 게르니카"

박청룡 시인에게 텍스트 「게르니카: 피카소」는 전장의 한 찰나의 포착이 아니라 그의 망막에 각인된 인간의 영원한 마성에 관한 지울 수 없는 영상이다. "살육이 살육을,/ 능욕이 능욕을,/ 약탈이 약탈을 부르는/ 살인마 괴물들의 잔치였다./ 학살이 난무하는/ 인간이 아닌 짐승들의 도시,/ 그 날 이후 노을은 진홍 핏빛마저 썩어,/ 검게 썩어,/ 어둠도 썩은 밤엔/ 오랫동안 별도 보이지 않았다."(박청룡, 「게르니카: 피카소」, 『내 오일 파이프, 전립선도』) 시인의 "바다는 지금 점호 중이다."(「침몰하는 바다 2: 등댓불」 첫 행)

오래된 등대 낡은 불빛이 가시거리 10미터 두터운 안개에 갇힌다.
멀리 뻗지 못한 불빛들은 녹아내린다.
갖가지 색상과 형태. 염료 아크릴로 변한 불빛은 녹아내린다.
바다 속 깊이 흘러내린 안료는 탈색되고 바닥에 쌓인 플라스틱은 하얗게 썩는다.
해초와 산호 백합 따위의 갑각류는 물론 미세한 플랑크톤까지 하얗게 마른다.
소위 말하는 백화현상이 진행된다.
안개에 갇힌 바람 한 점 없는 바다는 아침이 되어도 죽음보다 더 고요하다.
등대불이 끄진 지 오래다.
며칠째 보이지 않는 붉은 그림자 태양은 지금 어디쯤 가고 있을까.
아애 보이지 않는 떠야 할 달에 대해선 아무도 관심이 없다.
150층 620m의 쌍둥이 빌딩과 빌딩 사이, 두 암벽에 끼인 달은 빠져나오질 못한다.
달의 두개골에서 흘러내린 피가 통유리빌딩 전체를 붉게 물들인다.
피로 물든 빌딩은 엿 녹듯이 물렁물렁 녹아내릴 것이다.
물렁물렁 붕괴된다는 것이다.
다행히 피는 멎고 달은 암벽으로부터 조금씩 벗어난다.
찌그러진 두개골, 일그러진 얼굴은 펴지질 않는다.
달빛도 지그재그 칼날 같은 유리조각, 빛살 광채가 위협한다.
아직 열흘 넘게 안개에 갇힌 항만은 어떻게 될 지 아무도 모른다.
열흘 넘게 녹아내린 불빛, 아크릴의 안료는 탈색되고,

하얗게 변한 아크릭의 무덤 심해는 재생불능이다.
하얀 쓰레기 무덤에서 뿜어내는 백색가스가 또 다른 죽음을 불러 온다.
이젠 리무버remover*로도 말을 듣지 않는 심해,
백색가스 또한 응고 축적된다.
안개 걷힐 날만 기다리는 사람들도
롯의 아내, 소금기둥처럼 하얗게 죽어 갈 것이다.

　 * 리무버remover ; 아크릴 물감을 지우는 물질.
　　　　　　　　　　　　 - 「침몰하는 바다 2: 등댓불」 전문

　앞의 인용 시 「게르니카: 피카소」와 「침몰하는 바다 2: 등댓불」
은 앞으로 우리가 진술할 시인의 '절대이미지' 시편인 '기호계 시
편'과 '의식계 시편' 중 후자에 속하는 시편의 하나이다. 아울러,
시인이 '기호계 시편'에서 신화소의 묵시록적 이미지의 시편들을
왜 그토록 지속적이고도 반복적으로 제시하였는지를 알게 하는 지
표적 성격의 시편이기도 하다.

　박청룡 시인의 첫 시집의 서문은 대여(大餘) 김춘수가 썼다. 박
청룡 시인은 김춘수가 1975년 『현대문학』을 통해 첫 번째로 추천
한 시인이다. 박청룡 시인의 처녀시집 『불의 假面』 서문에서 김춘
수는 "박청룡 시의 시작을 수년 간 주시해왔다……필자로서는 그
동안 하나의 개성을 보고 있었던 것이리라, 개성이 없는, 거의 규
격화되어 가고 있는……이 땅의 시단 추세를 놓고 볼 때……그의
시작은 예술이고, 예술은 수사의 차원이 아니라, 창조의 차원이고,
창조란 때로 해결이 없는 모색이라는 인식에 투철한 듯하다……자
기 개성을 자각하고, 그 자각 위에 서서……예술의지를 관철해 보
겠다는 집요한 자세를 보여 주고 있는 그는 그것만으로도 가치 있

는 일을 하고 있다고 해야 할 것이지만, 그는 또 이 세상에 해결된 것은 아무 것도 없다는, 탐구에의 의지를 굽히지 않고 있다. 고집스러울 정도로 외곬으로 가고 있는 듯한 인상을 주고 있는 소위이기도 하다.”고 언급한다.

　시인의 첫 시집의 전 시편들은 표제시 ‘불의 假面’의 연작 시편들이라 해도 틀리지 않을 만큼 전 시편이 일관되게 동일한 기법에 의해 작성되었다. 그것은 김춘수 시인이 지켜본 바와 같이 박청룡 시인의 시예술에 관한 ‘집요한 자세’와 ‘개성’에서 비롯한 것이다. 시인의 이와 같은 초지일관한 시정신은 이후 시집을 묶어 내는 그만의 방식에서도 엿볼 수 있는데, 시인은 시집을 낼 때마다 신작을 묶는 것이 아니라, 신작과 함께 그간의 중심 주제적 시편들을 반드시 함께 참여시킨다. 그것은 시인의 시정신과 작업 자세가 너무나 확고하여 여타 시편들의 힘을 눌렀던 까닭인데, 그러한 시인의 시편들 속에는 ‘불의 정신’이라고 할 불의 화인火印이 찍혀 있다. 우리는 그의 시집 어디서나 ‘불의 심판’을 상징하는 불의 화염火焰을 통과하게 된다.

2장 전기(前記) 절대이미지의 세계: 기호계 시편

2-1. 크리스테바의 상징계·기호계

　정신분석학을 사회적 주체의 문제에 접목한 크리스테바(Julia Kristeva 1941～)는 존재계를, 유클리드적 질서계를 가리키는 표피적이고 안정적인 상징계(le symbolique)와 유동성의 미시계를 가리키는 심층적이고 불안정한 기호계(le sémiotique)로 상정한 바 있다. 칸트는 미래를 창조하는 인간의 지성을 개념적 오성의 능력과 직관의 감각능력으로 보았다. 그러나 카시러는 개념과 직관의 능력보다도 상징의 능력을 미래 창조의 보다 근원적 능력으로 이해하였다. 그런데 크리스테바는 칸트나 카시러의 인식론적 문제를 사회적 실천의 문제로 이행시켜, 주체로서의 에너지를 지닌 반항적 충동의 세계, 그리고 안정적 질서를 구축한 규범의 세계로 대별하여 전자를 '기호계(le semiotique)', 후자를 '상징계(le symbolique)'라 하였다.

　우리는 인식론적 측면에서 크리스테바의 기호계는 시·예술·학문·사회규범 등의 문제에 있어 새로운 패러다임을 창조하는 정신작용으로서 비의식계의 직관과 통찰이 그 본질임을 이해하고 있다. 그러나 크리스테바는 그러한 창조적 정신작용을 인식론적 차원에서 머무르지 않고 한 걸음 더 나아가 상징계를 전복하는 적극적 실천과 의지의 문제로 다루었다. 우리는 이 장의 '기호계 시편'에서는 박청룡 시인의 심층 내면에서 뜨거운 불길로 휩싸여 타오르는 리비도의 역동성과 상징계로의 유출을 시도하는 그 화염火焰의 세

계, 그리고 시인의 텍스트 변화상을 크리스테바의 용어를 빌려서
기술한다.

2-2. 전기(前記)의 절대이미지: 기호계 시편

우리는 박청륭 시인의 절대이미지 텍스트를 전기와 그 이후의
것으로 나누고 전기의 시편들에 '기호계'라는 용어를 사용한다. 크
리스테바의 기호계와 필자의 비의식계는 창조적 정신작용의 생성
처라는 점에서는 그 성격을 같이한다. 그러나 기호계는 상징계에
대한 전복성에 강조점을 두며, 비의식은 창조적 정신작용 그 자체에
치중한다는 점이 다르다. 그것은, 우리의 '비의식'이라는 용어가 칸
트의 '오성'이나 카시러의 '상징' 기능과 함께 인식론적 성격에 그
치는 반면에 크리스테바의 '기호계'는 사회학적 실천의 의미를 갖
고 있기 때문이다. 물론, 인식론적 측면에서 '기호계'는 기호 인식
이전의 정신계라는 점에서 칸트나 카시러 그리고 우리의 비의식 개
념처럼 창조적 정신작용에 관한 분명한 인식을 갖고 있지는 않다.
그러나 크리스테바는 불가리아계 이방인 신분에서였든, 아니면 개인
적 성향에서였든, 인습과 특정 규범에 대한 비판적 정신이 강하다.
박청륭의 텍스트는, 인간의 근원적 심성 깊이 자리하고 있는 우
리의 마성적 심성과 그에 편승한 문명 세계의 병폐에 대한 강한 비
판적 정신을 보여 준다. 박청륭 텍스트의 악에 대한 그러한 신념적
비판 정신은 크리스테바의 기호계 비판적 전복성과 그 성격을 같
이한다. 그것이 박청륭 시인의 전기 '절대이미지'의 텍스트에 우리

가 '기호계'라는 용어를 사용하는 이유이다.

불의 假面 Ⅳ

새의 부리는 넷이었다
입을 벌릴 때마다
여덟 개의 혓바닥이 넘실거렸다
이마에 박힌
순금구슬을 들여다보면
벗은 女人이 불을 뿜고 있었다
머리에 얹힌 칠보화관은
黃金피부로 덮여 가고 있었다
눈까지 노랗게 물들면
불은 꺼지고
날지 못하는 새는
눈이 멀어 있었다

불의 假面 Ⅴ

반쯤 타다 남은
사나이들이 서 있다
뜨거운 노문에서
잘 굽힌 사나이들이 하나씩 나오고 있다
까만 숯덩이처럼 굽힌 사나이도 있다
아직 식지 않은 벌건 쇳물도 있다
벌건 쇳물의 사나이는
차차 식어지면서 강철이 된다
다른 노문에선 黃金甲옷을 입은
女子들이 나온다
두 개의 에메랄드 눈알은 자동점화기
사나이와 女子들은
다시 뜨거운 쇳물로 변하고 있다

불의 **假面** Ⅶ

아내는 눈을 감고 定座하고 있다
앉아 있는 연대蓮臺에서 불이 인다
일곱 빛 불이 인다
내가 부는 피리 소리에
눈을 뜨는 아내는
하나의 촛불이 된다
하늘로 치켜 든 모발에서
또 다른 불이 일고 있다

— 「불의 假面」 부분

그런데 시인의 「불의 假面」에서 우리가 확인한 것은 무엇인가? 이 시편을 읽고 난 독자는 매우 당황스러울 것이다. '이 시편이 우리에게 전달하는 메시지는 과연 무엇인가?'라는, 만약 이러한 생각이나 물음이 주어진다면 우리는 참담할 것이다. 하지만 그것은 우리의 잘못이나 무능이 아니다. 이 시편의 문면엔 서사적 구조나 추정 가능한 현실계의 일들은 사실상 드러난 게 없기 때문이다.

우리의 의식계는 초점적 사고기관으로서, 시간적 순서와 인접적 공간의 이동에 따라 존재와 사태를 구성하여 인식한다. 그러나 신화의 세계로 들어서면 우리에게 익숙한 '과학적' 이해의 인과적 현상과 세계는 신기루 속으로 사라지고 만다. 그곳에선 우리의 과학적 인식 요건인 시간과 공간의 개념과 범주의 인식이 무화되기 때문이다.

현대적 추상의 실험시편들이 그러하지만, 박청룡 시인의 절대이미지 시편 역시 시공을 초월한 비의식계의 신화적 영상으로 그려져 있다. 우리가 시인의 영상 이미지 시편들을 의식계의 언어로 읽으려 한다면 그 열쇠를 찾을 수 없다. 의식계의 눈으로서 우리가 찾아낼 수 있는 구성적 사건이나 그 실마리는 드러나 보이지 않는다. 더욱이 신화적 사고에서 한 걸음 더 들어가, 특히 우리가 '절대 이미지의 시편'이라고 부르게 될 박청륭 시인의 '기호계 시편' 같은 비의식계의 시편들에서는 더 말할 것이 없다.

5

사나이들은
羊水에 떠 있다
淸伊의 뜨거운 문이 열리고
하얀 까운을 입은 사나이들이
둥둥 떠 간다
탯줄은 줄줄이 풀려
떠 가는 사나이들의 눈을 감기고 있다
淸伊는 작두를 들고
사나이들의 탯줄을 끊는다
잘린 손들이 일어서고
발바닥도 일어선다

7

대(竹)를 잡고 있는 者의 눈알만이 보인다
코도 뭉게지고
꼬리도 뭉게진 사나이가
징을 치고 있다
뼈만 남은 쇠문은 두 쪽으로 갈라진다
재만 날려 가는
어둠 끝없이 부엉이가 울고 있다
아랫도리까지 뭉게진 神들도 울고 있다
징을 치고 있는

제 키보다 큰 징을 치고 있는
사나이들
마지막 불에 싸이고 있다
— 「칠옥도七獄圖: 뭉크를 위한 일곱 개의 戲畵」 부분

위 인용시편 「칠옥도七獄圖: 뭉크를 위한 일곱 개의 戲畵」[123]에서도 확인할 수 있듯, 시인의 작품 속 이미지와 그 군상들의 움직임과 행위들을 통해 우리가 인지할 수 있는 '인과적 서사'의 내용은 사실상 불명하다. 단지, '물에 떠다니는 하얀 까운의 사나이들', '줄줄이 풀려나는 탯줄', '사나이들의 탯줄을 끊는 淸伊', '울고 있는 神들', '불에 휩싸이는 사나이들' 그러한 영상들이 일련의 비의식 체계에 따라 움직이고 있을 뿐이다. 그러나 그 이미지의 어느 그림자들조차 우리에게 무슨 이유로, 무엇을 행하려는지 알 수 없는 움직임들만 보여 줄 뿐, 혼을 빼앗긴 듯 우리는 그들의 움직임에 끌려 '七獄圖'를 헤매 다녀야만 하는 것이다. 이러한 형국의 시편들은 비단 '「칠옥도」'만이 아니다. 다음은 제2시집(1983)의 「第七彌撒」 시편이다.

I

그도 반 컵밖에 남지 않은 포도주에 피가 섞여 있었다. 몇 조각 남지 않은 빵도 썩어 벌레가 기어 다니고 있었다. 나는 강복하고 손가락에 포도주를 묻혀 모두 늘어져 누운 地下室로 내려갔다. 뼈만 남은 아이들은 입도 겨우 뗐다가 다물었다. 눈도 뜨지 못한 노파들의 무거운 입술에 적셨다.
성부와
성자와

---

123) 이하 「칠옥도」라 함.

성신의

이름으로 다시 빵을 들고 강복했다. 처녀 하나가 울음을 삼켰다. 靑年은
그의 앙상한 뼈로 머리를 쓰다듬었다. 눈물이 뜨겁게 바닥에 떨어졌다. 한
동안 눈물은 별빛처럼 빤짝 이다 자취조차 사라졌다. 사라진 눈물처럼 얼
마동안 쓴 빵 조각이 입속에서 녹아 내렸다.

이튿날 아침. 글라비치 경시청 직원이 지하실 밖으로 빨간 루즈, 핏자국만
이 남은 여러 구의 시신을 실어내고 있었다.

V

램프에 불이 차 오른다
종이 한 번씩 울릴 때마다
발목 잃은 불들이 쓰러진다
쓰러진 불들은 다시
뼈를 갖추고 일어 선다
門이 잠겨 있는
사원에도 불로 찬다
삽시에 모든 키들은 낮아지고
머리칼 하나 남아 있지 못한
하늘엔 피 철철 흘리며 날아가는
새들,
달무리 커다란 옥지환 속으로 들어간다
새벽녘엔
다시 鐘이 울리고
길다란 밧줄이 흔들리고 있다

－「第七彌撒」 부분

　제2시집(1983)의 「第七彌撒」 역시 그의 제1시집은 물론 제2시집
의 전 시편들과 마찬가지로 의식계의 우리는 그 이미지들의 의도
와 목적성을 짐작할 수 없다. 단지 알 수 있다면, 그 모든 이미지
들이 마성에 휩싸인 듯한 행위들을 연출하고 있다는 것이다. 시편

들은 마치 로트레아몽의 「말도로르의 노래」를 연상케도 한다. 그런
데 시인은 「불의 假面」의 부제로서 "뭉크를 위한 일곱 개의 戱畵"
라고 적어 두었는데, 두려움과 불안, 공포심으로 절망감을 불러일
으키던 에드바르트 뭉크(1863~1944)의 노을 속의 <절규>나, 환
영과 전쟁의 고통으로 불안에 시달렸던 고야(1746~1828)의 웅대
한 체구의 <거인>에서 느낄 수 있었던 묵시록적 환영을 시인은
불러내어 놓았다.

　우리는 조금 전 「第七彌撒」의 시편이 제1, 2시집의 전 시편들과
마찬가지로 신화적 비의식의 세계를 드러내고 있음을 언급했다. 그
러면 과연 다른 시편들은 어떠한지 이번엔 짧은 시 두 편을 택해서
보기로 하자.

눈이 큰 바다 끝
끝 젖는 눈발
누가 울지도 않는데
가라앉지 않는 바람
큰 새들 사이에서
사라지는 풀잎 소리
떨어지는 새보다 뜨거운 불꽃
얼굴보다 커다란 귀고리가 타고 있다

– 「귀고리」 전문

기폭을 접은 기선이 머물러 있다
마스트도 내리고
날이 저문다
날이 저물면서
피어오르는
불길,

한 마리 야광충이
저승의 바다를 가고 있다

- 「모슬포暮瑟浦」 전문

아마, 「불의 假面」이나 「第七彌撒」와 마찬가지로, 이 두 편의 시에서 역시 우리가 알 수 있는 것이라곤, 불길한 환상, 좋지 않은 꿈의 영상들 외엔 달리 드러나는 것이 없을 것이다. 그렇다면, 과연 박청룡 시인은 무슨 까닭에서 이와 같은 언어들을 직조하여 집요하고도 강박적으로 제시하는 것일까? 의미가 드러나지 않는다는 점에서, 우리는 시인을 추천한 김춘수 시인의 '무의미 시'를 답습한 것은 아닌가 하고 생각해 볼 수 있다.

그러나 당연히 그렇지 아니하다. 형태나 외양, 즉 기표나 표상의 양태가 동일하거나 유사하다 하여 동일물일 수는 없다. 사실, 오늘날 우리의 관점에서 대여(大餘) 김춘수의 '무의미 시'는 이미지로 조성된 의미(意味)의 덩어리이다. 너무나 미시적이고 확산적 의미를 함의함으로써, 무의미라는 이름을 달고 있을 뿐이다.

2-3. 절대이미지의 표상 이유

박청룡 시인의 절대이미지의 텍스트는 이미지에 '기의'가 존재하지 않는다. 그것은 우리가 뒤에서 다루겠지만 박청룡 시인의 시편을 '영상시'로 명명하는 주요한 이유이기도 하다. 박청룡 시인의 '기호계 시편'은 아예 기의가 존재하지 않는 '미끄러지는' 상(象)들이다. 박청룡 시인은 제2시집 『제7미사』(1983)의 자서에서 자신의 일관된 시작 태도와 형식을 이렇게 밝히고 있다.

나는 한국시에 대한 깊은 회의에 빠져 있었다. 특히 언어파에 속해 있는 미학주의의 시작품들이 추구하고 있는 세계가 한결같이 허무의 늪에 빠져 있음이었다……그때부터 풀고 싶었던 숙제가 이 허무의식을 초극한 또 다른 영혼에 닿을 수 있는 미의식이 없는가에 대한 의문이었다. 이러한 과제에서 얻어낸 결론이 더 처절한 비극미를 그려 가는 일이었다. 구원도 승화도 없는 절대 비극을 창조하는 일이었다. 그러기 위해선 철저히 객관적인 묘사로 일관하되 내용을 설명하지 말 것이며 존재론적 인식에 선 절대 이미지를 구축할 것. 입체적인 조형성을 강조하고 처절한 인간 실존을 묘파해보일 것. 서정성을 배제한 드라이한 언어만을 채택하여 오히려 금속성과 같은 탄력성을 지닐 것 등의 몇 가지 시작법에 관한 메모를 갖게 되었다. 그러면서도 **이미지나 메타포 속엔 절대로 의미를 거느리지 말 것이며 분위기나 상황만을 제시할 것** 등이 첨가되어 있었다.(짙은 글씨는 필자 강조)

이제 우리는 그 이유를 분명히 알 수 있을 것이다. 그리고 박청룡 시인은 '절대 비극의 창조'와 '의미의 배제' 이유를 이렇게 말한다.

"악마적인 근원이 인간의 실존이며 그를 자각하는 데서 구원이 있다…… 철저한 절망, 철저한 파멸 그것만이 구원……이다. 언제 인간에게 구원이 있었던가. 오히려 그 구원이라는 것이 인간을 좀먹게 하는 온상이 되어 왔음을 우리는 역사를 통해 배워오지 않았던가."(짙은 글씨는 필자 강조)

철저히 의미가 배제된 박청룡 시인의 절대이미지의 시편들은 다름 아닌 인간에 대한 깊은 불신과 진정한 구원 의식에서 비롯한 것임을 알 수 있다. 이것은 그의 평생 시작을 통해 강박적이고도 반복적으로 제시된다. 우리는 시인의 이와 같은 철저한 '의미 배제'의 '이미지 시'를 '기호계 시편'이라 한다. 기호계 시편은 인간 본

성에 대한 철저한 비판의식에서 발현된 것으로서 가히 '묵시록적'
이다.

2-4. 기호계 시편과 정신분석학적 비평

우리는, 시인의 절대이미지의 '기호계 시편'에 관하여 정신분석
학적 비평을 통한 의미 파악을 생각해 볼 수도 있을 것이다. 그러
한 관점에서 「칠옥도」에 대한 정영태 시인[124]의 분석을 한번 살펴
보기로 하자. 정영태 시인은 박청륭 시인의 시편에 대한 해설 「암
흑의 혼을 가진 시」(『밤을 위한 시론』, 1994)에서 "사드가 현실이
아닌 공상 속에서 언어를 통한 폭력을 실행할 수 있었듯이, 시인도
환상을 통해 광기의 폭력을 실행한다. 시인의 시는 자신이 희생되
고, 상대도 희생되는 무작위적 폭력이 자행되는 신성한 축제"라며
다음과 같이 정치하게 분석한다.

> 그녀에게서 죽음을 당해야 하는 사나이들은 〈하얀 까운을 입은 사나이들〉
> 이다. 하얀 까운은 청이의 한국적, 설화적, 감정적 성격에 비하여, 서구적,
> 과학적, 이성적인 면을 지닌다. 하얀 까운은 규격화되고 제도화된 옷이다.
> 그리고 문맥으로 보아 분만을 도우는 의사들의 옷으로 추측되는데, 의사는

---

124) 1949년 부산 출생의 정영태 시인은 1985년 〈시문학〉으로 등단하였으며, 1994년에는 〈시
와 사상〉을 창간하여 부산시단에 젊음과 활력을 불어넣은 주요한 시인이다. 그는 뇌졸중과
당뇨, 고혈압 속에서도 시작(詩作)과 담배, 술좌석을 마다하지 않았으며 2005년 유명을 달
리했다. 안타까운 일은, 거의 1년에 한 권꼴로 시집을 내었던 그는 천부적 상상력을 너무
허무하게 소비했다. 1997년 겨울 그는 박청륭 시인을 발행인으로 하여 무크지 『시21』을
창간하고 힘이 다할 때까지 참여하였다. 아무튼 그의 상상력과 지력 그리고 인간적 포용력
과 유머 감각은 지금도 그와 함께 자리하고 있는 듯한 착각에 빠지게 한다. 〈시와 사상〉 동
인들은 2006년 12월에 회고 시선집 『우주관측』을 내었다. 평론가 남송우 교수는 해설에
서 정영태 시인을 "지상에서 우주로 수직 상승한 시인으로 기억한다."고 적고 있다.

청이에 대조되는 냉정하고, 이성적인 존재이며, 과학과 기술을 상징한다. 그들은 인간의 욕망에 의하여 태어났지만, 거꾸로 인간의 욕망을 억압하는 것으로 변모한다. 청이는 이제 그들을 낳지 않고 사산시킨다. 청이는 그들의 생명을 욕망이 다한 죽음과 하나가 되는 이미지를 사용하여 아니마의 승리를 거둔다. 문명에 대한 신화의 승리이며, 이성에 대한 욕망의 승리이다. 이미 그러한 인간은 모성회귀를 포기한 채 어디론가 죽음의 표류를 해야 할 숙명을 감수할 수밖에 없다. 그것이 원초적 생명력을 배신한 〈하얀 까운〉을 입은 문명의 숙명이다. 시인의 반문명적 자세가 한층 강렬히 암시되는 시이다.

그리고 분석자는 "그림자 원형인 사탄의 힘으로 인류의 금기와 위반이 미학 형식으로 다시 부활되는 나라를 시인은 알고 있다."며 박청륭 "시인의 시적 유희는 무의식 세계에 들어가 일상적 현실 세계의 억압과 지배에서 벗어나 인간 존재의 근원에 도달하는 놀이"라는 사실을 양식적 측면에서 예리하게 드러낸다. 한편, 분석자는 "시인의 그림자는 성도착 세계로 내려가서, 퍼소나라는 억압으로부터 자신을 해방시키며, 자신만의 놀이 세계에서 억압을 예술의 경지로 승화시키며 만족감을 가진다. 쾌락 충족의 자아가 현실적 자아를 압도해 버릴 수 있는 순간을 갖는 것"이라고도 말한다.

그런데 정영태 시인의 분석과 마찬가지로, 박청륭 시인의 제의적 비유의 알레고리는 다름 아닌, 인간과 왜곡된 물질문명 세계에 대한 비판이다. 그러나 우리가 이렇게 박청륭 시인의 텍스트를 인간의 내재적 악의 문제와 문명비판에 연결 짓는 것은 사실, 「第七彌撒」의 경우 중세 수도원의 지하 미사 광경으로 생각되는 이미지들로부터 돌연 "이튿날 아침, 글라비치 경시청 직원"이라는 시구가 나옴으로써 '아, 오늘날 우리들 세계의 범죄와 인간 내부의 악의 문제를 얘기하는구나.’ 하고 생각될 뿐, 그 이상의 구체적인 이해의 경로나 사후적 재구성의 지도는 그려지지 않는다.

「칠옥도」 역시 마찬가지의 상황이다. 정영태 시인은 “<하얀 까운을 입은 사나이들>”은 “서구적, 과학적, 이성적인 면을 지닌 규격화되고 제도화된 옷을 입은 의사들”이라는 것, 그리고 “의사는 청이에 대조되는 냉정하고, 이성적인 존재이며, 과학과 기술을 상징”하는 자들로 오히려 “인간의 욕망을 억압하는 것으로 변모”하는 자들이고, “청이는 그들을 낳지 않고 사산시킨다”는 사후적 구성을 날카로운 추리력으로써 구성해 낸다.

그러나 우리는 그러한 내용들이 “사나이들/ 마지막 불에 싸이고 있다”라는 구절에서 ‘문명비판’이라는 이 시의 결말을 알아챌 수 있는 사실 외에 다른 구체적 사건의 내용은 추론할 여지가 제시되고 있지 않다. 단지 “꼬리도 뭉게진 사나이” 또는 “아랫도리까지 뭉게진 神들”과 같은 절망적 상황의 제시가 있을 뿐이다.

결론적으로, 박청룡 시인의 ‘기호계 시편’은 정신분석학적 사후 재구성의 방법으로 추론을 하더라도 인간 세계의 절망적 징후와 악에 대한 심판이라는 주제적 메시지와 그것을 뒷받침하는 불길한 그림자와 환영의 움직임들 외에 다른 서사적 내용은 드러나지 않는다.

2-5. 대지적 상징과 자의적 상징

프로이트는 무인과적이고 무질서한 듯한 꿈의 내용을 해석하는 과정에서 '고고학적 재구성'이라는 '제2차 수정작업'을 행하였는데 이를 '사후적 행위(Nachträglichkeit)'라 하였다. 꿈의 해석과 마찬가지로 정신분석학적 비평 또한, 사후적 행위의 재구성이다.

시인의 비의식 표상의 정신계와 의식계에 속한 비평가는 그 인식의 시공간을 달리한다는 점에서, 분석가의 상징 생성은 필연적으로 자의적 구성을 이룬다. 더욱이, 박청륭 시인의 신화소적 상상력에 의한 원형적 이미지들의 절대이미지 시편에서는 인과적 인식의 관찰은 무용지물이 되고 만다.

꿈은 프로이트의 생각처럼, 자기검열 의식으로 원망을 은폐하고 왜곡하는, '칸트' 식의 선험적 인과론에 의한 명료한 사고에 따르지 않는다. '자기검열'의 '은폐, 왜곡' 등은 인지하의 사고를 행하는 깨어 있는 우리들의 것이다. 꿈과 신화는 자의적 상징 이전의 전일적이고 大地的인 본능적 상징에 따라서 생성된다. 물론, 시 역시 마찬가지로 시공을 초월한다.

꿈은 프로이트가 생각했듯이 검열이라는 2차적 사후 수정작업을 행하는 것이 아니다. 꿈은 그저 일차적으로 전일적이고 대지적인 본능적 상징을 행할 뿐이며 그런 까닭에 신화적이며 시적 상태로 비쳐 보인다. 프로이트는 꿈을 자의적 문명인의 관점에서 이차적 가공을 하였던 것이다.

시나 신화가 꿈과 다른 점은 일차적으로 본능적 상징을 사용하지만, 이차적으로는 초점적 상징의 작업을 수행한다. 그러나 박청륭 시인의 이차적 사후 수정의 자기검열은 시인이 직접 밝히고 있듯, "절대 이미지를 구축할 것……이미지나 메타포 속엔 절대로 의미를 거느리지 말 것"이라는 시공 초월의 비논리적 세계의 제시이다. 꿈의 세계에 대한 정신분석학적 접근은, 대지적 본능의 상징인 '근원 비의식'과 '자의적 상징' 세계의 문제라는 차원의 상이점이 있다.

2-6. 성性과 신성神聖

'절대 이미지'를 구축하고자 하는 박청륭 시인의 '기호계 시편' 들은 꿈과 같은 자연적 상상력에 의해 이미지들을 생성해 내므로 시어의 사용에 있어서 자연히 신화소적 용어들을 사용하게 된다. 따라서 소위 융이 말하는 집단적 무의식125)에서 생성된 이미지, 즉 인간의 본능과 관련된 신화, 무속, 종교적 이미지들이 많이 나타나 게 마련이다. 그런 이유에서 우리는 시인의 '기호계 시편'을 '원형 기호계 시편'이라 불러도 무방할 것이다.

그러한 텍스트를 생성하는 박청륭 시인의 여러 신화소의 '원형 (Archetype)' 중에서도 '성性'은 박청륭 시인의 시 세계 전반을 통 해 제시되고 있는 주요한 주제이다. 프로이트의 오이디푸스 콤플렉 스 개념의 착안에 영감을 준 '오이디푸스 신화'가 그러하지만, 인 류의 원형적 서사 신화를 제공한 '트로이 전쟁' 역시 성 문제로 발 발했다. 그리고 이곳 지금 우리 사회는 상대적 물욕주의와 인명경 시의 풍토로 아녀자 납치와 살인 사건 등 성과 관련한 사건들이 우 리를 고문(拷問)이라도 하듯 연일 매스컴을 메우고 있다.

시인은 제6시집 『불의 문신』(1997)의 자서에서, "등단 이후 일관

---

125) 필자는 '근원 비의식'이라는 용어를 쓰고 싶다.

된 관심사가 '죽음'과 함께 '성'의 문제에 대한 도전"임을 밝히고
있다. "터부시하여 내놓고 말하기 어려워하는, 그러기에 숨어서 온
갖 짓거리, 범죄를 저지르는, 인간 본능의 바탕이 되는 성에 대한
집착이 두 번째 관심의 대상"이라며 시인은 "인간이 타고난 마성의
근원이 억제치 못한 욕망에서 비롯되며 구천에 떠도는 저주받은
영혼의 태반이 성폭력에 관련된 악령들이다. 살인과 질투, 끝없이
질척거리는 진창의 밑바닥엔 성이 있다."고 시인은 지적한다.

1

어머니 계모 마리아가 2층 손님방에서
뒷물 대야를 들고 내려오고 있었다
(중략)
서른 세 살의 성자 예수
얼굴 한 쪽이 이지러져 늘 그늘져 보이던
얼굴 흰 사나이,
달이 없는 밤이면
찔린 옆구리에 흐르는 진물로
어머니와 함께 달을 잉태해야 했던
예수의 발에는 아직 족쇄가 채워져 있었다
족쇄에 긴 사슬마저 채워진 나도
매일 밤 나를 분만하는 어머니와 함께
파란 양수에 잠긴 달 속에서 잠이 들곤 했다

2

빈 깡통을 든 흑인 소녀 둘이 서 있었다
(중략)
가죽채찍을 든 계모 마리아를 따라
2층으로 올라갔다

얼마 후 소녀들의 앓는 늑대 소리에 이어
누구 소리인지 분간할 수 없는 비명이 들려왔다
헤롯의 병사들이
유대왕 예수의 몸뚱아리를 내리치던 채찍 소리
예수의 비명과 함께
오랫동안 계모 마리아의 괴성도 들렸다
달이 지는 새벽녘엔
여기저기 광야 멀리 퍼져 있던
들개들이 집 가까이 서성거리고 있었다

10

(중략)
그들의 우두머리 백부장놈
나는 그의 심장을 향해 독살을 쐈다
병사들은 그의 대장이 쓰러진 줄도 모르고 달아났다
나는 백부장의 사지와 몸통을 잘라 여기저기 묻어버렸다
한동안 피 냄새를 맡은
늑대들이 며칠 밤 어슬렁거렸지만 이내 사라졌다
보름 동안이나 앓다 일어난 계모 마리아는
누더기가 된 파김치, 죽음 그것이었다
나는 계모 마리아를 안고
깊이를 알 수 없는
물도 다 말라버린 우물로 내려갔다
그날 이후 밤마다
우물로부터 빛을 뿜기 시작했다
두 사람의 해골마저 사라진 뒤에도
오랫동안 빛을 볼 수 있었다

— 「달의 내력」 부분

신성神性은 성性과 근원적으로 하나이다. 그러한 성은 자연의 영속적 기능 방편이다. 영속을 위한 그것은 신성의 한 양태로서, 문명이라는 자의적 인간의 세계에서 비로소 악의 모습을 띠게 된다. 그 악의 기원은 앞에서 언급이 있은 오이디푸스왕의 신화를 통해 비로소 인간의 뇌리에 인식되는데, 20세기 들어 프로이트는 한 걸음 더 나아가, 오이디푸스 신화를 '오이디푸스 콤플렉스'라는 개념의 '과학적 사실'로 명문화한다.

신성이 성과 근원적 측면에서 '하나'일 때, '우물' 속의 '빛'은 자의적 의식계의 문명 세계와는 달리 그 역으로, '악'의 상징이 아닌, 우주적 동조성의 신성한 빛으로 간주된다. 그러나 신화와 현실계는 그 인식의 시공간이 다르다. 신화는 시공간을 초월하지만, 인간의 문명계는 시공간을 기반으로 한다. 근원적으로, 여기서 성의 정체성은 분열증적으로 파열된다.

「달의 내력」의 '모시 두루막의 성자 예수'는 계모 여인과 "깊이를 알 수 없는/ 물도 다 말라버린 우물로" 내려간다. 계모와의 관계 역시, 아버지와 오이디푸스 콤플렉스의 관계가 성립한다. 물론, 우리는 '오이디푸스 콤플렉스'를 문학적 또는 정신분석학적 극단의 전형적 모델로 간주한다. 실재의 '아버지'가 오이디푸스 콤플렉스라는 상상적 사실에 빠질 만큼 불완전하거나 신경증적 단계에 가 있는 경우는 없다.

「달의 내력」에서 '모시 두루막의 성자 예수'는 포주(抱主)로 은유되는 '계모 마리아' 여인으로부터 '족쇄'에 묶여 '학대'를 받는다. 그러나 예수와 계모 마리아에게 사슬과 족쇄는 서른세 살 '모시 두루막'의 예수가 '백부장놈'의 심장에 독살을 쏘게 하는 새도매저키즘의 채찍이 된다. '聖'과 '性'을 한 몸에 지닌 '聖'에 대한 비판과 구원의 빛이 예수와 마리아 그리고 시인의 근원적 리비도의 영체 속에 하나로 녹아들어 있다. '계모 마리아'를 안고 내려간 "깊이를 알 수 없는" 그 '우물'에서는 '죽음'을 표상하는 해골이 없어진 뒤에도 '오랫동안' '빛'을 내고 있다.

D. H. 로렌스는 "인간의 생활은 피(blood)와 살(flesh)이 직접 접촉을 갖는 전체 우주의 영원하고 신비로운 생명력의 일부"[126]라고 보았다. 『채털리 부인의 사랑』에서 여주인공 코니는 정신적 생활의 우위를 내세우는 남편 클리포드에게 "저는 육체가 필요해요. 저는 육체 생활이 정신 생활보다 더 위대한 실재라고 믿고 있어요. 육체가 정말로 깨어나서 생명을 지니게 될 때 말이에요."[127]라고 말한다.

로렌스는 모더니즘이 한창이던 때의 작가였으나, 모더니즘의 신화를 창조해 나가던 제임스 조이스(1882~1941)와는 구조적으로 다른 길을 갔다. 로렌스는 양식의 측면에서는 전통을 따랐으나 주제는 누구보다도 대담했으며 본질적이었다. 특히 그의 신선한 시문詩文 문체는 문명의 허위 속에 잠든 우리의 영혼을 일깨워 살아 움직이게 했다.

우리는 일일이 예증으로 열거할 필요도 없이, 박청룡 시인의 대다수 시편에서 그 결말이 '성'의 '흔적'으로 변환되어 종결지어짐을 볼 수 있다. 그러한 시인은 문명文明과 신화神話, 성聖과 성性, 신성神性과 마성魔性을 원형의 시편 속에서 대담하게 용해시켜 내고 있다. 그러한 시인은 '성'의 문제를 고해성사하듯 다루고 있다.

---

126) R. P. 드라이퍼, 『D. H. 로렌스』, pp.24~25, 이재우, 『D. H. 로렌스』(서울: 건국대학교 출판부, 1996), p.28, 재인용.

127) D. H. 로렌스, 『채털리 부인의 사랑』, p.245, 이재우, 『D. H. 로렌스』(서울: 건국대학교 출판부, 1996), p.111, 재인용.

門이 잠겨 있는
사원에도 불로 찬다
……
다시 鐘이 울리고
길다란 밧줄이 흔들리고 있다

- 「第七彌撤」 부분

개념적 사유로는 창조적 신앙의 삶을 영위할 수 없다. 언어는 달을 가리키는 손가락일 뿐, 신의 경전은 모두가 불완전한 자의적 상징 기관인 인간 '언어'로 기술된다. '실제'는 언어가 지시하는 그 너머에 존재한다. 그것을 보는 힘은, 언어가 자의적 상징기관이라는 사실을 인식함에서 길러진다. 기독교는 "지성으로 해결되지 않는 것을 역설로 통일하고 해결한다."고 키르케고르(Soren Kierkegaard, 1813~1855)는 오래전에 말하였다. 우리가 언어를 통해 알아야 할 것은 '언어' 바깥의 '실재'이다. 그래서 우리는 '언어'의 세미오시스를 생성한다. 자기 재귀적 영원으로의 물음을 진행하는 것이다.

2-7. 물의 정화

불과 물은 생명을 구성하는 원형적 질료의 형식이다. 불을 매개로 한 심판 『불의 假面』에서도 「칠옥도」에서는 심청이를 통한 물의 심판이 있었다. 그러나 2008년 들어 박청룡 시인은 「침몰하는 바다」와 같은 물에 관한 시편을 40여 편이나 집중적으로 제작해 낸다.[128]

---

128) 「침몰하는 바다」 1~20편은 『심상』 2009. 1, 2월호 발표. 현재 20편 미발표.

(전략)

*

지구 온난화 영향을 입은 바다 해류를 따라 어족들이 북상한다.

몇몇 새끼 대왕갑오징어도 그 중 하나다.

한 겨울에도 섭씨7도나 높은 원전주변으로 모여든다.

누출된 방사능 물질로 성장 억제기능 물질에 문제를 일으킨 토종 문어가

날이 다르게 변화, 거대 괴물문어로 변해버렸다.

다리 하나만도 7~8미터가 넘는 거대 몸집으로 커져버렸다.

방파제 석축이나 혹은 거대한 시멘트로 쌓아올린 삼각 발 – 테트라포터로

사이에 자리 잡은 오징어는 가끔씩 해상으로 떠오른다.

새벽 일찍 나온 나이 든 낚시꾼이 드리운 빨간색 인공 미끼가 어른거린다.

문어는 재빠르게 낚시 줄을 낚아챈다.

놓쳤다 다시 되잡은 노인은 순간 바다 물속으로 끌려든다.

오징어는 긴 다리 두 가닥으로 노인을 감싸곤 해저 깊은 석축 사이로 기

어든다.

흔적도 없이 사라진 바다 위엔 줄을 잃은 긴 낚싯대만 떠 있다.

(중략)

*

가끔 원자로 출력 100%로 정상 운전 중 발전기 수소 누설 량이 11㎥

/day에서 14.5㎥/day로 증가할 땐 손상 Gasket을 신품으로 교체하기도

한다.

동 Gasket 설치작업과 관련하여 정비절차를 강화하는 재발방지 조치를

취하기도 한다.

이때 잠시 냉각수는 멎고 전력 생산도 중단된다.

다시 허기를 느낀 괴물 문어는 먹이를 찾아 헤매다가 흘러나오던 냉각용

고온수가 멎은 수로로 머리를 틀어박곤 기어든다.

(중략)

얼마 되지 않아 냉각되지 못한 과열된 원자로에 위기가 닥친다.

경고 신호와 함께 모든 계기의 정지 스윗치가 내려진다.

(후략)

– 「침몰하는 바다 21: 원전 주변 바다」 부분

우리가 어머니의 태반 내 양수 속에서 부유하며 생장하였고, 인간의 문명은 물과 함께 발생했다는 점에서 물은 생명과 문명의 원천임은 물론, 신화의 생성 그리고 종교적 상상력의 원천이기도 하다. 물과 불은 인류 문명과 생명을 탄생케 하고 또한 위협하는 신의 화현과도 같은 질료이다.

그러나 물은 불과 달리 '청결'과 관련된다. 그런 의미에서, 불이 단지 악에 대한 징벌에 그친다면, 물은 징벌에 의한 정화를 의미한다. 그러한 측면에서 근년 들어 제작되는 '물의 심판' 시편은 치유적 성격으로 나아가고 있다. 연작 시편 「침몰하는 바다」의 중반 이후 "어둔 밤/ 바다 속에는 갖은 것들의 등불이 켜진다./ (중략)/ 한 마리 한 마리 하늘의 별처럼 움직이는 등불 무리/ 바다 바닥 가득 메운 오방색 산호에도 불이 켜진다./ (중략)/ 바다는 등불로 이룬/ 커다란/ 궁전,/ 꺼지지 않는 등불로 날이 밝는다."(「침몰하는 바다 12: 해저 등불」)와 같은 생명 회복과 기원의 시편들이 많은 것은 이러한 까닭이다.

3장 후기(後記) 절대이미지의 세계: 의식계 시편

　박청륭 시인의 시편은, 앞의 「침몰하는 바다 21: 원전 주변 바다」 시편을 통해 그 뚜렷한 변화를 알 수 있었지만, 세 번째 시집『세상에 섰는 것은 다 부러진다』(1988)의 장편 「베트남 75」와 같은 시편 등을 통해 '기호계'의 신화소적 시편에서 '의식계'의 현대적 신화소의 시편으로 변화를 보이는 작품들을 생산하기 시작한다. 시인은 근원 비의식의 신화소에서 이미지를 취하는 것이 아니라, 점차 다수 시편들이 현실 문명계에서 그 이미지를 취한다. 시인 시편의 신화소적 이미지는 시공간의 의식계에 투영되기 시작한다. 다음은 제7시집『내 오일 파이프, 전립선도』(2001)의 「기타 工具들」이다.

1

해가 지는 사막 끝에 지프차가 서 있다
싸늘한 엔진은 꺼진지 오래다
불이 튀지 않는 몇 개 플러그도 버려져 있다
모랫속에 묻힌 바퀴가 더욱 깊이 빠져든다
탱크 가득 출렁이는
폭발 직전의 기화 개소린이 서서히 가라앉고 있다
기름 묻은 몽키, 스패너 기타 工具들이 움직이는 것이
흡사 탄탄한 등뼈에, 눈마저 달린 파충류 같다
한 놈, 두 놈 쇠뭉치에 비늘이 돋는다
날이 어두워지면서
버려진 플러그에도 반짝반짝 불이 튄다
해골 속 뇌하수체와 연결된 하드웨어가
꿈틀꿈틀 내 뻣뻣한 힘살을 움직이고 있다

2

내 항공권은 편도였다
눈이 내리는 외길은 유리로 덮여 있었다
너무나 눈이 부셔
깨어진 하늘이 피를 흘리고 있었다
총구멍이 송송 뚫린
은 접시에 불이 붙고 있었다
슬픈 꿈처럼 불이 붙고 있었다
누가 보낸 택배인가
얼음 가득 찬 냉장고가 폭발했다
의자 하나도 하늘 높이 솟고 있었다

3

통금은 철폐되었다
조립 불가의 내장을 까뒤집어 놓은 총기가 흩어져 있다
확인되지 않은
발가락에 꼬리표가 붙은 시신이 실려가고 있다
곧 시신은 부검, 화장되어
한 줌 재는 강물로 날려 갈 것이다
"결재되었소" FM 11:25. 11.26. 1999.
메인 스윗치를 끄고, 외출
실명한 카메라가 포착한
원자로의 틈새가 더욱 커지고 있다
균열과 균열 사이로 카이로가 보이고
카이로 시티 외곽지에 우뚝 선
피라미드가 조금씩 가라앉고 있다
가라앉은 공간만큼의 빈 하늘이 수축되고 있다

「기타 工具들」 부분

'기호계 시편'이 시공간을 초월한 영역의 이미지를 사용하는 반면에, 「기타 工具들」 같은 시편은 통상 우리 인식의 틀에 부합되는 시공간의 토대 위에서 서사적 이미지들이 펼쳐진다. 이와 같이, 변모된 양태의 시편들은 인지가능한 시공계의 현상들을 다루는 까닭에 우리는 '의식계 시편'이라 한다.

'기호계 시편'이 인간의 내재적 악과 마성에 대한 자기 형벌적 고해성사라면, '의식계 시편'은 인간의 내재적 악과 마성이 문명세계에 투사된 자기 형벌적 고해성사이다. 기호계 시편이 의미를 철저히 배제하고 현실계를 초월하여 순수한 신화소적 이미지에 의존하는 것과 달리, '의식계의 시편'은 그 이미지를 오늘날 현대문명의 세계에서 취한다. 하여 의식계 시편은 묵시록적 문명비판의 메시지를 표출하고 있음을 우리는 알 수 있다.

3-1. 절대이미지의 텍스트와 예술의 상호 텍스트성

시인의 '의식계 시편'은 또한 이미지들이 한 편의 드라마틱한 영상을 구현해 보여 준다는 점에서 매우 특징적이다. 우리는 이 의식계의 시편을 통해, 시인이 기호계의 이미지 텍스트에서 더 나아가 '영상시편'을 제작하고 있다는 생각을 갖게 한다. 이러한 시인의 기획은 사실 기호계 시편의 제작 당시부터 시인에게는 주제적 의식으로 내재되어 있었다. 우리는 제2시집 『제7미사』(1983)의 자서에서 시인이 "절대 이미지를 구축할 것, 입체적인 조형성을 강조하고……이미지나 메타포 속엔 절대로 의미를 거느리지 말 것이며 분위기나 상황만을 제시할 것"이라고 한 말을 기억할 것이다. 다음

시편은 제8시집 「황금 전갈: C.S.I 殺人日記」의 일부이다.

1

피를 마시지 않으면
입술과 잇몸이 오그라들고
얼굴이 이그러질 뿐만 아니라
피부가 문드러지는
유전병 포로피리아에 걸렸다
포도당 습취와 함께
헤마틴 주사를 맞아도 헛사였다
지나치게 피를 흡수하는 비장도 때냈다
사람 피와 성분 구조가 흡사한 개를 샀지만
신선한 피를 얻기엔 한계가 있었다
온전한 헤모그로빈은 역시 사람의 피였다
불을 끄자 셰이크 믹사기에서
사람의 피를 알리는 파란빛이 일었다
대형 냉장고 칸칸이 정리된
프라스틱 통에서도 빛이 일었다
급속 냉동, 믹사기에 갈아
차가운 셰이크가 아니면
파우다로 만들어 常食했다

2

이백여 개가 넘는 뼈를 재조립했다
성한 것이라곤 하나도 없었다
돌로 마구 찍힌
한두 사람이 아닌 여러 명이 저질은
그것도 분노, 보복이란 심리적 요인이 잠재해 있었다
그러나 그것이 아니었다
은화 몇 푼에 매수된

우매한 군중의 분노를 가장한
정치적 음모가 개입된 청부살인이었다
치명적 사인은
갈비뼈 몇 대를 짓이긴 무딘 창으로 마구 난자한
옆구리의 상처였다
2천년이 지난 오늘 아침에도
폭약을 짊어진 어린 자객들이 불구덩이로 뛰어들고 있다

3

내 트로피는 고릴라의 해골이다
가죽으로부터 살코기는 물론
뼈와 내장까지 다 돈이 되었다
동양인들이 즐겨 찾는 정력제로 쓰여질 뿐만 아니라
신경통 약으로도 인기가 있었다
그러나 해골은 삶아
안구와 살점은 뜯어내어 트로피를 만들었다
나름대로의 추억과 사연이 담긴
자랑스러운 기념품.
나도 하나 둘 화려한 전리품을 얻게 되었다
— 「황금 전갈: C.S.I 殺人日記」 부분

의식계의 시편들은 이미지가 동적이므로 하여 질료적 감각성, 즉 시각화는 물론 청각성까지 확보하여 미학성을 보다 풍부히 할 수 있게 되었다. 기호계의 시편이나 의식계의 시편 모두 악에 대한 '불의 심판'을 기조로 한다. 그러나 기호계 시편이 흑백의 무거운 신화소적 이미지에 의존했다면, 의식계 시편은 현대적 감각의 동적 이미지를 사용한다고 말할 수 있다. 이것은 시인의 시편들이 영화나 연극, 퍼포먼스 등의 여타 예술장르와 직·간접으로 연계되고 있음을 시사한다.

박청룡 시인 또한 "여러 가지 색채의 배합에서 우연히 이루어지는 구도나 조형을 인정하거나 혹은 해프닝이란 행위 그 자체로써 예술적인 의도(정신)를 인정하려는 사람들에 있어선 형태나 그 결과가 문제되는 것이 아닐 것이다. 다시 말해서 예술 작품이 캠퍼스나 도자기 혹은 어떠한 형태로든 물질로 존재하는 것이 아니고 순간적인 표현 행위 그 자체를 중시하는 입장에선 음악이나 연극과 같은 시간적 예술이라 볼 수밖에 없다……전위 작가와 시인의 결합은 어느 예술 장르보다 접근하기에 용이"129)하다고 말하고 있다.

문자와 도상, 읽기와 보기가 서로 교체되거나 하나로 합쳐지는 아방가르드에 연결된 다중의 복합텍스트 그리고 미·예술·지각을 체계적으로 종합할 수 있는 방법론의 개발의 필요성130) 등에 관한 생각들은 이미 어제오늘의 일이 아니다.

박청룡 시인에게 있어서, 시의 그와 같은 실험의 문제는 오래전부터 생각해 왔던 문제로 시인의 작품 제작에 있어서는 지금까지 우리가 보아 온 것에서도 알 수 있듯, '기호계 시편'이나 '의식계 시편'과 같은 영상적 절대이미지의 시편들이 단순한 시도가 아니라, 등단 이후 시작(詩作)의 출발선에서부터 주제적으로 사유되고 양식화되어 온 것임을 우리는 알 수 있다.

1978년의 첫 시집 『불의 假面』의 「바다의 뿔」은 음악성 또한 시각화하고 있어, 시인의 '기호계적' 불의 심판 세계와는 전혀 다른, 매우 유니크한 미학을 제시하고 있다. 이것은 시인의 불의 심판 근

---

129) 박청룡, 『現代詩評說』(부산: 세명출판사, 1984), p.137.

130) I. Schneiderm "Please Pay Attention Please". Überlegungen zur Wahrnehmung von Schrift und Bild innerhalb der Medienkunst. In: Griem, S. 223～243. hlier S. 238ff, 고위공, 「매체변천과 미적 지각」, 재인용.

저에는 사랑과 평화에 대한 강한 열망이 내재함을 비춰 보여 준다.

말미잘들이 풀루트의 선율을 탄다
黃金甲옷을 입은 게가 잠수하고 있다
거북손, 흑따개비들이 무장을 풀고
요동하는 콘트라베이스의 얼굴을 본다
오보애를 불고 있는 문어 네 마리
흑도미 한 쌍이 심블즈를 들고 사라진다
피콜로의 구멍을 넘나드는
메가리 쌔끼
꺽다구의 입을 지나고 있다
수자폰의 엉덩이 소리
불거진 해삼의 옆구리가 자꾸 커진다
그러나 옥돌에 부딪는
편경 소리
피가 응결되고
산호 두어 송이 어두워지는
바다 속에서도 빛을 받는다

— 「바다의 뿔」 제1연

마리노 마리니, 기적

제2시집 『第七彌撤』에서는, 인간 세계의 부조화로 인한 평화의 붕괴와 절망을 조각하던 이탈리아 조각가 마리노 마리니(Marino Marini, 1901∼1980)의 작품을 그려 내고 있다.

Marino Marini
진흙의 사나이는 하늘에 박힌다
하늘에 박힌 사나이는
두 눈알 동공도 썩는다
썩은 진흙,
상한 발가락의 부스럼이 떨어진다
연필로 걸즉걸즉 그려 붙이다 버려둔
상한
한 줌 진흙,
하늘에 박혀 썩고 있는
사나이

― 「점토粘土 1」 전문

말들은 무너진다
말들은 망가진다
망가진 말들은 부서진다
털은 다 빠지고
허옇게 비듬만 일고 있는
말들은 부서진다
벌린 입속의 이빨만 남아
녹이 쓸고 있다
녹쓴 사막
늘어진 말들의 뼈가 흩어진
地平線 끝에 걸린
달도 삭아 퍼석퍼석 부서지고 있다

― 「점토粘土 4」 전문

또한, 시인은 『세상에 섰는 것은 다 부러진다』(1988)에서는 「自
刻像」을 조상하고 있으며, 「점토粘土 4」에 이어서 전혁림 화백의
작품을 묘사한 듯한 시편을 싣고 있다.

> 바닷속 깊이 女子는 가라앉고 있다
> 산호며 소라, 입 벌린 石榴도 가라앉고 있다
> 그 뒤로 정어리 떼가 지나간다.
> 가슴에 털이 무성한 紅魚도 지나간다.
> 海草 사이로 일렁이는 붉은 댕기
> 女子들은 그들 피 묻은 허물을 벗는다.
> 허물을 벗은 女子들은 길다란 꼬리를 잡고
> 더 깊은 수심으로 내려간다.
> 내려가도 내려가도
> 끝없는 深海
> 입술 엷은 무지개가 뻗혀 있다.
>
>   — 「Nude: 전혁림 화백」 전문

뿐만 아니라, 우리는 시인의 시집 곳곳에서 화가들의 초상을 소
묘한 시편들을 볼 수 있다. 『불의 문신』(1997)에서는 화가 박생광,
김형근, 하인두, 오치균, 오윤, 서상환, 최욱경, 반 고호, 손상기, 장
욱진, 허황, 전혁림, 추사, 사진작가 최민식, 조각가 문신을, 『내 오
일 파이프, 전립선도』(2001)에서는 장시 「진공(眞空)」의 부제를 "심
학규를 위한 판토마임"으로 걸어 두었는가 하면, 또한 화가 피카소,
살바도르 달리, 김환기, 박내현, 천경자, 황염수, 권옥연, 김창렬, 중
광, 최석운, 권상오, 신옥진을 각 개별의 시편으로 소묘하였다.

특히 화가 김환기에 대해선 "「樹話」란 호를 자작해서 가질 정도
로 시적 감성을 지녔던 사람이다. 그의 초기부터 뉴욕 외지에서 타

계하기까지의 작품들에 스며 있던 시적 분위기(시정신)도 변함이 없었다. 물론 친분관계도 있었겠지만 미당의 싯줄을 작품 속에 그대로 박아 넣을 정도였으니 이야기할 필요도 없을 것 같다. 그만큼 樹話의 작품은 그대로 시였다고 보아야 하겠다. 하기야 지나친 문학성 때문에 회화 본질의 특성이 죽고 장식적이란 악평까지 받을 정도로 한국적인 정취가 짙은 그림을 제작해온 사람도 드물다 하겠다……김환기 작품의 특징의 하나가 시적 분위기 자체가 갖는 구조의 안정감으로 차분한 느낌을 갖게 한다. 더욱이 말년의 뉴욕에서 제작한 점시리즈의 작품에서도 볼 수 있는 추상화들의 조형감각은 우주 본연의 미의식으로 되돌아가려는 집념으로 가득 차 있다.[131]”고 말한다.

또한, 2007년 『현대시학』 소시집의 「시인의 詩話」에서는 “회화에 있어 내재율이란 것도 이미지 간의 거리와 색채의 변화를 두고 하는 말일 것이다. 그건 누가 가르쳐 준 것이 아니라 자연스럽게 유로된 미의식에 지나지 않는다.”고 말한다. 시인은 그림에 ‘내재율’의 이론을 도입하고 있으며, 아울러 시와 그림의 이론이 상호 호환될 수 있음을 보여 주고 있다. 시인은 시와 미술이 본질적으로 근원적 동질성을 지녔음을 인식하고 있는 것이다.

---

131) 박청룡, 『現代詩評說』(부산: 세명출판사, 1984), p.142.

4장 절대이미지의 '영상시편'과 '그림시'

'시'는 다른 것으로써 다른 것을 나타낸다. 그러므로 다른 것으로써 다른 것을 나타내는 모든 기호는 시 텍스트이다. 다른 것으로 다른 것을 나타낸다는 말은 다름 아닌 '비유'이다. 미술 역시 비유적 수단이라는 점에서 본질은 시에 바탕을 둔다. 시가 텍스트의 원관념을 중시하는 반면, 미술은 원관념의 지시나 암시보다는 텍스트 그 자체의 미학성에 더 관심을 갖는다. 시와 미술의 관계에 있어서는 국내외 많은 논자들이 의견이 분분하여 왔다. 그러나 시와 미술의 본질적 차이성은, 바로 우리가 지적한 텍스트 또는 원관념의 중시 여부 그것에 있다.

시는 텍스트 기호의 비유적 지시 관계, 즉 상징을 그 본질로 삼는 반면, 미술은 지시 관계보다는 질료적 텍스트, 즉 기호체의 미학성을 그 바탕으로 한다. 다시 말해, 시는 상징의 내용인 지시대상의 비유가 없으면 성립되지 않으며, 미술은 표상체의 미학성을 확보하지 않으면 그 작품성을 인정받기 어렵다. 시가 지시대상인 원관념과의 관계를 중시함으로써 존재한다면, 미술은 질료체인 보조관념의 미학성을 중시함으로써 존재한다.

그런데 박청륭 시인의 절대이미지 시편의 경우는 텍스트가 원관념을 지시하기 위한 것이 아니라 시인의 상상력에 의한 '심상'의 묘사 그 자체에 충실하고자 한다. 그런 점에서, 시인의 「칠옥도七獄圖」를 비롯한 절대이미지 시편들은 시보다는 회화적 태도에 가깝다. 그렇게 볼 때, 박청륭 시인의 전기 작업이라 할 기호계 시편들

과 후기의 의식계 시편 대다수는 사실 문자를 사용하여 그림을 제
작하고 있었다고 말할 수 있다.

시인의 이러한 작업은 제2시집 『第七彌撒』에서도 일관된다. 그러
다가 1988년 제3시집 『세상에 섰는 것은 다 부러진다』에서는 「베
트남 75」, 「지리산」, 「인권백서」 등과 같이 '의식계 시편'들을 제
작하기 시작한다. 그러나 박청륭 시인의 시 작업에서 기호계적 시
편들은 변함없이 지속적으로 제시된다.[132]

그리고 제8시집(2006)의 「황금전갈」, 「중독」, 「오로라魔光」, 「겨
울 상처」, 「겨울 암호」, 「출석거부서」, 「비박bivouac」, 「은하수가
마른다」, 「마른다」, 「라 떼빵스: 안녕? 파리」 역시, 현대 문명세계
를 소재로 했을 뿐, 본의(tenor)가 배제된 묵시록적 절대이미지의
'영상시편'으로 분류된다.

유럽에선, 그림 등 미술품의 특징이나 주제를 문자언어로 묘사하
는 시 텍스트를 '형상시(Bildgedicht)', 외부 사물의 형태나 모양을
따라 시문을 배치하는 시편을 '형태시(Figurengedicht)'라 하여, 제작

---

132) 『세상에 섰는 것은 다 부러진다』(1988): 「리엘리엘」, 「요령·1,2」, 「은하」, 「눈의 행진」,
「꽹가리」, 「自刻像」, 「七巫女」, 「女人村」, 「石毫村」, 「新坪里」, 「나발」, 「降雪期」. 『사
막은 고장이다』(1988): 「혹성시첩 1·2·3」, 「自刻像」, 「진해·1」, 「점토·1,2」, 「생
선」, 「강·노을·새」, 「부엉이」, 「난 술이야」, 「겨울나비」, 「Gobi」, 「언덕길 하늘 모퉁이
로」, 「상아」, 「독수리」, 「DISCO」, 「비진도」, 「남천제」, 「풍경·1,2」, 「수국」, 「산신무(山
神舞)」, 「겨울 오후」, 「공항주변」, 「가을」, 「물방개」, 「초설기」, 「탄금」, 「귀고리」, 「무제」.
『낙타와 함께 가는 맨하탄』(1993): 「부도: 다비식」, 「황색활주로」, 「물방개」.
『불의 문신』(1997): 「사기특강(史記特講)」, 「번데기」, 「방독면: 출애굽기 13장」, 「사로
매」, 「사마라」, 「그림자」, 「왼편을 위하여」, 「직각」, 「성덕대왕신종」, 「스트리킹」.
『내 오일 파이프, 전립선도』(2001): 「신들의 고향」, 「달의 내력」, 「진공(眞空): 심학규를
위한 판토마임」, 「혈제(血祭)」(이상 장시), 「가오리」, 「유령 광장」, 「잔해(殘骸)」, 「못」, 「月
牙泉」, 「점화(點火)」.
『황금전갈』(2001): 「비어 아크로마」, 「달 혹은 동라銅鑼」, 「자전거 타기」, 「百中 사리」,
「등불」, 「녹슨 하늘」, 「잘피밭」, 「대머리 예수」, 「황금전갈」, 「중독」, 「오로라魔光」, 「겨
울 상처」, 「겨울 암호」, 「출석거부서」, 「비박bivouac」, 「은하수가 마른다」, 「마른다」, 「라
떼빵스: 안녕? 파리」.

되고 연구되어 온 전통이 있다. 그러한 형상시와 형태시는 기원전 2~3세기부터 있어 온 것으로 알려져 있다.[133]

근대에 들어서는 우리가 익히 알고 있듯, 19세기 말의 말라르메와, 그로부터 영향을 받은 아폴리네르는 『칼리그람』을 통해 '형태시'를 제작하였다. 말라르메는 「한 번의 주사위 던짐」 같은 시편에서는, 풍랑 속에서 난파되는 배와 하늘의 성좌 형상 등을 상징하여 시문을 배치하였다.

  – 「한 번의 주사위 던짐 Un Coup de Dés」 부분

그리고 말라르메의 시문 배치에서 영향을 받은 아폴리네르는 「비가 오도다(Il pleut)」 같은 작품에서 시문을 내리는 비의 형상으로 배치하였다.

---

133) 고위공, 『문학과 미술』(서울: 미술문화, 2004), p.20.

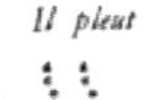

말라르메와 아폴리네르 등과 같은 '형태시'의 경우, 그리고 비도 상 양식의 '형상시'는 모두 시문에 '기의'가 부여되어 있다. 그러나 박청륭 시인의 '절대이미지' 영상시편의 경우는 문자로써 이미지를 제작하였으되, 그 '기의'는 부여되어 있지 않다.

"150층 620m의 쌍둥이 빌딩과 빌딩 사이, 두 암벽에 끼인 달은 빠져나 오질 못한다.
달의 두개골에서 흘러내린 피가 통유리빌딩 전체를 붉게 물들인다."

위에 인용된 「침몰하는 바다 · 2」와 같은 시편에서 이미 보았지 만, 절대이미지로서 그의 텍스트의 뛰어난 영상미는 전 시편을 관 류하고 있다. 그러나 그의 영상시편들은 하나의 환영처럼 순간적으 로만 얼굴을 비춰 보일 뿐, 그 진면모는 텍스트의 영상 위에서 계속 미끄러져 분명한 메시지가 포착되지 않는다.

그것은, 시인도 언표하였듯 **"철저히 객관적인 묘사로 일관하되 내용을 설명하지 말 것……이미지나 메타포 속엔 절대로 의미를 거느리지 말 것……분위기나 상황만을 제시할 것"**이라는 준칙에 따라 텍스트가 제작되었기 때문이다.

독일의 표현주의와 첼란의 형상시 등에 관한 전문 연구가인 고위공 교수는 "문학과 회화의 관계에 관한 최초의 언급은 기원전 5, 6세기로 거슬러 올라간다. 그것은 플루타르코스가 『모랄리아 *Moralia*』 제3장에서 아테네인에게 명성을 가져온 동기로 기록한 그리스 시인 시모니데스(556~468 기원전)의 짤막한 시행……그림은 말 없는 시, 시는 말하는 그림"이라고 알려 준다.[134) 그런데 시모니데스의 이 시행과 마찬가지 견해로서, 후일에 호라티우스는 『시학*Ars poetica*』에서 "시는 그림처럼"이라는 말을 남긴다. 그리고 바로크 시대에 뉘른베르크 학파의 하르스되르퍼가 『시교수법*Poetische Trichter*』(1650~3)에서 "시는 그림처럼"을 시작 원리로 내세웠음을 밝히고 있다.[135)

그런데 그러한 내력을 지닌 형상시와 박청룡 시인의 절대이미지 시편은 본질적인 면에서 차이점이 있다. 그것은, '형상시'를 포함하여 "시는 그림처럼"이라는 교시에 부합되는 유형의 텍스트들의 경우는, 시어나 텍스트가 갖는 '기의'가 있다. 그러나 박청룡 시인의 경우는 그가 시론적 진술에서도 언급하였듯, 철저한 '의미 배제'를 원칙으로 삼고 있다.

---

134) 같은 책, p.35.
135) 같은 책, p.36.

　　그리고 제8시집에서의 「황금전갈」, 「은하수가 마른다」 등과 같은 '의식계 시편' 역시 이미 언급한 바와 같이, 현대 문명세계를 소재로 취했을 뿐, 기호계적 묵시록의 절대이미지 시편들로서 그 이미저리들의 서사적 의미가 텍스트에서는 상당히 휘발되어 있다. 그런 점에서 박청륭 시인의 영상시는 '형상시'나 시모니데스 그리고 하르스되르퍼 등의 시형에서 벗어난다.

　　한편, 일부 연구자들의 경우는 아폴리네르의 『칼리그람』 시편들을 편의상 '그림시'라 하기도 하고, 또 그림과 밀접한 상호관계에 있는 시편을 '그림시(Ut pictura poesis)'라 칭하기도 한다. 그러나 박청륭 시인의 절대이미지의 '영상시편'은 '동적'이고 '의미 배제적'이라는 점에서 그들이 말하는 '그림시'와 그 성격을 달리한다.

5장 시인의 정신

5-1. 원형과 정화

　박청륭 시인의 절대이미지의 '기호계 시편'이 인간의 근원 비의식에 내재한 악마적 속성을 확인하는 고해성사적 성격을 지녔다면, '의식계 시편'은 인간의 근원적 마성이 외부 세계에 투사된 '문명의 병폐'에 대한 비판적 고해성사이다. 기호계 시편이 철저히 의미를 배제하여 현실계를 초월한 신화소의 이미지에 의존하였다면, '의식계의 시편'은 현대 문명의 병폐를 다룸에 있어, 사회나 국가 등의 집단적 문제를 소재화함으로써 거시적 문명비판의 텍스트를 이룬다.

　거시적 문명비판의 시인은 거대 문명체의 틈바구니 곳곳에 버려지고 소외된 사람들을 미시적 성찰의 사회학적 시선으로 살피고 어루만진다. 우리는 '의식계 시편'의 장에서 박청륭 시인의 향후 시작 방향에 관하여, 세 번째 시집 『세상에 섰는 것은 다 부러진다』의 「별보기」, 「가마니골 산동네」 등 시편들은 박청륭 시인의 사회학적 서정 시편들의 지표임을 알렸다.

　박청륭 시인은 2007년 들어 『하늘역 광장』과 『백향목 십자가』두 시집을 묶어 내었는데, 이 시집들이 바로 그 시편들이다. 시인의 내면세계에 그토록 뜨겁게 이글거려 타오르던 묵시록적 '기호계 시편'과 문명세계에 대한 '의식계 시편'들을 통한 고해성사가 이제는 고통받고 소외당하는 사람들의 세계로 내려와 구체화되고 있다.

아울러, 시인의 고해성사는 사랑과 애정으로 걸음을 옮긴다. 『하늘역 광장』을 비롯한 두 시집은 전편 모두 사회학적 서정의 시편들로 채워져 있다. 이 시집에서 시인은 자학적 고해성사가 아닌 자비와 사랑의 교설을 보여 준다.

> 파파야 부인은 아프리카에 사는 에이즈 환잡니다.
> 아직 토하진 않았지만 한 번씩 회충을 올립니다.
> 세 살짜리 아들도 종일 누워 지냅니다.
> (중략)
> 오늘 낮에 파파야 부인은 영세를 받았습니다.
> 손이 큰 흑인 신부님은
> 커다란 성경책을 들고 계셨습니다.
> 아무도 눈여겨보지 않았지만
> 세 살짜리 아들만 열심히 보고 있었습니다.
> (중략)
> 어쩌다 한 번씩 집 앞을 지나가는
> 어린 염소와 키 큰 낙타들만 기웃거릴 뿐
> 아무도 오는 사람이 없어 너무나 조용합니다.
> 코코아 향보다 진한
> 커다란 성경책 그늘이 마당을 덮고 있습니다.
>
> — 「파파야」 부분

여기서 우리는 시인의 따뜻한 정동성을 읽을 수 있다. 한마디로, 『하늘역 광장』은 사랑의 법열서라고 해도 좋을 시집이다. 우리가 늘 얘기하는 서정시의 유의미성 다시 말해, 서정시에는 경전과 화두선 그 너머의 의미가 있음을 우리는 『하늘역 광장』의 시편에서 확인할 수 있다. '하늘역 광장'은 이 땅에서 고통받고 살던 중생들이 헤어지고 떠나는 마지막 역사驛舍이다. 우리는 그 '하늘역 광장'

으로 향하는 사람들이 어떤 사람들인지 이 시집을 통해 만날 수 있을 것이다.

열네 살 때부터 쉰을 넘긴 사십 년 동안 인도 캘커타 사창굴에서 부모,
형제 여덟 호구와 헐벗고 굶주린 고아들을 위해 몸을 팔아 온 창녀 살로
데비 양.
그러나 말년엔 갖은 성병으로 만신창이. 에이즈 바이러스까지 옮아 여기저
기 반점이 돋고, 힘을 쓰지 못해 종일 누워 지내야만 했습니다.
단속 나온 관리란 작자가 시설 좋은 병원으로 옮겨 주겠다며 옷섶 가슴
깊숙이 숨겨두었던 2,000루피 한화 5만원마저 빼앗고는, 하루에도 수십
구씩 병든 행려자의 시신이 실려 나가는 수용소로 넘겨버렸습니다.
격리 수용 방치된 채, 변변한 치료 한 번 받아 보지 못하고, 한 달도 못
되 숨을 거두고 말았습니다.
시신 또한 다 타지도 않은 뼈만 대충대충 마대에 넣어 갠지즈 강 깊은 물
속에 던져버렸습니다.
그녀가 떠난 사흘째 되던 날 저녁, 히말라야 산기슭에 모습이 아름답고 소
리 또한 묘해 묘음조妙音鳥라 불리운 초화형草花形 화관을 쓰고 연화좌蓮華
坐에 서 있는 공작을 닮은 새, 가릉빈가를 만날 수 있었습니다.
황금 깃털이 빚어낸 직경 서른 자가 넘는 후광 속에, 미소 띤 살로 데비
양의 모습이 어느 보살보다 화려하게 빛났습니다.
밤늦게까지 환한 빛살은 사라지지 않고, 그 많던 별마저 보이지 않았습니다.
— 「가릉빈가迦陵頻伽」 전문

상징론을 쓴 카시러는 과학적 수단으로서의 상징이 가장 발전된
형식의 상징으로 보았다. 그러나 우리에게 그 말은 국소적 견해로
이해된다. 인간 문명의 의미란 무엇일까? 인간의 문명이란 보다 인
간다워지는 세상을 이루는 곳이 아닌가. 그렇다면, 이 물신주의적
과학의 문명 앞에서 한없이 왜소해지는 우리들은 어떻게 생각해야
하는가?

기계와 기술문명이 발달한, 과학적 지식과 과학적 사고로 가득한 이곳 지구상의 한편에서는 어떤 일이 일어나고 있는가? 시인은 「말리 예지 마을의 아이들」의 노예 같은 삶의 실상을 이렇게 드러내고 있다.

> 말리 예지 마을 강가엔 부모로부터 버림받고 팔려온
> 열에서 열다섯 남짓한 그만그만한 아이들이
> 대여섯 명씩 고기잡이배에서 작업을 하고 있다.
> (중략)
> 그저껜 한 아이가 악어에 물려 팔을 잃기도 하고
> 목숨까지 잃은 일이 한두 번이 아니니 겁먹을 수밖에.
> 악랄한 주인은 입수 순서까지 정해 놓았다.
> (중략)
> 키울 능력이 없어 부득불 아이들을 주었다곤 하나
> 딸아이를 포함한 여섯이나 팔아넘긴 어머니란 여자는
> 반성은커녕 말끔한 옷에 살이 쪄서 피둥피둥하다.
>
> — 「말리 예지 마을의 아이들」 부분

위 시편 속의 이야기는 남의 나라 일만은 아닌 것 같다. 앞에서도 언급이 있었지만, 우리 사회는 상대적 물욕주의와 인명경시의 풍조가 극에 달하였음은 굳이 이 글에서 일일이 그 자료와 사례를 열거할 필요는 없을 것이다. 박청륭 시인은 『하늘역 광장』에서는 인간의 내재적 악의 문제만이 아니라, 지구상 곳곳의 변질된 국가권력의 폭력과 부패, 무능을 폭로하고 '버려진 사람들'136)의 고통과 불행을 위로한다.

---

136) "버려진 사람들"은 90년대 초반에 출간되어 우리 시단에 센세이션을 일으키며 혜성처럼 나타난 김신용 시인의 첫 번째 시집 제목이기도 하다.

(전략) 체조 요정 나디아 코마네치는 독재자 니콜라이 차우세 스쿠의 야심
작이자 공산 루마니아를 읽을 수 있는 상징적 인물이었다.
단기간에 아이들을 대량 생산, 천만의 인구를 2천만으로 늘여, 열강과 어
깨를 나란히 하는 대국으로 약진, 완전한 사회주의를 건설하겠다는 야심
찬 프로젝트의 하나였다.
(중략)
1968~9년, 출산율 200%란 놀라운 성과는 기형·장애아란 부산물을
남겼다.
칠, 팔 명 혹은 열 명씩을 열악한 조건 속에서 낳아야 하는 산모들에겐
필연적인 일이었다.
농장의 감별사처럼 결함 아동을 선별, 격리·수용시키는 간호사도 있었다.
독재정권이 몰락한 1990년 3월 치기드 숲 속에는 감춰진 막사들이 있었다.
짐승보다 못한 아이들의 처참한 광경은 차마 눈뜨곤 볼 수 없었다.
(중략)
창고보다 못한 막사엔 한 점 온기나 음식, 애정 따위는 한낱 사치였다.
24년간의 오만한 폭군, 독재자의 인구정책이 빚어낸 천인공노할 범죄현장.
죽어나간 아이들이 묻힌 백양나무 숲엔 포근한 오리털이불, 하얀 눈이 내
리고 있었다.

― 「인간 감별사」 부분

인간의 본성 깊은 곳에서 발현되는 애정과 자비심은 어디서 연
유하는 것일까. 그것은 존재의 본성에 내재한 동일체 의식의 발현
에 기인한다. 텍스트는 궁극적으로 인간애를 지향한다. 그렇지 아
니한, 지식의 추구와 사상思想의 피력은 사상누각이다. 텍스트를 통
해 우리가 가 닿는 궁극의 지향점은 재귀적 동일성의 우주이다.

박청륭 시인은 "인간이 지닌 보다 근원적인 문제에 접근하는 깊
은 영혼을 울리는 시일수록 감성의 투명도에 따라 좌우되고 있음을
우리는 보아 왔다……논리적인 이론을 통한 사물의 인식보다 감성
을 통한 직관적인 인식이 더 큰 설득력과 감동을 동시에 수반하고

있는 까닭은……감정의 진폭이 지성에 앞서기 때문일 것"(『現代詩
平說』)이라고 말한다.

시인이 말한 '지성에 앞서는 진폭의 감정'이란 다름 아닌 '원형'
이다. 원형은 우리의 본능을 일깨우고 자극하는 요소이다. 원형은
본능적 원망을 심층 바닥에서부터 드러내어 충돌시킨다. 이때 우리
의 이성은 그 사태에 어떤 결말을 짓게 하는데, 그것은 인지가 되
지 않는 '비의식' 생체 과정의 사고작용이다. 그것이 '정화'라는 심
적 과정으로서의 현상이다.

그러니까, 정화는 원형적 사태의 경험을 통해 그 어떤 결말을 이
루는 '비의식의 사유 과정'이다.[137] 「베트남 75」는 세 번째 시집 『세
상에 섰는 것은 다 부러진다』(1988)에 실린 시편이다. 베트남 전쟁
의 참상을 고발한 시인의 이 시편은 잠든 우리들의 원형을 악령처
럼 흔들어 깨운다. 이 시편은 11연, 171행의 장시인 까닭에 맥락을
해치지 않는 범위에서 가급적 줄여서 소개한다.

1. 서시

언니도 갈보고
나도 갈보고
어머니도 갈보였다
남자들은 모두 흩어지고
우리들은 갈보다
프랑스의 갈보요
아메리카의 갈보요
꼬레의 갈보다

---

137) 아리스토텔레스는 정화에 대한 구체적인 언급이 없었으나, 정화란 다름 아닌 '원형의 접촉
을 통한 깨달음의 과정'이다.

맹호의 갈보요
청룡의 갈보요
자유와 평화를 사랑한다는
비둘기의 갈보다
암. 캄포치아의 갈보요
노스키의 갈보다.

6. 축제

정글에 묻힌 마을이 화염에 싸여 있다
날이 어두워진 뒤에도
연기는 피어 오른다
조명탄이 터지고
C−47 편대가 되돌아 오고 있다
적지의 화약고가 계속 터지고 있다
고 딘 디엠 대통령관저 앞에서
스스로 불이 되어 밝히던
고승의 살아 있는 눈알이
적진을 향해 날아가고 있다
세상은 오직 하나
불로 뒤덮힌 신들의 축제다.

9. 대작살

뼈가 작고 가는 여자가
자전거를 타고 간다
마을을 지나 숲으로 들어선다
갑자기 내리치는 덫에 걸린다
온몸이 대작살에 찔린다
아직 남아 있는 호흡이 피에 젖는다
비가 온다
후둑후둑 굵은 빗방울이 떨어진다
비가 멎은 뒤에도

계속 피는 흐르고
파리떼가 모여든다
매복호에 처박힌
병사의 시체를 덮은 불개미보다
더욱 많은 파리떼가 모여든다
다시 정글이 썩고
인도지나 반도의 신경이 썩는다.
가시대나무 건너 마을엔
박격포가 터지고 있다
요란한 북소리
M 60 기관포가 토해내는 총성
새떼들의 울음소리가
야자수 수풀로 옮겨가고 있다.

10. 젖는다

대숲이 젖는다
관목이 울타리에 앉은 새떼들이 젖고
M16 개머리판이 젖는다
녹슨 총열이 젖고
불발탄, 대전차 지뢰가 젖는다
방금 지나간 소년들의 정수리가 젖고
목발을 짚고 가는 아오자이 자락이 젖는다
후에시로 가는 21번 국도가 젖고
Toc Do Gioi Han
(속 도 제 한)
두서너 개 실탄이 박힌
입간판이 젖는다
프랑스의 좆이 젖고
인도지나 반도의 보지가 젖는다[138]
젖고 또 젖는

---

138) 해당 시행과 직전 시행의 성 기관을 나타내는 시어는 발표 당시 'X'와 'XX'의 기호로 표기
되었으나, 시인의 의견을 구해 이 글에서는 원 표현을 사용한다.

인도지나반도의 정충이 젖고
역사가 젖는다
흘러가는 메콩강이 젖고
또 젖는다.

— 「베트남 75」 부분

정화는 원형과의 접촉을 통해 이루어진다. 격렬한 원형적 체험을 통해 얻어진 정화는 우리로 하여금 그 어떤 결론을 내리게 한다. 물론 그 어떤 결론을 내리게 하는 것은 '이성'이다. 그러니까, '정화'는 원형적 사건의 체험과 심층 '비의식'의 사유에 의한 그 어떤 깨달음에 이른 상태이다.

우리는 통상, '깨달음'과 '자비심의 실행'을 같은 것으로 생각하기 쉽다. 그러나 깨달음은 자비심을 발현케는 하지만, 실행으로 옮기게 하지는 않는다. 실행은 강한 충동이 있어야 하며 강한 충동은 원형과의 접촉으로 생성된다.

하루의 피로를 풀고 목을 축이기 위해 많은 사람들이 모여드는 텔아비브 도심 레스토랑에 다이너마이트를 짊어진 자살 폭탄 공격이 일어났다.
보름 전 시위 도중 이스라엘 병사의 유탄으로 애인을 잃은 아메드 양은 카이로 의대 2년을 마친 21살의 의학도였다.
팔레스타인 자치 수반 아라파트의 사주를 받은 그녀는 앞뒤 온몸에 다이너마이트 20여 개를 두르고 있었다.
유리란 유리는 모두 내려앉고, 아메드 양은 물론 옆에 있었던 사람들의 시신마저 찾아볼 수 없게 되었다.

— 「텔아비브 에피소드」 부분

아메드 양은 장래가 촉망되는 의학도이다. 그러나 시위 현장에서 총탄에 쓰러진 애인의 죽음과 종교 간 갈등의 증폭은 아무런 주저 없이 가냘픈 몸에 다이너마이트를 두르게 한다. 원형은 정동성의 힘을 갖고 있다. 융은, "원형은 신성한 요소"라고 하였다. 원형은 우리의 본능을 일깨우는 힘이다. 그러한 원형은 자연과 우주의 근원적 힘에 맞닿아 있다.

자애심은 결코 문명과 지성의 힘에 있지 않다. 지성은 수단일 뿐, 이타적 자애심은 자기 우주를 생성하는 문명적 상징의 능력에 있지 않고, 전체로서의 동일성 체득에 있다. 시인은 극에 달한 폭력과 전쟁, 이기적 문명의 열차가 달려간 종착점의 한 단면을 생생하게 보여 준다.

폭탄투하 43초 만에 정해진 시간과 압력에 따라 마지막 작동이 시작되었다.
포신을 통과한 우라늄 타겟으로 발사, 그들은 서로 만나 핵연쇄반응을 일으키며 폭발했다.
일찍이 보지 못한 에너지를 발산하고 있었다.
핵폭풍이 모든 걸 휩쓸어 갔다.
투하지점 300미터까지 빛이 퍼졌다.
폭탄이 투하된 곳의 온도는 T.N.T 2만 톤에 해당되는 섭씨 4천도였다.
대기 중에 있던 모든 생물체는 순식간에 증발하거나 타버렸다.
적외선과 감마선은 벽을 뚫고 사람의 세포 속으로 침투했다.
강력한 충격파가 음속으로 도시를 강타했다.
창문과 문, 모든 물체들이 산산 조각 부서졌다.
새까만 구름이 양 사방 퍼져나갔다.
(중략)
검은 빗방울이 떨어졌다.
재와 연기가 섞인 버섯구름이 만들어낸 맞으면 아플 만큼 큰 빗방울이었다.
탈수로 목말랐던 사람들은 쏟아지는 검은 비에 혀를 적셨다.
방사능이 묻은 죽음의 액체임을 알지 못했던 것이다.
전신에 보라색 반점이 번지고 출혈이 멎지 않았다.

백혈구를 잃은 혈액이 감염에 대항하지 못하자 괴사가 시작된 것이었다.
- 「1945, 히로시마」 부분

　원형은 작가와 독자 간에 동조성을 생성한다. 원형의 동조성은 우리로 하여금 자연의 리듬에 동화하게 한다. 지적 깨달음과 '자애심'의 실행, 그것은 다른 하나의 연결고리를 필요로 한다. 시는 그 연결고리로서의 문화형식의 하나이다. 서정은 원형을 통해 각성의 정화에 이르게 한다. '서정'은 '원형'을 통해 '정화'를 이루는 오아시스이다. 그러한 서정은 리얼리즘과 무구한 자연합일의 시편을 구별하지 않는다.

달이 진다.
크고 둥근 수정달이 진다.
한밤엔 여우와 늑대,
짐승들이 다녀간
아침.
막사 바깥엔 아직 서성이고 있는
황금사자가 보인다.
사막에도 안개가 끼어
시간마다 변하는
일곱 빛
하늘과 땅
붉은 모래밭엔
알몸의 고사목枯死木이 서 있다.
열심히 뛰어가던 영양羚羊 톰슨가젤이
무엇에 놀랐는지 문득 머물러 선다.
입양한 에티오피아 흑인 아이를 안은
만삭滿朔의 배불뚝이 안젤리나 졸리양孃도 서 있다.
오늘 밤에도

어미 잃은 새끼 여우가 서성거린다.
한밤중 랜턴 불이 켜지고
아기 우는 소리가 들린다.
먼 사막 끝에 지평선이 지워지고 있다.
* 피플紙는 캄보디아와 에티오피아에서 두 아이를 입양한 여배우 안젤리
나 졸리嬢을 가장 아름다운 사람으로 선정했다. 며칠 뒤 자신의 딸 실로
누벨 졸리 – 피트Shiloh Nouvel Jolie – Pitt를 출산했다.
– 「나미비아의 지평선: 안젤리나 졸리*」 전문

무구한 시인의 눈빛이 소중하고 의미로운 것은, 생명에 대한 이
타적 관심의 발로에 있다. 우리가 서정을 얘기할 때 언제나 말하는
동일성과 자연합일은 사실 사랑과 연민 그리고 자비가 그 궁극의
본질이다. 그러한 까닭에 시는 경전 그 너머의 텍스트일 수 있다.
따뜻한 시선의 서정시는 자비행을 불러일으킨다. 그것이 시가 지적
깨달음을 넘어 종교적 신앙과 실천으로 나아가게 하는 서책일 수
있는 이유이다. 서정의 미적 체험은 '원형'과 '정화'를 통해 우리를
각성에 이르게 한다. 그것은 우리가 늘 말해 오는 하나 됨의 우주
적 동일성의 구현이다.

5 – 2. 이야기 시편

『하늘역 광장』과 함께 2007년에 출간된 『백향목 십자가』는 표제
에서도 느낄 수 있듯 박청륭 시인이 기독교 신자로서 그와 함께하
는 교우들을 대상으로 읽게 한 시편들로 보인다. 『백향목 십자가』
는 신앙을 북돋우는 이야기 중심의 시편으로서 종교적 알레고리를

지니고 있다. 하지만 교인이 아닌 필자나 비종교인이 읽어도 그리 부담 가는 내용은 아닐 것이다. 우리는 박청륭 시인의 『백향목 십자가』의 시편들에서 『하늘역 광장』과는 또 다른 '이야기 시'의 형식을 볼 수 있다. 『하늘역 광장』이 순수 서사적 서정의 이야기 시편들이라면, 『백향목 십자가』는 본격적 '이야기 시'라고 할 수 있다. 전 시편이 비교적 긴 이야기 시들인데 지면 관계로 비교적 짧은 한 편만을 소개한다.

"할아버지, 제발 그 은행 줍지 마세요. 꼴란 하나네요. 창피하지 않으세요?!"
"아니야, 하나면 어때! 하나가 없으면 둘이 없고, 둘이 없으면 셋이 없는 거야."
간밤 바람에 몇 알 떨어진 은행 줍는 할아버지께 손자 준호가 볼 메인 소리로 나무라는 소립니다.
"동전 하나 모자라 꼭 타야할 버스를 타지 못하는 때도 있고, 과일 한 알 모자라 팔아야 할 과일을 팔 수 없게 될 때도 있는 거야. 예수께서 아흔 아홉 마리의 양을 두고 잃어버린 한 마리 양을 찾아 나선다고 하셨잖니?! 그만큼 세상과도 바꿀 수 없는 게 생명의 중요성을 강조하신 거겠지. 이건 좀 다르긴 하지만 옛날 소돔과 고모라 성이 타락해 열 사람의 의인만 있으면 살려주겠노라 했는데 나중엔 한 사람의 의인도 없어 멸망하고 말았잖니! 결정적인 순간엔 그 하나란 숫자가 얼마나 중요한지 아니!? 살리기도 하고 죽이기도 하는 것이야! 너도 그 중요한 한 사람이 되길 이 할배는 기대하마."
벌써 오래전부터 돌아가신 그해 10여년이 넘게 할아버지 김 장로님께선 넉넉히 한 말이나 됨직한 그 이상한 냄새나는 은행 알 하나하나 주서모아, 깨끗이 씻어선 고아원 아이들에게 매년 크리스마스 선물로 주셨던 것입니다.
- 「하얀 은행 한 알」 전문

시편의 양식은 시어의 의미론적 비유 방식이 아니다. '일상시'라고 부를 수 있는 시인의 '이야기 시'에서 우리는 시의 문맥이 곧 시인의 영혼임을 느낀다. 우리는 이러한 시를 생체시 또는 '육성 시'라고 부를 수 있을 것이다. 시어의 진술들은 시어의 의미를 초월하여 시인의 영적 음성으로 변한다. 이러한 육성시는 고희에 접어드는 박청륭 시인의 원숙한 경지를 보여 준다.

시인의 인간과 인류 보편의 문제들에 대한 관심은 시공간의 경계를 무시로 넘나든다. 시인의 텍스트 제재는 눈이 부실 정도로 다양하고 폭이 넓다. 물과 불이라는 신화적 요소의 대비만이 아니라, 동서고금의 역사적 사실과 시인이 살아가는 동시대의 전 지구적 문제의 일들, 그 어느 하나 시인의 관심은 소홀하지 않다. 시의 소재와 모티브에 관한 시인의 이러한 전 방위적 탐색과 텍스트의 기민한 제작성에 관해서는 2001년 출간된 『황금전갈』의 서평[139]에서 윤호병 교수 또한 언급한 바 있듯, 우리는 미루어 짐작할 수 있을 것이다.

5-3. 자기 확인: 데드마스크-도스토예프스키

시는 시인의 마음과 인식에서 이루어진다. 시의 생성이 인식, 즉

---

[139] 박청륭의 이번 시집에는 한국 현대시에서 대표적인 두 개의 축을 형성하고 있는 '서정성'과 '현대성'이 한자리에 종합되어 있을 뿐만 아니라 그 영역 또한 심화·확대되어 있다. 이렇게 말할 수 있는 까닭은……짧은 시에서 긴 시까지의 시 형식의 확대, 설화에서부터 불교와 기독교까지의 종교적 상상력, 한국적 정경에서 사하라까지의 풍경 심미안, 기성세대에서부터 신세대까지의 여가선용에 대한 폭넓은 수용, 역사적 사건에서 개인사까지의 역사성, '문자언어'에서 '소리언어'와 '색채언어'까지의 언어인식 등……그의 시세계는 아름답고 여리고 섬세한 서정성의 세계에서부터 오늘날의 현대문화와 문명을 질타하는 현대성까지, 문자언어로서의 전통적인 시 쓰기에서부터 음악과 그림과 텔레비전 프로그램까지, 짧은 시 형식에서부터 비교적 긴 시 형식까지, 한국적인 고유의 정서에서부터 세계적이고 이국적인 정서까지 망라되어 있기 때문이다(윤호병, 「현대시 영역의 심화와 확대 서정성에서 현대성까지」).

상징으로 이루어진다는 점에서, 새로운 시편의 제작은 새로운 인식의 노력이 요구된다. 그것이 곧 실험정신이다. 자기 확인과 자기 실험의 정신을 갖지 못하다면 더 이상 시인은 존재하지 않는다. 박청륭 시인은 "자기 확인 역시 예술가에겐 필요한 단계"라며 예술가의 자기 세계 확인은 시 세계의 심화를 위해 불가결한 것임을 피력한다.[140]

자신을 객관물로 지각하지 않는 것은 매우 자연스런 일이지만, 한편으로는 '정제'된 삶을 놓친다. 자기 지각이 없이는 '정제'된 삶을 살기 힘들다. 자기 확인이 뒤따를 때, 자신의 한계를 인식하고 초월할 수 있다. 베르그송은 이러한 삶을 창조적 생명의 약동(élan vital)으로, 존 듀이는 '창조적 지성'으로 표현했다.

시 작업 역시 그러함은 말할 것이 없다. 시작은, 일반적으로 무의식이라고 말하는, 비의식에서 시작한다. 하지만 표출된 비의식은 의식의 상태에서 '정제' 작업을 거친다. 그러한 '자기 확인의 검열과 반성'이 가능할 때, 다음 단계로의 창조적 도약이 이루어진다.

"시인들은 자신이 무슨 말을 하는지도 모르는 말을 하는 자들"이라고 한 플라톤의 말은 비의식에 대한 사후 재구성의 필요성에서 한 말이다. 플라톤과 달리 아리스토텔레스나 칸트, 셸링 등은 시인의 그러한 정신의 능력을 천부적 재능으로 이해했다. 하지만 오늘날 우리의 관점에서, 그러한 비의식의 정신작용은 너무나 자연스런 현상으로 이해된다.

신화나 시가 심층 비의식에서 미학적 구성 본능의 유도하에 진행되는 반면에, 무의식은 근원적이고 본능적 요구에 따라, 시공간적 범주 인식을 벗어나 진행된다. 정신의학에서 '비정상'으로 분류

---

140) 박청륭, 『現代詩評說』(부산: 세명출판사, 1984), pp.14～15.

하는 광인의 정신작용과 예술적 천재성과의 차이점은, 시·예술의 경우 심층 비의식에서조차 초점적 사유가 진행되나, 광인의 '무의식'은 초점적 사유, 즉 시공간의 범주적 인지작용이 결여된다. 박청룡 시인은 그러한 생각들을 나름으로 직관하고 있다.

> 시가 시에게 길을 묻는다. 길을 아는 시는 없다. 시는 장님이고 벙어리다. 문드러지고 진물 나는 촉수 제 지팡이만으로 자기 갈 길만 갈 뿐 아무런 것도 모른다. 깊고 어두운 진흙구덩이 속을 헤매는 두더지다. 정해진 길도 없고 소리도 없다. 심해에 비치는 막연한 그림자 찾기다. 그림자가 잡히기도 하고 그렇지 못할 수도 있다. 그림자가 잡혔다고 다 시가 되는 것도 아니다. 뼈와 살을 붙여 그림자의 실체를 첨삭과정을 거쳐 따뜻한 피가 흐르는 육화된 모습으로 빚어주어야 한다. 그래서 예술 작품을 창작이라 하지 않는가(「명상과 비판의 프리즘」, 계간 『부산시인』 2008년 여름호).

칸트는, 시인은 "자기가 어떻게 하여 자기의 산물을 성립시키는가를 스스로 기술하거나 또는 학적으로 밝힐 수는 없고……그러므로……어떻게 하여 그 산물에 대한 이념들이 자기 머리에 떠오르게 되는가를 스스로 알지 못하며……또한 동일한 산물들을 만들어낼 수 있도록 해 주는 준칙으로 만들어, 다른 사람들에게 전달한다는 것도 창작자의 할 수 있는 일이 못 된다."고 하였다.

쉬르레알리스트들은 자동기술 그 자체에만 치우쳐, 자동기술 후의 미학적 재구성엔 관심을 갖지 않았다. 칸트나 자동기술의 그러한 문제들을 직관한 박청룡 시인은 우리가 말해 오는 '비의식의 자동기술과 사후적 재구성', 즉 '심층 비의식의 작업 후의 의식의 작업'이라는 도식을 개념적 설명을 피하여 자연스레 물 흐르듯 몇 마디로 얘기를 하고 있다.

1. 간질

태양의 굵고 굵은 뇌세포가 폭발한다.
끝없이 이어지는 연쇄 핵폭발
북위 40여도까지 휘몰아치는
자기장 오로라가 연출하는
단청 춤사위.
전력과 통신은 단전 혹은 두절된다.
밤이 아니어도 지구는 암흑이다.
모든 컴퓨터는 폐기되고
통제 불능의 땜은 물론
각종 저장 탱크의 물질이 터져 나온다.
휩쓸려가는 크고 작은 건물들.
오염된 강과 호수.
바다 끝 – 입 밖까지 밀려나온 게거품.
화농한 세포들을 폭발 섬멸시키는
자정력自淨力이 가동된다.
마비된 신경세포로 오그라들었던 사지와
암흑의 시야는 서서히 회복된다.
훨훨 털고 일어선
다시 문 그의 파이프에서 연기가 피어오른다.

2. 유배

새들이 떠난 하늘에 까만 어둠이 찾아 왔다
두터운 외투를 걸친 사람들이 웅성웅성 모여 있다.
더욱 깊어진 어둔 장막은 거칠 것 같지 않다.
멀리 가는 자의 그림자가 지워진다.
얼어 터진 어둠 끝에도 바람마저 잠들고
폭설에도 묻히지 않는 말들의 그림자가 보인다.
백양나무 숲. 통나무 막사에 피어오르던 연기도 사라졌다.
닳고 닳은 발목의 쇠사슬이 들어낸 하얀 속살.
발정기에 들어선 늑대들의 울음소리가 들린다.

파랗게 밝아야 할 강설의 밤이 더욱 어두워진다.
아직도 혼자인 한쪽 발이 짧은 노새가 삐딱하다.
성탄일 밤에도 삐딱한 노새가 어둔 광야를 보고 있다.

3. 도박

충동 조절 능력을 잃은 전두엽,
이젠 구식 랜턴도 아닌
활활 타는 횃불이 필요한 때가 왔다.

4. 집필

손바닥만이 아니라
온몸 여기저기 못이 박힌 도시,
달빛 가득
핏빛 그림자에 젖는다.
달빛은 죽는다.
한밤 달이 진 뒤에도 파랗게 죽는다.
희미한 가스등이 가물거리는
새벽 두시,
점점 짙어지는 안개 속을
빈 마차가 지나간다.
엎질러진 독주,
보드카에 불이 붙는다.
개들이 물어 나른
녹슨 유골.
도끼날에 찍힌 데드 마스크,

— 「데드 마스크: 도스또옙스키」 전문

제1연의 제목 '간질'은 광기와 천재성을 의미한다. 제1연의 제1
행에서 제5행 "태양의 곪고 곪은 뇌세포가 폭발한다……단청 춤사
위"는 몰입과 집중으로 인한 에너지의 충일과 폭발 직전의 광기를

의미하며, 제6행에서 제9행은 광기에 창조적 규칙을 부여코자, 일순간 비의식계로의 몰입으로 인한 의식계와의 단절을 의미하고, "각종 저장 탱크의 물질이 터져 나온다."라는 제10행은 크리스테바가 언표한 바 있는 '기호계'의 전복적 충동의 힘, 즉 무한 창조의 에너지를 뜻한다. 제11행에서 제14행은 재창조를 위한 천재적 광기의 비의식계 표출을 의미한다. 제15행에서 제17행은 고통스런 몰입의 작업이 끝난 뒤, 탈진에서의 회복을 의미한다. 제18행과 제19행은 재창조의 기운이 충전되고 자신감에 찬 여유를 보인다.

제2연의 제목 '유배'는 새로운 세계로의 실험을 떠남을 의미한다. 제2연의 제1행 "새들이 떠난 하늘에 까만 어둠이 찾아왔다"는 시인의 완성된 작업에 대한 자기 검증이 수행되고, 그런 시인은 이미 '상징계'에 속해 버린 자신의 텍스트에 안주하지 못하고, 고통스런 작업을 위한, 시인의 영광과 환희의 태양이 지고 있음을 의미한다. 제2행에서 제10행은 어둠 속 재창조를 요구하는 고뇌를 의미한다. 제11행과 제12행은 '노새'를 통한 시인의 문명 비판이다.

제3연의 제목 '도박'과 본문의 "충동 조절 능력을 잃은 전두엽,/ 이젠 구식 랜턴도 아닌/ 활활 타는 횃불이 필요한 때가 왔다."는 극단적 실험과 자기 파열을 통한 재창조의 자각을 의미한다.

제4연의 제1행과 제2행 "손바닥만이 아니라/ 온몸 여기저기 못이 박힌 도시,"는 창작의 십자 형틀 위에 몸을 던진 시인을 묘사한다. 제3행과 제4행 "달빛 가득/ 핏빛 그림자에 젖는다."는 못에 박힌 영혼에서 흘러내리는 피를 상징한다. 제5행에서 제7행 "달빛은 죽는다./ 한밤 달이 진 뒤에도 파랗게 죽는다./ 희미한 가스등이 가물거리는"은 연금술의 흑화 과정을 의미한다. '흑화'는 금을 얻기 위한 최초의 카오스적 합일을 의미한다.

제8행에서 제10행 "새벽 두시,/ 점점 짙어지는 안개 속을/ 빈 마차가 지나간다."는 정신과 기운의 상승을 의미한다. 제11행 "엎질러진 독주,"는 극단의 실험 양식의 유출을 의미한다. 제12행 "보드카에 불이 붙는다."는 폭발처럼 터져 나오는 비의식의 자동기술과 그 원색 상징물의 생성과 불꽃의 환희를 의미한다. 제13행에서 제15행 "개들이 물어 나른/ 녹슨 유골,/ 도끼날에 찍힌 데드마스크,"는 몰이해 속의 독자들의 차가운 시선 또는 시인 스스로의 텍스트에 대한 냉혹한 검열과 장인정신에 의한 재출발을 의미한다.

그러나 더욱 심각한 문제는, 제2연의 제목 '유배'와 "새들이 떠난 하늘에 까만 어둠이 찾아 왔다"라는 제1행에서 보듯, 죽음을 헤매는 듯한 창작의 고통 속에서 깨어난 시인은 또다시 재창조를 위한 암흑의 세계로 몸을 던져야 하는 것이다. 그것은 시인이 말한 "깊고 어두운 진흙구덩이 속을 헤매는 두더지다. 정해진 길도 없고 소리도 없다. 심해에 비치는 막연한 그림자 찾기다."

박청륭 시인의 「데드마스크: 도스또웹스키」는 간질과 도박, 사회주의적 정신으로 인해 사형선고와 감형을 받고 시베리아 유형의 길을 떠났던 도스토예프스키의 고독하고 치열한 작가로서의 초상을, 현대 문명의 비판이라는 문제와 함께 박청륭 시인 자신의 작가정신과 작업관에 오버랩시켜 그려 낸 빼어난 수작이다.

우리는 이 작품에서 어둠과 고독 속에 자신만의 세계를 구축하여 나가는 시인의 치열한 정신을 엿볼 수 있다. 그러한 박청륭 시인은 "성탄일 밤에도 삐딱한 노새가 어둔 광야를 보고 있다."며 자신의 피사체인 '노새'를 통해 어둠 속에 잠겨 있는 문명의 세계를 비판하고 있다. 이 작품은 당분간 우리 시단에서는 다시 찾아보기 힘들 수작으로 보인다.

5-4. 시와 텍스트: 시≠텍스트

시와 시 텍스트는 다르다. 시는 우리의 관념물이고, 텍스트는 그 관념의 표상물이다. 이것은 우리만의 생각이 아니다. 시를 상상력의 표상으로 이해한 칸트는 상징과 상징물을 구분했다. 칸트에게 예술품은 '예술'이 아니라 그 상징물이다. 이러한 견해는 이후로도 지속적으로 나타나는데, 콜링우드 역시 시나 음악, 미술은 관념물이며, 문자로 인쇄된 시와 물감으로 그려진 회화물, 조각품 등은 작품이 아니라 텍스트이다. 이러한 입장은 야우스 등의 수용미학자들 역시 마찬가지이다.

캔버스의 '얼룩'은 그 자국의 의도성이 텍스트의 유의미성을 결정한다. 우연히 난 자국이 아니라, 여러 상황과 맥락을 고려한 의도적 자국이 그 텍스트의 질을 본질적으로 결정한다. 우리는 이 글의 서두에서 박청룡 시인의 '기호계 시편'의 텍스트와 김춘수 시인의 '무의미시'의 차이성을 논하면서 언급하였지만, 같은 양태의 텍스트라 하더라도, 그 의미나 의도에 따라 텍스트의 유의미성은 달라진다.[141]

---

141) "이것은 시이다. 시 속에 시가 있지 않다."라는 문장의 경우, 이 문장의 의도가 '이 텍스트에는 시라고 할 만한 내용이 없다.'라는 투의 내용 없는 텍스트들에 대한 비판적 의식에서 제작된 경우와, '(시라고 부르는) 텍스트는 시가 아니다.'라는 의도에서 제작된 경우는 그 내용이 완연히 다르다. 그리고 제작자가 후자의 의도를 가졌다고 하더라도 접촉자가 전자의 의미를 생성하고 있다면 그 경우 역시 마찬가지이다. 이 경우는 텍스트가 문제가 아니라 비

우리는 대체적으로 텍스트 제작의 수월성을 두고서 시인을 평가한다. 그러나 그것은 텍스트 제작의 능력일 뿐이다. 텍스트의 제작은 미학적 사유작용이 전제된 기호학적 논의의 이론적이며 기술적인 영역의 문제로서, 어디까지나 텍스트 제작의 문제이지 '시', 즉 상징의 문제는 아니다.

우리에게 텍스트는 시인 등 작가와 접촉자(독자 및 비평가)[142] 사이의 매개물로 이해된다. 시·예술은 작가와 접촉자의 관념에서 생성된다. 물론, 작가는 시·예술을 텍스트로 제작하는 능력을 갖추었으며, 접촉자는 그 작업에는 서툴다. 그러한 차이가 있다. 그러나 텍스트 제작자가 곧 시인은 아니다. '시'는 '텍스트'가 아니며 또한, 시인은 텍스트 제작자 이전에 상징으로서의 '시'를 생성하는 자이다.

접촉자의 경우, 텍스트 제작은 서툴지만, 시적 상징의 능력 또한 그러하다고 생각할 수는 없다. 접촉자는 텍스트의 제작은 능숙지 못하지만 시적 상상은 뛰어날 수 있다. 이러한 우리의 관점에서, 독자들은 훌륭한 시인일 수 있다. 단지, 텍스트 제작에 서툴 뿐이다.

물론, 텍스트 제작에 능숙하다고 하여서 좋은 시인인 것 또한 아니다. 시인은 '시', 즉 시정신과 시론, 시에 대한 삶의 태도 등의

평가가 시를 생성하지 못하는 것이다.

142) 지금까지 시인들은, 시인 자신의 '표현'에 초점을 맞추었다. 그런 까닭에 시인은 타인의 감정과 생각을 불러일으키도록 하는 문제는 제작 과정에서 고려할 필요가 없었다. 그러나 오늘날의 우리는 '표현'에 있어서, 접촉자가 생각과 감정을 불러일으키도록 텍스트를 구성한다. 이것은, '시'에 대한 정체성, 제작 기법, 생산 수단, 작품의 의의와 기능 등에 관한 인식의 변화를 가져오게 한다. 그런 까닭에 창작과 비평 용어의 사용에 있어서, 시의 표상체를 '텍스트'로 독자·비평가를 접촉자 또는 관계자로, 시를 '쓰는 것'에서 '제작'이라는 말로 대신한다. 아울러, 시는 관념, 즉 사유인 '상징'으로, 표현물은 '텍스트'(또는 기호, 기호체, 표상체)로 부른다.

정신세계가 갖추어져 있어야 한다. 일반적으로 우리는 텍스트 제작자를 두고 시인이라 말한다. 그러나 그것은 텍스트와 시를 구별하지 않은 생각이다.

텍스트가 시와 접촉자를 매개하는 질료체로서의 '표상체'라면, 시는 상징이다. 상징의 표상이 반드시 자연언어를 대상으로 하는 것은 아니다. 우리는 허공을 바라보는 눈빛만으로도 시를 쓸 수가 있다. 도종환 시인은 그러한 생각을 시편으로 나타내고 있다.

<blockquote>
나무들도 저무는 하늘에 시 쓰지만
매일 쓰는 건 아니다.
새들이 눈 위에 상형 글자를
찍으며 지나가는 날
시를 꼭 나만 써야하는 건 아니리라
늦게 딴 차 한 잔의 명선茗禪이
시보다 고요하고 맑은 날이 있다

— 「명선茗禪」 일부
</blockquote>

박청륭 시인은 도종환의 「명선茗禪」에 관해 "전형적인 불가의 선시다. 내가 시를 쓰지 않는 날은 나무가 아니면 새가 쓰고 '꼭 나만 써야하는 건 아니'기에……비록 시를 쓰지 않았어도 명선 차 한 잔이 바로 시이고 보면 시를 쓴 것이나 다를 배 없다."고 말한다(「명상과 비판의 프리즘」).

도종환 시인은, '시는 사람이 자연언어로써만이 아니라, 자연사물이 그 스스로도 쓸 수 있다'는 것을 보여 준다. 물론, 자연사물이 쓰는 것은 시가 아니라 '텍스트'이다. '시인'은 자연이 쓴 '텍스트'를 시로 인식한다.[143] 그러한 눈을 가진 자가 '시인'이다. 우리는 텍스트를 작성하지만 시인이 되지 못한 경우를 언급했다. 자연에 의해서건, 우리의 상상력에 의해서이건 '상징'이 먼저 있고, 그것을 텍스트화한다. 상징을 텍스트로 나타내는 일은 또 하나의 다른 일이다. 우리가 '텍스트 제작'을 한낱 재주에 다름 아니라고 말하는 이유는 그것이다.

박청륭 시인은 "중요한 것은 자신의 작품에 대한……진정성 내지는 성실성"이라고 말한다. 텍스트를 뒷받침하는 것으로 '시' 외에, '시'의 '진정성'이 요구된다. '진정성'이란, 시인의 삶을 담보하는 '사상'으로서의 '시'이어야 한다는 말이다. 그렇지 아니한 '시'는 위작이다. 시정신과 삶이 뒷받침되지 않는, 단지 텍스트로서의 텍스트는 빛을 내지 못한다.

시인이란, 텍스트 제작에 남다른 수월성을 보이지만, 그 텍스트를 뒷받침하는 관념으로서의 '시'가 뒷받침되어야 한다. 다시 말해, '텍스트' 제작의 정신과 자세, 태도는 물론, 삶의 태도에 이르기까지 그 합일성이 뒷받침될 때, '텍스트'는 진정한 가치가 부여된다.

"실험 정신 없이는 개미 쳇바퀴 돌듯 한국 시의 구제책은 없다. 내용적인 실험이든 방법적인 실험이든 활발하게 일어나야 하며 신기성이니 사기성이니 하고 매도할 입장은 아닌 듯하다."[144]고 말하는 박청륭 시인은 또한 후배 시인들을 향해 이렇게 말하고 있다.

---

143) 비를 몰고 오는 먹구름은 기호학 논의자들에게는 '지표(index)'이다. 그러나 먹구름에서 비를 떠올리는 어부의 '사고작용'이 개입됨으로써 '먹구름'은 '상징의 기표'가 된다. 자연사물의 행위 역시 마찬가지이다. 그 자체는 상징이 아니다. 시인의 사고작용이 개입됨으로써 그것은 상징의 기표, 즉 '텍스트'가 된다.

144) 박청륭, 『現代詩評說』(부산: 세명출판사, 1984), p.72.

오늘날의 젊은 시인들이 쓰고 있는 작품들이 정말 정직하고 용기 있는 발언들인가. 지혜가 담긴 성실한 자기표현이며 너그러움과 사랑이 담긴 선비다운 지조와 패기가 넘치는 양심의 소리인가. 그 작품 속엔 미래에 대한 새로운 비젼이 있으며 시(예술)로써 아름다움도 간직하고 있는가. 그리고 감동과 영감에 찬 비수와도 같은 비판정신이 있는가. 독자로 하여금 새로운 꿈에 대한 동경에 만족 시켜주고 있는가. 신문지상에서 볼 수 있는 수십 매의 원고지를 날리는 무슨 컬럼들을 단 한 줄로 답변할 수 있는 풍부한 사색이 담겨 있는가. 자신의 온갖 심혈을 기울인 각고의 흔적은 있는가.

박청룡 시인은, 시인의 길이란 그렇게 만만하고 쉽게 활짝 열려 있는 대로는 아니며 평생을 두고 도전하는 작업으로 그렇게 서두를 일은 아닐 것이라며 이렇게 맺고 있다.

한두 번의 성공이나 낭패만으로 결정 지워지는 것도 아닐진대, 끝까지 물고 늘어지는 악마에게 면류관이 돌아갈 것이다.

6장 맺으며

텍스트는 무언 규칙의 구조물이다. 시인의 정신세계에 내재하는 '시'는 텍스트에 투사된다. 시인의 육신과는 달리 텍스트는 영원하다. 텍스트는 시인의 영혼이 자리하는 피라미드이자 시인의 제3의 육체이다.

텍스트는 시공간을 초월하여 현존한다. 시인의 전 여정을 품고 있는 '텍스트'는 시인과 독자를 매개한다. 시인과 시, 우리는 모두 텍스트라는 신화의 유적지에서 하나로 만난다. 그러한 텍스트는 시인의 회랑과 길과 침묵의 장소와 시간들에 관하여 이야기하고 회상하게 한다.

텍스트는 투사의 규칙으로 구조되어 있다. 그러나 투사의 규칙은 텍스트에서 기술되어 있지 않다. 규칙을 기술하는 순간 텍스트의 구조는 사라지고 만다. 그것은 텍스트의 구조와 규칙의 비밀이다. 투사의 규칙과 구조는 미래의 방문자들에게 스스로 구조를 바꾸어 보여 준다. 시인의 피라미드는 살아 움직이는 구조로서 현존한다.

시인으로서 '자기 확인'은 필수적이다. 박청룡 시인은 외곬의 시의 길을 걸어온, 형벌(刑罰)적 시 쓰기에 자신의 몸을 던져 온 수도 사이자 불의 설교자이다. 실험이란 작가 고유의 양식을 작성하는 일이다. 진정으로, 장인이란 자신의 실험을 완성해 나가는 자이다.

길과 도시를 점령하는 것이 자신의 세계를 넓히는 일이 아니다. 위대한 영혼들은 그러한 무모한 정복을 자신의 책무로 여기지 않는다. 그들은 보다 많은 길을 개척하고 보다 많은 사유의 길을 닦음으로써 삶을 바친다. 수많은 영혼들을 자유롭게 하고 그들의 사유를 영속하게 한다. 그것이야말로 진정으로 살아 있는 자의 책무라고 생각하기 때문이다.

피라미드의 신비는 질료적 크기에 있지 않다. 그것은 규칙의 깊이에 있다. 텍스트가 곧 시는 아니다. 텍스트는 기호일 뿐, 시는 시인의 정신에 있다. '시'가 부재하는 텍스트는 시인의 허명과 함께 보잘것없는 벽돌조각으로 변하여 사라지고 만다. 그것은 형상을 지은, 예술 아닌 예술이기 때문이다. 시인은 텍스트의 설계와 구조화 외에 달리 관심 갖지 않는다. 피라미드의 비밀은 시인의 정신에 달려 있다. 시인이 고독해야 하는 이유이다.

<박청룡 시인 연보>

1937 일본 경도 출생 (父: 박재욱, 母: 한경엽)/ 원적: 경북 청도군 출생
　　　당시 오누이 쌍둥이 분만했으나 누이는 출생 즉시 사망
1941 4세 때 모친 별세
1942 부친 재혼(繼母: 채귀자)
1943 여동생 출생
1944 남동생 출생
1945 경북 청도군 각북면으로 귀향
1945 이복 두 오누이 사망
1956~62 계명대학 교육과 졸업
1960~62 군 복무. 100부대 102통신대대 본부중대(춘천 샘밭, 마적산
　　　중턱)
1962 자인여자중학교 교사 생활 시작
1964 현봉남과 결혼
1965 장남 해영 출생
1975.10 『현대문학』 김춘수 추천등단<74.4 초회>
1977 동인지 『탈』 발행
1978 제1시집 『불의 假面』
1980 동인지 『絶對詩』 발행 (이후 4집)
1983 제2시집 『第七미사』 7th missa
1984 시론집 『現代詩評說』
1984 부산대학교 교육대학원 국어교육과 수료
1988 제3시집 『세상에 섰는 것은 다 부러진다』
1989 제4시집 『사막은 고장이다』
1993 제5시집 『낙타와 함께 가는 멘하탄』
1996 유럽 3개국(프랑스, 이태리, 독일) 여행
1997 제6시집 『불의 문신』
1997 호주 여행
1998 동인지 『시21』 발행(이후 7집)

1998 미국 서부지방 여행
1999 부산 동주여자상업고등학교 정년퇴임
2001 제7시집 『내 오일 파이프, 전립선도』
2001 부산시인협회상(본상) 수상
2004 지중해 3개국(그리스, 터키, 이집트) 여행
2006 제8시집 『황금전갈』
2007 일본 남부 가고시마 지방 여행
2007 1987년 이후 20년 동안 쉬었던 교회 다시 출석(연제로교회)
2008 제9시집 다큐포엠 『하늘역 광장』
2008 제10시집 다큐포엠 신앙시집 『백향목 십자가』

IV 부

영설 서상환의 기하학적 감각과 자의적 상징의 연금술
- 시와 미술의 상호 텍스트성

슈雪 서상환 화가　　　[사진 최민식]

　시류와 유파에 휩쓸리는 일은 쉽다. 시류에서 벗어나 자연의 전체를 조망하며 시·공의 흐름을 고려하여 그 전체의 구도 속에서 행하는 작업은 외롭다. 그리고 고독하며, 높은 강도의 작업을 요한다. 하지만 자연은 그러한 일꾼을 요한다. 그들은 동시대의 사람들로부터는 비껴나 있어 눈에 띄지 않는다. 그러나 시·공을 초월하여 자연을 작도하고 계획하며 구조화하여 왔으므로 그들이야말로 역사와 세계 그 황금비의 꼭짓점에서 도드라져 드러난다.

자연을 전체의 관점에서 작도하는 그들은 암흑의 덩이로서의 자연의 시·공간을 투시하여 선을 긋고 직관의 힘으로 길이와 공간을 계측하여 구조와 비례를 측정한다. 그러한 통찰이 있은 후에 그들은 전 노동의 힘을 그 구도 속에 채워 넣고자 쓰고 사색하며 지우고 칠 해낸다. 그들의 손은 언제나 자연의 한 끝자락을 쥐고 있다. 그들은 자신이 측량한 선들의 길이와 분기점, 작업이 끝나고 새로이 작도되는 분할들을 투시한다.

자연의 심부름꾼으로서의 숨은 일꾼들은 자연이 그들을 많은 사람들 앞에 내세우는 일이 드물지만, 그들 스스로가 자신의 소명을 내밀히 알고 있어 타인 앞에 모습을 잘 드러내지 않는다. 그들은 자신에게 부여된 소임을 수행하기 위해 스스로 몸을 감춘다. 그들은 다중의 갈채와 영화보다도 자신의 소명의 수행과 완수가 더 중요하다. 그러한 그들에게 보상이란 신 또는 자연과의 조우이다. 그들은 언제나 스스로에게 자신의 일을 완수할 수 있도록 기도한다. 오직 그것만이 그들의 삶을 엄청난 인내와 노력으로 어둠 속에서 시·공간을 열어젖히며 나아가게 한다.

1장 상징과 기호: 시와 미술

신플라톤주의자로서 기하학적 구조, 역원근법, 빛 등에 관한 논의로 성상(Icon) 미학에 영향을 끼친 위僞디오니시우스 아레오파기타(Pseudo - Dionysius Areopagita)는 "가시적인 것은 비가시적인 아름다움이 형상화된 것"이라고 하였다. 다빈치는 그림을 그릴 때 눈에 보이는 형태와 함께 보이지 않는 우주의 조화를 끊임없이 추구했다. 헬렌 켈러 소녀는 눈이 보이지 않아 문자언어를 사용하지는 못하지만 수화로써 문자언어를 대신하여 사용할 수 있었으며, 그것은 다름 아닌 '상징'이라는 정신적인 능력을 가졌기 때문이다.

카시러(Ernst Cassirer, 1874~1945)는, 인간의 특성이 '개념적 직관', 즉 '의미를 인지하는 능력'에 있다고 한 칸트에서 나아가, "인간을 이성적 동물animal rationale로 정의하는 대신, 상징적 동물animal symbolicum이라 정의하지 않으면 안 된다."고 하였다. 카시러는 인간 지성이 현실과 가능 세계의 아르키메데스의 점이라는 사실에는 칸트(Immanuel Kant, 1724~1804)에 공감하면서도 한편으로, 인간 지성의 본질이 직관과 개념의 표상에 있다기보다는 오히려 상징에 있다고 하였다.

그러한 카시러는 『인간론』에서 기호는 물리적인 것이요, 상징은 인간 의미 세계의 것이라고 하여 상징과 기호를 엄격히 분리하였다. 우리가 상징을 궁구하였을 때 상징은 '동일화'의 사고작용이라는 사실을 얻을 수 있는데, 상징이 본질적으로는 정신의 작용이라는 점에서 카시러는 상징의 본질의 한 자락을 포착한 것으로 이해할 수 있다.

그러나 보다 인간 정신의 내면을 들여다볼 때, 상징은 사유이며, 기호는 그 사유의 표상이다. 아울러 상징과 기호는 그 생성이 상보적임을 알 수 있다. 기호가 없다면 상징이라는 동일화 작용은 일어날 수가 없는 것이다. 그러한 **상징은 기호에 투사**되어 나타난다. 상징은 인간의 사고작용으로서 나타났다가 사라지고 마는 것이 아니라 기호로 표상되어 텍스트로 생성된다. 우리가 상징과 기호를 별개의 것으로 기술하면서도 궁극에는 하나라고 말하는 이유의 하나이다.

현대의 시·예술이 질료성을 넘어 추상의 미학을 추구하나, 사유로서의 상징은 질료적 기호체와 근본적으로 하나이다. 그것은 다시 말해, **질료에 근거를 두지 않은 상징이란 표상되지 않은 것**이라는 말이기도 한 것이다. 상징은 기호로 투사된다. 그것은 예술에 있어서 작가의 정신작용으로서의 상징과 텍스트 기호의 관계 역시 마찬가지로 그러하다.

직관 없는 개념은 공허하고 개념 없는 직관은 맹목이라고 한 칸트는 또한 직관을 직접 제시 방식인 도식과 비유에 의한 제시 방식인 상징으로 구분하였는데,145) 칸트의 직관과 개념은 우리의 관점에서 기호와 상징의 문제 그것이기도 하며, 아울러 氣와 理의 문제 그것이기도 하다.

이러한 상징과 기호의 문제는, 또한 시와 미술의 본질적 특성과도 관련된다. 시는 텍스트 기호의 비유적 지시관계, 즉 상징을 그

---

145) 칸트는 상징을 비유의 한 형식으로 이해하였고, 카시러는 상징을 '의미적 관계 지음'으로 인식했다. 그러나 상징의 본질은 다름 아닌 '동일화의 정신작용'이다. 칸트는 이 같은 상징 수사학적 '형식'의 측면에서, 카시러는 상징의 외면적 '속성'을 각각 지적하고 있다.

본질로 삼는 반면, 미술은 지시관계보다는 질료적 텍스트, 즉 기호체의 미학성을 그 바탕으로 한다. 다시 말하면, 시는 상징의 내용인 지시대상의 비유가 없으면 성립되지 않으며, 미술은 표상체의 미학성을 확보하지 않으면 그 작품성을 인정받기가 어렵다.

시가 지시대상인 원관념과의 관계를 중시함으로써 존재한다면, 미술은 질료체인 보조관념의 미학성을 중시함으로써 존재한다. 그런데 현대의 실험미술을 중심으로 나타나는 현상들은 표상체 그 자체의 미학성보다는 지시대상과의 관계, 즉 텍스트 제작의 동기인 사유의 문제에 더 중심을 두고 있는 것 같다. 이것은 현대미술이 균형을 잃고 있다는 증례이다.

2장 미술과 철학과 시

　　연금술의 도상 못지않게 난해한 현대미술은 갈수록 개념화, 의미화, 철학화되어 가고 있는 것이 사실이다. 어떻게 보면, 미술은 이제 '형상의 철학'이라고 말해도 좋을 듯한 상황에 도달했다. 이러한 현상을 이끈 선구자는 **마르셀 뒤샹**(Marcel Duchamp, 1887～1968)으로 거슬러 올라간다. 그는 1913년 미술가의 역할에 대하여 **"물질을 교묘하게 치장하는 데 있지 않고 미의 고찰을 위한 선택**에 있다."는 정의를 내렸다.

　　그리고 **단토**(Arthur C. Danto, 1924～)는 『예술의 종말 이후』에서 "이제는 더 이상 실례를 들어서 예술의 의미를 가르칠 수는 없게 되었다. 그것은, 외관에 관한 한, 어떠한 것도 예술작품이 될 수 있다는 것을 의미했다. 또한 그것은 당신이 예술이 무엇인지를 알아내고자 한다면 **감각 경험으로부터 사고(thought)로 전환해야** 한다는 것을 의미했다.(짙은 글씨는 필자 강조) 간단히 말해서 당신은 철학으로 향해야 한다."고 힘주어 말했다. 물론, 단토가 말한 '철학'이란 우리의 미학적 논의에서 '심층 비의식의 사유'이다.

　　고전적 전통의 미학이 유사동질성에 바탕을 둔 '자연적 상징'에 의한다면 현대의 소위 실험 미학은 파격적 결합의 '자의적 상징' 작업을 지향한다. 「이것은 파이프가 아니다」(마그리트, 1928～9)는 '자연적 상징' 전통미학의 관습성을 해체하는 하나의 프로퍼갠더이다. 자의적 상징이란 관점과 맥락, 상황에 따른 태도의 미학이다. 이러한 경향은 언급이 있었듯, 미술이 철학적 사유의 담론을 끌어들임으로써 비롯한 것이며, 그 이전에 뒤샹이 문을 열어 놓았듯 미술이 시적 상징과 결부됨으로 비롯한 것이다.

또 한 가지, 현대미술의 강박관념은 '독창성'이다. 물론, 독창성이 없는 예술은 모방이지 창작품이 아니며, 모방은 예술가의 할 일 또한 아님은 분명하다. 그런 까닭에 고전적 기하학의 아름다움에서부터 미술이 자의적 추상의 미학세계를 통과하기까지 그 관심은 '사고' 그것에 있어 왔다. 그러나 미술그림이 결국 철학적 논문의 겉표지에 불과한 것이라면 그것은 미술이 철학의 액세서리임을 자처하는 것으로, 미술이 중심을 잃고 있다는 이야기가 된다.

현대의 물리학이 감각을 초월하여 불가시적 미립자의 운동성을 이용함으로써 우리는 거시물리적 운동성의 한계를 넘어 편리한 일상을 누리지만, 그렇다고 고전물리학적 개념이 무용한 것은 아니다. 우리의 감각은 거시물리적 공간에서 충분히 유효한 진리이다. 현상phenomenon이란 현대물리학적 관점의 물자체thing – in – itself와 함께 자연의 본성을 이루고 있다. 칸트의 인식 범주론은 그 질료적 현상계의 '비례성'을 기술한 것이다.

감각은 자연의 아름다운 선물이자 자연의 주요한 본성의 하나이다. 그러한 기하학적 아름다움의 추구는 너무나 자연스런 일이다. 일찍이 카시러가 통찰한 바 있듯 인간이 필경 상징의 우주에서 존재할 수밖에 없는 까닭에, 현대미술이 사유의 문제로 흘러간다고 하더라도, 그 바탕을 이루는 질료적 미학의 구현에 소홀하면 수월한 미술로 인정받기가 어려운 것이다. 개념적 사유의 미학을 제시하더라도 감각의 비례미학에 소홀할 수는 없다. 이것은 시가 비유의 지시대상을 지니지 않는다면 시로서 인정받기가 어려운 것과 마찬가지의 문제이다.

 "물질을 교묘하게 치장하는 데 있지 않고 미의 고찰을 위한 선택에 있다."는 뒤샹의 당시 언급을 감각의 '포기'나 '배제'로 받아들여서는 안 된다. 그것은 당시 미술계의 동어반복적 상징 의식, 즉 사유의 부재에 대한 비판으로서 이해되어야 한다. 여기서 우리는 "직관 없는 개념은 공허하며 개념 없는 직관은 맹목"이라는 칸트의 말과 함께 **상징과 기호는 그 본질에서 둘이 아닌 하나**라는 우리의 명제를 다시 한 번 언급하게 된다.

3장 서상환의 자의적 상징 작업

*사람은 두 개의 눈을 가졌다. 그러나 진정한 의미의 눈은 두 개라고 단정
지을 수 없다. 두 개의 눈이란 관념의 눈이며 이 관념의 틀을 깨트리면
수백 수천의 눈을 볼 수 있기 때문이다.(서상환)*

개안(開眼), oil on canvas, 34.8cm×27.3cm, 1978~1979

*잡아도 잡아도 잡혀지질 않는 텅 빈 공간에 오늘도 계속 향하며, 멈추며
흔들고 있다. 아, 언제쯤 가슴 가득히 와 닿는 뜨거움을 맛볼 수 있을까?
(서상환)*

영원을 향한 손, oil on canvas, 72.7㎝×60.6㎝, 1978〜1980

초기 작업인 1970년대의 작품 「개안」, 「영원을 향한 손」 두 작품만을 보더라도 서상환이 얼마나 시적인 화가인지를 알 수 있다. 그의 작업은 재현적 리얼리즘이 아니다. 그의 상징은 열려 있다. 표현을 하여도, 하여도 다 표현해 낼 수 없는 영원의 '손'이자 '눈'이다.

이러한 감성적 이념의 상징물에 관하여 칸트는 "많은 사유를 유발하지만 그러나 어떠한 특정한 사상, 즉 개념도 이 표상을 온전히 담을 수는 없으며, 따라서 어떠한 언어도 이 표상을 다 설명할 수가 없다."고 하였다.

상징을 알레고리와 구별한 괴테(J. W. Goethe, 1749. 8. 28.〜

1832) 또한 "상징은, 현상을 관념으로 변형시키고 그 관념을 이미지로 변형시킨다. 그러나 그 관념이 항시 무한히 능동적인 상태를 유지하고 이미지를 통해서는 접근이 불가하며, 어떤 언어들을 사용하더라도 의미가 남게 한다."고 하였다(『금언과 성찰』, 1824).

서상환은 심층 비의식을 사용하여 상징을 표출해 낸다. 그는 상징을 만드는 것이 아니라 깊은 직관을 통해 심층 비의식의 근저에서 일렁이는 영상들을 얻어 온다. 그의 사유는 깊은 직관과 통찰을 통해 무한히 열려 있는 대응물들의 의미를 포착한다. 그러한 그의 작품 세계는 명상적이며 끝없는 사색을 요구한다. 그런데 이것은 다름 아닌 그의 작품 주제와 작업 정신 그리고 시적 표상의 형식에서 비롯한다.

위의 두 작품에서 보았지만 서상환의 작품은 그 제목에서 다른 제작자들과 달리 특징화되고 있다. 그는, 텍스트 그 자체 또한 상징미학의 만다라를 이루지만, 표제를 통해 텍스트 밖으로까지 텍스트를 확장시키는 능력을 지니고 있다. 제목을 통해서도 그의 작품은 현재의 지금 이곳을 벗어나 영원한 미래의 신화소적 현재를 구현하고 있다.

이것은 서상환만의 특장인데, 그의 이력에서도 볼 수 있듯, 그는 신학으로부터 출발하여 철학에 이르는 과정의 학위를 갖고 있다. 그러나 그것은 우리가 겉으로 드러난 학업의 과정을 비추어 본 것일 뿐, 그러한 지적 노정의 결과와 텍스트의 현실화 여부는 또 다른 문제일 것이다. 서상환의 그러한 표징의 고려 여부와 상관없이, 그의 작품은 고통과 간구, 승화의 희열을 염원하는 형상들을 통한 끝없는 인드라 그물의 사유세계를 비추어 보여 주고 있다.

그러한 그의 작품은 제목을 붙임으로써 완성된다. 그러니까, 그의 작품에 있어서 제목은 그의 미술 텍스트의 화두이자 그 궁극의 지 시대상이기도 하다. 그의 텍스트와 제목은 시 작품에 있어서와 같이 보조관념과 원관념의 관계를 이룸으로써 곧 한 편의 시를 이룬다.

이것은 그의 작품이 본질적으로 상징적임을 말해 준다. 그러한 그의 작업은 인간의 근원적 문제에 바탕하고 있으며 다름 아닌 그 곳에서 서상환은 현재와 미래를 투시하고 하나의 신화적 마당으로 통일시켜 내는 조형의지를 보여 준다.

톱인 예수, oil on canvas, 72.7cm×60.6cm, 1978~1980

「톱인 예수」는 뒤샹의 「부러진 팔에 앞서서」나 마그리트(Rene Magritte, 1898~1967)의 「이것은 파이프가 아니다」와 마찬가지로 자의적 상징 작품이다. '부러진 팔에 앞서서' 같은 경우 작품의 구성이 단순하다. 레디 – 메이드 작업의 하나인 이 작품은 평범한 한 자루의 눈 치우는 삽일 뿐이다. 그러나 뒤샹은 "부러진 팔에 앞서서"라는 제목을 붙임으로써 이 평범한 삽이 일약 시대를 초월한 개념미술의 효시를 이루는 것이다. 그런데 서상환의 「톱인 예수」는 질료적 미학의 조형을 통한 '자의적 상징'의 미학을 보여 준다.

서상환의 '톱인 예수'는 뒤샹의 레디메이드 작업과는 또 달리 작가의 엄청난 수작업이 거듭된 상징물이지만 그 표상체의 문양은 그 어디에도 예수의 흔적이 없다. 있다면 예수의 심판을 상징하는 무서운 검은 톱날과 뒤엉킨 맹목의 살덩이들을 표현한 듯한 두터운 물감 덩이들만이 단죄를 강조하듯 강렬하게 화면을 채우고 있을 뿐이다. 서상환은 핏덩이를 뚫고 자르는 무서운 톱날을 제목을 통해 예수로 환치해 두고 있다. 심판자의 힘과 단죄의 공포를 자비와 온화함을 대표하는 '예수'와 결부 짓고 있는 것이다.

4장 뒤샹과 서상환: 자의적 상징의 양극성

뒤샹이 언술적 사유의 자의성 시학을 미술에 도입하였다면, 서상환은 기하학적 감각의 자의성 시학을 생성해 내는 작가이다. 서상환은 단지 전통 형식을 초월코자 하거나 형식을 벗어난 새로운 형식을 추구하는 혹은 단순히 어떠한 형식에 철학사상을 담아서 그림으로 내세우는 작가가 아니다. 그는 존재의 의미를 캔버스로 삼아 형식을 세운다. 그의 작업은 철저히 감각에 의한 형상에 기초한다.

그런 그의 형식은 의미로 각인되고 도안된다. 물론, 그 의미는 심층 비의식의 사유로 형성되어 있다. 그의 도상 기호들은 그 각각의 의미와 문양이 하나로 동일화되거나 융합적 형상으로 그려져 있다. 그것이 그의 작업 기법이자 그만의 특출한 표현미학이다. 우리가 그의 미술 언어에 주목하는 까닭은 그것이다.

미술이 색채와 형상의 언어로 조형 정신을 나타낸다면 시문학은 추상 언어로써 상징을 표상한다. 정신과 사유의 상징을 드러내고자 한다는 점에서, 사용하는 기호의 유형을 달리할 뿐, 시와 미술은 본질적으로 동일한 작업을 수행한다. 그러나 시각 매체에 의한 기호 수단 대신 촉각에 의한 기호 매체를 사용했던 헬렌 켈러 소녀의 예에서도 볼 수 있었듯, 그 기호라는 것도 그것이 문자이든, 물감이든 상징의 한 표상체들이라는 점에서 본질적으로 동일한 기능체들이다.

언급했듯, 서상환은 텍스트의 조형에 시적 상징의 수사학을 사용한다. 그의 작품에서 시적 원관념은 텍스트의 주제로서 중요한 비중을 차지한다. 뒤샹 또한 서상환과 마찬가지로 강력한 자의적 상징 미학을 사용했다. 그러나 서상환 역시 그러하지만 우리의 관점에서 뒤샹은 사실은 시적 사유로써 회화와 오브제를 제작한 시인이었다.

뒤샹은 텍스트와 제목을 순수한 시적 상징의 관계에 둠으로써 미술에 추상의 사유를 개입시켰고 그러한 장치는 개념미술의 생성에 영감을 주었다. 아무튼, **시가 미술**을 상징, 즉 **사유의 세계**로 이끌게 하였음을 우리는 부인할 수 없다. 또한 **현대 미술이 철학의 영역으로 들어서게 된 그 요인**은, 의도는 없었으나 미술이 **시의 수사학을 끌어들임으로써**였다.

서상환의 작업은 형상과 색채를 중시하면서도 뒤샹이나 말레비치 등과 마찬가지로 사유와 철학성을 담보하고 있다. 뒤샹이 미술에서 선과 색채, 형상의 미학을 거부한 경도된 미술을 추구하였다면, 서상환은 인간의 감관을 존중하면서도 철학적 사유의 자의성 상징 미학을 보여 주고 있다.

5장 서상환과 이우환:
질료적 사유와 추상의 사유미학

미술사가 노버트 린튼(Norbert Lynton)은, 칸딘스키(Wassily Kandinsky, 1866~1944)가 『청기사』연감에 실린 「형식의 문제에 관하여」에서 현대 미술가들이 사용할 수 있는 양식의 범위를 '완전한 추상'과 '완전한 사실주의'로 설정하면서 "이 두 극단이 제시하는 방법들은 결국 하나의 목표에 이르게 된다."고 하였음을 언급하며, 말레비치와는 달리 칸딘스키는 추상과 추상에 근접하는 양식 간에 경계선을 설정할 필요를 느끼지 않았음을 지적한다.[146]

추상과 구상은 우리들 인간의 **눈에 비친 자연의 이중적 현상이다**. 그것은, **상징과 기호**의 근원적 양태의 **문제이기도** 한데, 선지자들이 간단없이 관심을 보여 온 동일성과 차이의 문제 그것이기도 하다. 한마디로, 추상과 구체 그것은 이데아와 현상 같은 인류사의 영원한 원형적 주제이다.

"우리는 자연을 철저히 파악함으로써 자연이 내포하고 있는 진실을 드러내 보이고자 한다. 자연은 그렇게도 활기 있게 끊임없이 변화하지만 근본적으로는 절대적인 규칙에 의해 움직인다."고 한 신지학자 쇤마커스(Schoenmaekers)의 의견에 몬드리안은 생각을 같이한다. 감각과 현상의 논리를 배제한 이우환의 작업은 몬드리안의

---

146) 노보트 린턴, 윤난지 역, 『20세기의 미술』(서울: 도서출판 예경, 1993), p.147. cf. 추상과 사실에 관한 칸딘스키의 직관은 정확하다. 그러나 미술 텍스트에 있어서 추상의 도상은 그 내재된 의미로서의 '각주'를 숨겨 둘 수밖에 없고, 그 감추어진(내재된) 각주를 색과 빛, 형상 등에 의한 텍스트 표상체가 얼마나 효과적으로 지시하여 감상자들이 추론해 낼 수가 있도록 하느냐의 문제는 별개이다.

현대적 관점의 작업으로, 몬드리안의 진화된 작업의 한 형태로 볼
수 있다.

추상은 자연 본성으로서의 표상이며, 우리들이 인지하는 구체적
현상이란 감각된 자연이다. 이우환과 서상환은 그 양극단을 마주한
다. **이우환**이 침묵의 이면에서 자연의 본성을 진술하는, 세계의 순
수한 추상성을 보인다면, **서상환은 '형상의 형상'**을 통해 인간의
자연성을 회복하고자 한다.

물론, 이우환이나 서상환 모두에게 있어 우리가 붙이는 '자연'이
란, '자연으로서의 인간'과 '그 인간세계' 또는 '인간과 자연'의 관
계 등을 모두 함의한다. 그러한 점에서 두 사람은 동일한 지향성을
지니고 있다. 그러나 **이우환이 '자의적 상징'**에 관한 언술을 통해
자연의 원형, 그 관계적 질서를 추구한다면, **서상환은 형상과 이미
지를 통한 자의적 상징**으로 하나로서의 자연 원형과 조화 질서를
간구한다.

이우환의 〈현상과 지각〉, 돌. 유리. 1968

그런 점에서 이우환은 위상미술의 미학을 추구했다. 수학에서의
순수한 관계적 질서를 추구하는 그것 또한 우리를 탈질료화, 탈기
호화하는 순수한 사유의 상징작용으로써, 세계를 재구조화하거나

자연의 그것으로 되돌리는 마법의 도식을 얻을 수도 있을 것이다.

그러나 그것은 우리가 기술해 오는 과정에서 알 수 있었듯이, 감각과 유클리드적 기호체계가 배제된 극단적 **추상**의 상징 **작업**이다. 이러한 방식은 작가가 그의 상징세계를 직접 **진술**해야만 하거나 또는 우리가 **각주**라고 이름한 추상의 언술들을 숨겨 둔 미술과 시 미학을 비롯한 **현대 예술의 특징**적 현상의 하나이다.

그러나 또 달리 기하학적 감각의 기호에 추상의 사유와 언술의 상징을 투사함으로써 관람자 등 접촉자를 상징의 세계로 이끄는 방식이 있다. 사실은, 모노하[147] 작업을 비롯한 **이우환**의 사유가 과학적인 **직렬적 논리체계**의 방식이라면 **서상환**의 방식은 시적인 **병렬적 논리**표상의 방식이다.

서상환은 이미지에 의한 동시, 다의적 사유작용에 의한 작업을 행하므로 그 작업 과정에서 수행되는 서상환의 사유의 내용들을 설명한다는 것은 사실 비예술적인 일일 뿐 아니라 기계적인 작업이다. 이것은 '불립문자'의 사차원의 자연을 이차원의 일직선적 언술 기호의 방식으로 환원하는 일이다.

자의적 상징 방식은 우리가 이해하고 있는 **두 가지** 양태가 있다. **하나**는 뒤샹의 예에서 볼 수 있듯, **작가의 자의적 관계 지음의 '사고'** 그것만으로 성립하는 경우이고 **또 하나**의 방식은 **자연물을 사용**하되 그 구성 기호들의 이미지를 데뻬이즈망과 같은 **극단적 비약의 관계로 결합**함으로써 무한한 의미작용을 생성하게 하는 방식이다.

---

147) 모노하(物派): 1960년대 후반 이후 70년대까지 일본에서 유행한 인식론적 존재론의 화파. 〈탈개념미술유파(byond conceptualism)〉로 볼 수 있다.

다른 점이 있다면, 질료적 기호매체를 적극적으로 다루느냐 아니면 제한적이고 부수적으로 취급하느냐에 있다. **이우환은 후자**이나, **서상환은 전자**의 경우에 해당한다. 그리고 또 하나의 차이점은 **후자가 숨겨 둔 각주의 도움**을 필요로 한다는 점이고, **전자**는 접촉자(감상자, 비평자)의 **직관과 통찰을 불러일으키는** 방식으로 질료를 **구성**한다는 것이다.

이우환은 미래를 투시한다. 그는 투시된 미래를 현재의 기호로 옮긴다. 서상환의 작업 역시 미래를 현재화한다. 그러나 **이우환의** 작업이 추상의 **사유를 담보로 한 '언술적'**이라는 점에서 **개념적**이라면, **서상환은 연금술적이고 질료적**이다. **서상환은 형상적**이요 구체적이며 **감각적**이다. **이우환**이 일찍이 카시러가 언급한 **순수의미의 관계적 상징**을 오늘날 미술에서 구현하고 있다면 서상환은 질료로서 원초적 신화의 형상을 표상하고 있다.

이우환은 '각주'[148)]를 중시한다. 그러한 그는 자연언어, 문자의

---

148) 개별 텍스트와 관계자들의 비평은 물론 작가의 정신과 사상까지 일련의 모든 세계가 해당하며, 각주는 텍스트의 중요한 일부이다. 각주 없이 텍스트는 존재하지 않으며, 각주 없이 텍스트는 이해될 수 없다.
　시인이나 화가의 하나의 작품은 단순히 지금 이곳에 존재하는 개별적 존재가 아니다. 그것은 그 작가의 전 여정이 함께하는 호수나 바다의 수면 아래에서부터 조합되어 비쳐 나온 '결과물로서의 것'이다. 하나의 텍스트, 화폭은 단순한 개별적 물건으로서 작가와 분리되어 존재하는 것이 아니다. 그것은 작가의 정신과 사상, 그간의 작품들을 통해 정리된 최후의 표상으로서의 결과물이다. 그러한 사실을 간과할 때, 작품은 하나의 스쳐 지나치는 현상으로서 간주되고 만다.
　자연에 있어서도 마찬가지인데, 하나의 지금 이곳의 현상은 잠깐 모습이 바뀌어 사라지고 마는 것이 아니다. 그것은 자연의 실체가, 지금까지 이 행성 진화과정의 총체적 결과가 나타난 의미체의 그것이다. 단순한 현상과 텍스트 그 심층부에는 단순히 넘겨 버릴 수 없는 전체로서의 작가 여정과 진화 과정이 내재되어 있다. 지금 이곳의 한 편 텍스트와 작품은 작가의 전 여정에서의 한 표정이나 동작으로서 이해되어야 한다. 그러한 차원의 맥락에서 읽히지 않고 단순히 어느 순간 어느 장소에서 접한 하나의 인상으로서만 접한다면 그것은 자연에 대한 이해에 있어서도 그러하지만, 작품과 세계와의 만남에 있어서 너무나 경솔한 일이다.

통사체를 미술의 직접적 도구로 사용한다. 그러한 **언술의 미학**은 언어를 빛과 형상의 대용으로 사용한다는 점에서 새롭지만, 자연의 한 본성인 **감각**적 아름다움의 생성에는 소홀한 것이 사실이다.

그에 반해 **서상환은 감각적 매질에 영혼을 투사**함으로써 채색과 조각의 노동을 통해 **물질과 정신을 하나로 통합**하고 텍스트를 연금술적으로 육화시켜 낸다. 이러한 육화된 신화를 구축하여 나가는 도제적 장인의 정신과 신기루처럼 반짝이는 자의적 상징 미학의 그 상보성적 융합은 실로 소중하고도 특별한 작업이다.

부활(공동묘지), oil on canvas, 1979

6장 개념미학과 비례감각의 부재

언급해 왔듯, 서구의 **실험적 미술**사는 **현상과 감각을 이성에 예속**시켜 왔다. 엘리어트(Thomas Stearns Eliot, 1888~1965)는 시의 정의를 사상과 정서의 등가물이라 하였지만 미술 역시 개념적 사유와 감각적 정서의 조화를 요구한다. 우리가 한쪽 눈을 감은 채, 한쪽 눈으로만 예술을 보고자 하는 건 예술에 대한 왜곡일 수 있다. 기존의 예술 양식의 개선을 위한 방편적 또는 일시적 조치로는 이해될 수 있겠으나 그것이 본질은 아니다.

현대 예술은 고전의 비례 정신에 소홀한 것이 사실이다. 하지만 그것은 대중의 전문 세계에 대한 정보 부재를 이용한 예술의 왜곡일 수 있다. 예술은 특히 그러하지만, 본질적으로 **이념은 감각을 통하여 구현**된다. 앞서도 언급이 있었지만 칸트는 우리의 상징과 기호론에 대응하는 본질적 언급으로서, 직관 없는 개념은 공허하며 개념 없는 직관은 맹목이라고 하였다.

말할 것도 없이 미적 개념은 감각적 직관을 통해 효과적으로 인식된다. 그간 추상의 예술세계는 질료적 비례 감각보다는 사유적 개념에 치우쳐 왔다. 언어는 존재를 <주어＋술어>의 형식으로 전개한다. 언어는 그러한 방법으로 표상된다. 자연을 표상함에 있어서의 그 '주어'는 곧 나의 눈으로 바라본 자연이다.

우리는 '나'를 자연과 동일화하고자 하지만, 그 '자연의 자연'조차도 실은 나의 눈에 의한 것이다. 우리의 언어란 그러한 특정한 관점에서 묘사된다는 점에서 매우 자의적인 것이다. 이러한 문제를 벗어나고자 자의적 주어 중심이 아닌 관계를 중시하는 수학적 언어와 같은 순수의미의 언어체계를 우리는 만들어 사용하기도 한다.

그러나 그러한 언어 또한 추상의 언어라는 점에서 우리의 감각을 만족시키지 못한다. 인간은 본질적으로 존재의 의미를 많은 부분 감각에 의존한다. 거시적으로도 자연은 우리의 감각과 일치하지만, 그 이전에 우리의 감각은 자연의 반영이자 자연의 한 속성이다. 자아는 자연의 기호이며 자연의 기호로서의 사유, 즉 상징은 자연의 거울인 것이다.[149]

기호란 문자나 표시 같은 것이지만 기호가 감관의 표상물이라는 점에서 사실은 물질적 모든 것이 기호이다. '자연'이지만 우리 인간의 감관에 의해 포착된 이상 그것은 기호인 것이다. 추상은 세계와 자연에서 **감각을 제거**하고 **개념을 부각**시킨다. 개념은 비평에서는 중심 주제일 수 있으나 예술 그 자체에 있어서는 하나의 요소 문제일 뿐이다.

칸딘스키나 프랑크 스텔라(Frank Stella, 1936~) 같은 이들의 작업은, 그들이 일급 색채의 화가들이었다는 점에서 「구성」시리즈나 비구상의 '색 띠' 작업들이 미래적 징후의 작품들로서 받아들여지나 만약, 그들이 그렇지 아니하였다면 그들의 텍스트는 단순한 색과 선들의 표상체로 여겨졌을 것이다.

그러나 그들이 사실은 그런 단순한 능력의 소유자들이 아니라는 데 모두가 주목하는 것이다. 우리는 여기서 또한 현대의 미술이 사유의 세계로 이행함을 보게 된다. 그들의 단순하거나, 무질서한 듯한 색과 선들은 물리적 집합의 의미 그 너머의 사유 세계로 나아가

---

149) 졸고 장시, 「자연·정령·기호」, 『자연·정령·기호』(파주시: 한국학술정보(주), 2008).

고 있다. 그들의 비구상의 도상 기호들은 물리적 표상의 세계를 넘어 추상의 세계로 나아가고 있는 것이다.

이제 우리는 그들의 작품이 적어도 그 어떤 하나의 사유체계로서의 철학을 표상하고 있음을 알게 될 것이다. 그들은 하나의 사유체계와 명상 또는 시적 진술에 귀를 기울이게 한다는 것인데, 그러나 그 다른 한편에서의 문제는 **감각의 축소**와 **왜소**함이라는 사실이다.

시단에서 우리는 특별한 개성 시들을 목격한다. 그리고 우리 또한 새로운 양식들을 구현하고자 숙고한다. 그러나 시가 개념물에 그쳐서는 안 된다. 그것이 오늘날 시가 보다 개방적이지 못한 이유이기도 하겠으나, 시는 컨셉츄얼리즘이나, 미니멀리즘 같은 극단적 비재현의 예술을 비롯하여 형상을 벗어던진 언어 그 자체만으로의 미학을 보여 주는 시도는 부족했다. 메타시의 경우는 미술을 일상과 동일시한 팝아트에 비교할 수 있겠으나, 시적 아우라를 일상에서 구현하지는 못했다. 메타시는 오히려 시의 아우라를 포기하는 듯한 미학적 실패를 보여 주었다.

우리는 개념이 언어 미학에 앞서 전경화되어서는 안 된다는 것을 체득하고 있다. 그러나 감각을 벗어나 정신을 강조하는 경우가 있다. 그것은 감각을 자유로이 다루었던 시인이 또 다른 세계로 이행하고자 자신의 세계를 무너뜨리는 가운데 나타난다. 하지만 그 또한 어디까지나 과정으로서 유의미할 뿐 최종의 목적지나 완성태는 아니다. 20세기의 실험적 시도들은 그러한 과정을 완성태로 여기는 가운데 모두는 예술의 왜곡을 지적하지 못하고 비판이 들어설 자리를 없게 하였다. 그런데 이것은 비단 미술만이 아니라 시단역시 안고 있는 문제이기도 하다.

7장 서상환의 심층 비의식의 상징작업

　　2004년 봄에 서상환은 자신의 시와 드로잉을 엮어 화어(畵語)집을 낸 바 있다.[150] 그는 자서에서 '畵語'를 '그림말'이라 칭한다. 그렇듯 서상환은 그림을 하나의 '말', 언어와 관련짓는다. 다시 말해, '의미'와 관련짓는다. 그런데 그의 조형 속에서의 화어는 알레고리가 아니라, 상징이다. 그는 예술이 즉흥적 인식물이기를 거부한다.

> 끝없이 가고 있다 / 있음과 없음의 공간 / 밖으로 / 서 있음으로 서 있는 / 공간으로 // 앞도 뒤도 없는 / 어둠도 밝음도 없는 / 해답 없는 해답을 찾아 / 가고 있다 / 벽을 넘어서서 / 풀어진 의미까지도 / 매이지 않으려 / 밖으로 가고 있다
>
> 　　　　　　　　　　　　　　　　　　　　　　－ 서상환, 「가고 있다」 전문

　　위의 시에서도 볼 수 있듯, 그의 화어의 '의미'는 '매이지 않으려' 하고 있으며, 나아가 어디에 끝이 있는지도 모를 '밖으로 가고 있다'.

---

150) 『가늠할 수 없는 가늠』(令雪畵院).

Prayer Mandala, oil, 116.8cm×91.0cm

The Triumphant Entry into Jerusalem (3)
wood−cut / 37cm×48cm / 1990〜1993

서상환은 그의 생각, 즉 사고작용으로서의 상징을 나타내기 위해 도판이나 입체물의 조각 등 다양한 표현 수단을 사용하는데 그가 '畵語'라는 표현을 쓰듯 그 어떤 '의미'들을 표상하는 그의 기호들은 비정형적이다. 텍스트에 배치된 기호들 모두가 그 어떤 최후의 의미와 목적을 위하여 나아가는 듯 스스로 변화한다. 그의 도상 기호들은 그 어떤 목적지를 향하여 나아가고 있는 듯 부단히 모습을 바꾸는 데 헌신하고 있다.

그러한 서상환의 도상이나 제작물은 우리가 마치 그 어떤 신비로운 성전에 들어서기라도 한 듯하여 주위를 두리번거리고 살피게 된다. 붓 자국이나 칼끝으로 새겨 낸 거대한 조형물의 내부는 그 신전이 무슨 용도로 지어졌는지 우리는 처음 본 미지의 세계에 와 닿은 듯 하나하나 기호와 표상들을 어루만지고 살펴보게 된다. 그의 작품은 마치 그 어떤 메카나 순례지인 듯 우리로 하여금 눈을 떼지 못하게 하며 경배하게 한다.

그의 이러한 신화적 조형 능력은 단순한 사고와 사유로서 표상되지 않는다. 그는 일상의 지각과 인식들을 그 자신의 영적 사유의 용광로로서 제련하고 다루어 그 어떤 표상의 세계로 이끈다. 그는, 스스로가 하나의 거대한 지적 정보체의 창조주로서 일상의 그 어떤 일들마저도 신비한 영체로서의 텍스트를 제작해 내는 재료로 변모시켜 낸다. 물론 그러한 연금술적 사유작용은 단순한 지적 동일화의 구성력으로는 되는 것이 아니다.

하나의 텍스트를 만들 때마다 그 자신은 스스로가 작업의 중심에서 용광로가 되어 사물과 질료들을 녹이고 제련하여 미려한 도상들과 기호물들로 변환시켜 낸다. 그러한 **연금술적 정련의 상태에**

서는 '의식'이라는 차원의 세계가 개입해서는 안 된다. 그 순간 그의 정신은 자연의 기운을 얻은 무아경의 상태에 이른다. 잭슨 폴락(Paul Jackson Pollock, 1912~1956)은 그의 작업일지에서 "나는 그림 속에 있을 때 나 자신이 무엇을 하고 있는지 깨닫지 못한다. 내가 어떤 행위를 저질렀는가를 알게 되는 것은, 그림과 친숙해지는 얼마간의 시간이 경과한 뒤에야 가능해진다."고 말했다.

이것은 비단 잭슨 폴락만이 아니다. 소위 '자동기술'로 불리는, 의식 너머의 심층 비의식의 창조적 세계를 창출하는 과정은 모두가 그러하다. 융은 의식적 의도를 초월한 상징의 작품은 무의식에서 비롯됨을 피력하였다. 기호는 개념에 한정되지만, 상징은 그 이상의 어떤 것을 나타내는 것으로, 상징[151]이 자연발생적임에 비해 기호는 논리적 추론의 것으로 그러한 사고에다 상징적인 형태를 부여할 수는 없다고 하였다.[152]

플라톤(Platon, BC 428~348)은, 시인은 "날개 달린 가벼운 존재와 같다", "그가 영감을 받아서 자신을 의식하지 못하며 그의 정신이 더 이상 자신 속에 있지 않을 때에만 창조성이 나타난다."고 하였다. 그러한 창조의 순간을 앙드레 브르통(Andre Breton, 1896~1966)의 표현을 빌려, 자동기술을 수행한다고 말할 수 있다. 그러

---

151) 기호와 상징에 대한 융과 필자의 이해는 다르나 여기서는 융의 개념을 그대로 인용했다. 참고로, 융은 기호와 상징 모두 질료체의 표상체로 이해하였다. 필자에게 상징은 동일화의 정신작용으로서, 기호는 상징의 '표상체'이다. '상징'은 다름 아닌 사유이며, 미시적 관점에서는 기호를 상징이라는 말로 대신해도 무방하다. 왜냐하면, 사유작용으로서의 상징은 기호에 투사되며, 투사된 상징은 독자로 하여금 상징작용을 살아나게 하기 때문이다. 이것은 본질적으로 상징과 기호가 하나(존재)에서 비롯한 것임을 의미한다. 하지만 거시적으로는 상징과 기호가 구분된다. 보다 상세한 내용은 필자의 『비의식의 상징 – 상징과 기호학: 침입과 항쟁』(파주시: 한국학술정보(주), 2008), 『비의식의 상징 – 환상의 새떼를 기다리며』(파주시: 한국학술정보(주), 2008) 참조.

152) 칼 융 외, 이윤기 역, 『인간과 상징』(서울: 도서출판 열린책들, 1996), p.55.

하다. 초현실주의라고 말하여지는 예술가들의 작업은 옛 주술가나 제사장 또는 영매가 그러하듯 의식을 떠난 상태에 이른다. 우리는 이러한 상태를 '초의식'[153)이라고 부른다. 현재의 상황이 인지되지 않는 가운데 심층 사유의 세계가 움직이는, 강력한 정신 에너지로 충일한 상태이다.

사실, 정신과 육체가 둘이 아닌 하나라는 사실은 현대 물리학자들의 논의를 끌어올 것도 없이 오늘날 모두의 공통된 견해이다. 정신과 육체는 하나의 자아 개체를 이루는 과정으로서의 현상이다. 이것은 양자의 파동·입자의 다중적 현상과 마찬가지로 '정신'에 주의를 기울이면 정신이 강조적으로 인지되고, 육체에 주의를 기울이면 육체가 부각되어 인지된다. **정신은 육체(물질)의 최소화이며, 물질은 정신의 최소화**인 것이다.

융(Carl Gustav Jung, 1875~1961)은 예술 창조에 있어서 '내향적 태도'와 '외향적 태도'로 나누고 전자는 무의식에, 후자는 의식에 따르는 태도로 파악하였다. 그리고 융은, 기호와는 달리 상징은 분명하고도 직접적인 의미 이상의 어떤 것을 나타내며, 앞서도 언급이 있었지만, 논리적 추론을 통해 합리적인 해석을 할 수가 있으나 결국은 의식적인 사고와 연결되는 기호일 뿐 미지의 무엇인가를 암시하는 상징은 아니라고 하였다.

한편 칸트는 이러한 상징 생성의 정신작용을 '천재'로 이해하였

---

153) 초의식: 짧은 시간에 비의식을 효율적으로 진행시켜 신호적 상징 과정으로부터 기호적 인식을 이루어 내는 정신 상태. 정신집중이 요구되며 직관, 통찰, 영감, 예지력 등이 이루어지는, 깊은 상징작용의 상태이다. 의식과 비의식이 병행되는 상태이다.
cf. 말하기와 길 가기 등 일상생활에서도 의식과 비의식은 병행된다. 그러나 초의식은 의식과 심층 비의식의 동시작용의 상태이다.

는데 이는 규칙을 초월한 창조적 재능으로, 자신이 어떻게 그러한 텍스트를 생성하였는지 스스로는 기술하거나 학적으로 밝힐 수가 없으며 그러한 준칙을 타인에게 제시할 수도 없다고 하였다.

칸트는 "천재 Genie라는 말은 수호신 genius에서 유래되었을 것이다. 이것은 곧 인간에게 탄생할 때 부여된 것으로……상술한 독창적 이념들도 이러한 정령의 영감에서 생기는 것이다. 자연은 천재를 통해서 학문에 대하여 규칙을 지정하는 것이 아니라, 예술에 대하여 규칙을 지정한다."고 하였다.

칸트는, 뉴턴(Sir Isaac Newton, 1642~1727)이 자연철학의 원리에 관한 그의 불후의 저작 속에서 아무리 위대한 두뇌가 필요했다 할지라도 우리는 물론 그것을 모두 학습할 수가 있으나 재기발랄하게 詩作하는 것을 학습할 수 없다. 뉴턴은 기하학의 초보적 원리로부터 그의 위대하고 심원한 발견에 이르기까지 밟아 가지 않으면 안 되었던 모든 단계를, 다른 사람들에게 아주 명백하게 보여 줄 수가 있겠지만, 호메로스나 뷔일란트와 같은 시인은 그러한 상상과 이념들이 어떻게 하여 뇌리에 떠올라서 정리가 되는지 밝힐 수가 없다고 하였다.

서상환은 융의 논의에 의한다면, 단순한 지시물인 기호를 표상하는 것이 아니고, 집단무의식에서 발생하는 이미지의 상징들을 표상해 낸다. 이러한 경우의 상징물들은 칸트도 언급하였듯, 어떠한 말로도 다 표현해 낼 수가 없는 언어의 창출인 것이다. 한편, **우리는** 융의 **'집단무의식'**과 칸트의 **'천재'**라는 자연의 재능을 창조적 정신작용의 직관과 통찰로 이해하며, 그러한 직관과 통찰의 작용을 **'비의식'이라는 용어**로 부른다.

‘무의식’은 정신분석학의 용어를 예술미학이 차용해 온 것이다. 그러나 **예술미학은 무의식에 관하여 새롭게 정의한 바가 없다**. 물론, 예술미학의 **창조적 정신작용과 정신병리학의 무의식은 그 내용이 다르다**. 예술미학에서 창조적 정신작용을 ‘무의식’으로 칭하는 건, 고도의 정신집중의 상태에서는 그 과정이 의식되지 않는데 그런 까닭에서 ‘무의식’이라고 하나, 이는 예술미학의 나이브함을 보여 주는 것이다. **창조적 정신작용은 지각이나 자각이 되지 않는 정신작용으로서 ‘비의식’이다**. 우리의 정신작용 그 자체는 의식되지 않는다. **의식은 지각이나 자각의 인지작용**일 뿐이다.[154]

서상환이 제도적 교육으로부터 억압을 받지는 않았음을 우리는 알 수 있다. 천재는 자유로운 유희의 정신과 끊임없는 사유에서 비롯한다. 천재는 새로운 형식과 양태를 창조하는 힘이다. 천재는 학습되는 것이 아니라고 한 칸트의 언급은 상당 부분 설득력을 갖고 있다.

> 천재가 모방정신에 전적으로 대립된다는 점에는 누구나가 의견이 일치한다. 그런데 학습이란 다름 아닌 모방이므로, 최대의 능력이라 할지라도 그것이 학재(력량)에 그친다면 결코 천재라고 할 수 없다……뉴우튼이 자연

---

154) **의식**: ‘자신 내·외부의 상황 인식 기제’이다. 비의식에서 진행되는 ‘신호적 상징작용’을 기호적 표상으로 인지해 내는 정신작용으로, 의식 상태에서는 목적적이며, 선형의 논리적 사고를 진행할 수 있다. 의식은 자신과 외부를 하나의 세계로 이어 주는 창이다. 그러한 내·외부 세계에 대한 인식기능은, 인간이 기호라는 도구를 사용하게 하고 나아가 새로운 상징을 가능하게 하며 상징 생성을 가속화, 고도화시킨다. 의식의 중요성은 거기에 있다. 의식은 비의식의 신호작용을 기호화해 낸다.
비의식: 우리의 사유작용을 말한다. 그것은 곧 ‘신호적 상징작용’을 행하는 정신작용이다. 복합적이고 융합적, 동시적인 정신작용으로 직관, 통찰 등이 이루어진다. 비의식으로 생성된 개념 혹은 표상은 의식에서 기호로 ‘표상’될 때 분명한 ‘인식’이 되며 텍스트로 구현된다. 의식이 단지 인지작용이라는 점에서, ‘사유(생각)’와 같은 의식되지 않는 정신작용인 창조적 정신작용을 나는 비의식(nonconsciousness)이라고 이름한다.

철학의 원리에 관한 그의 불후의 저작 속에서……아무리 위대한 두뇌가 필요했다 할지라도 우리는 물론 그것을 모두 학습할 수가 있으나……재기발랄하게 詩作하는 것을 학습할 수는 없는 것이다. 뉴우튼은 그가 기하학의 초보적 원리로부터 그의 위대하고 심원한 발견에 이르기까지 밟아가지 않으면 안 되었던 모든 단계를, 자기 자신에게 뿐만이 아니라 다른 모든 사람들에게도 아주 명백하게, 그리고 추종할 수 있도록 명확하게 보여줄 수가 있겠지만, 그러나 호메로스나 뷔일란트와 같은 시인은, 상상이 넘치는, 그러나 동시에 사상이 풍부한 그의 이념들이 어떻게 하여 그의 뇌리에 떠올라서 정리가 되는가 하는 것을 밝힐 수가 없다고 하는 데에 있다. 그것은 시인 자신도 알지 못하는 것이며, 따라서 다른 사람들에게 가르쳐 줄 수도 없는 것이기 때문이다. 그러므로 학문적인 영역에 있어서 가장 위대한 발견자라 할지라도……그는 자연으로부터 미적 예술에 대한 천부의 재능을 받은 사람과는 종별상으로 구별되는 것이다.[155]

천재는 자유로운 정신이 그 본질적 바탕을 이루고 있으므로, 권위적 제도와 지식의 교습은 개인 내부로부터의 천재 표출을 저해하기 마련이다. 우리가 동서고금의 예들에서 보면 그 시대 사회제도에서 정한 교육의 틀 속에 있지 않았으면서도 그 시대를 뛰어넘거나 벗어난 형식이나 양식을 창조하거나, 법칙을 찾아낸 예술가나 학자들의 예가 많음을 볼 수 있는 것은 그러한 까닭이다.

천재는 자기가 어떻게 하여 자기의 산물을 성립시키는가를 스스로 기술하거나 또는 학적으로 밝힐 수는 없고, 오히려 천재는 자연으로서 규칙을 부여하는 것이다. 그러므로……어떻게 하여 그 산물에 대한 이념들이 자기 머리에 떠오르게 되는가를 스스로 알지 못하며……또한 동일한 산물들을 만들어 낼 수 있도록 해주는 준칙으로 만들어, 다른 사람들에게 전달한다는 것도 창작자의 할 수 있는 일이 못 된다……천재란 예술에 규칙을 부여하는 재능(천분)이다. 이 재능은 예술가의 생득적인 생산적 능력으로서

---

155) 칸트, 이석윤 역, 『판단력비판』(서울: 박영사, 1974), pp.186~189.

그 자신 자연에 속하는 것이므로, 우리는 또 다음과 같이 표현할 수도 있을 것이다. 천재란 생득적인 심의의 소질(기질ingenium)이요, 이것을 통해서 자연은 예술에 규칙을 부여하는 것이다……천재란 아무런 특정한 규칙도 부여될 수 없는 것을 산출하는 하나의 재능이다. 즉 그것은 그 어떤 규칙에 좇아서 습득될 수 있는 것에 대한 숙련의 소질이 아니다. 따라서 독창성이 천재의 제1의 특성이 아니면 안 된다.[156]

碎身舍利, 유화·아크릴, 2007

  서상환은 자신의 작품에 관해 스스로 말하거나 꾸미지 않는다. 그것은 너무나 당연한 일이다. 타인이 그의 작품을 말하는 것도 쉬운 일이 아니지만 스스로가 자신의 작품을 말한다는 것은 현대예술의 본질상 매우 힘든 일임에 틀림없다.

  독자나 비평가 등 시·예술 작품을 대하는 이는 작가의 의미를 제한적으로 받아들이는 수동적 입장에 있지 않다. 그와 달리 나름의 관점에서 쾌감(미학적 의미)을 생성한다. 특히 **서상환의 연금술적 이형 동질의 융합적 도상과 같은 자의적 상징의 텍스트들에 대한 작가 자신의 의미 피력은 무의미하다고 말할 수 있다. 자의적 상징의 경우 독자는 의미를 발견하기보다는 발명자가 된다.**

---

156) 같은 책, § 46.

괴테는 "탁월한 예술 작품에 관해 말하려 한다면, 거의 예술 전체에 관해 언급할 필요가 있다. 왜냐하면, 그것은 예술 전체를 포괄하고 있기 때문"(Laokoon, 1798)이라고 하였듯이 서상환의 심층 상징의 세계에 대한 기술은, 그것을 풀어내는 비평가의 입장에서도 용이하지가 않다. 좋은 작품일수록 그 가치를 드러내는 일은 쉽지가 않다. 그것은 칸트가 천재적 구상력의 표상과 본질이 그러함을 언급한 바 있지만, **심층 비의식의 상징은 직렬적 사고 체계가 아닌 병렬적 사유 체계로 생성**되기 때문이다.

그러나 그러한 작품성의 세계를 기술할 수 없는 것은 아니다. 단지 동적 진행의 창발적 과정을 제대로 기술한다는 것이 물리적으로 상당한 작업량으로 엄두를 내기 어렵게 할 뿐이다. 그런 까닭에 우리는 서상환의 표상 세계에 관해 기술을 하고는 있지만 그 심층 사유의 세계를 그대로 재현해 낼 수는 없고, 단지 그 거시적 구조와 성격들에 관해서만 언급할 수 있는 것이다.

연구자들은 추상표현주의에 관해 '무의식'이 그 생성원이라고 말한다. 그러나 쉬르레알리슴의 자동기술과 마찬가지로 서상환의 작업 역시 비의식의 정신작용 결과이다. 서상환의 도상 작업은 시적인 것으로, 칸트가 언급한 바로 그 천재의 발휘로서 직렬적 양태의 사고가 아닌, 동시 다의적 병렬적 사고의 작용이다.

이우환의 표상작업은 자연언어적 질서의 사고에 의한다. 물론 그의 작업 역시 비의식에 의해서 진행되고 사유의 결과들은 의식으로 인지된다. 서상환의 사유 작업 역시 그러하긴 마찬가지이다. 그러나 **이우환의 텍스트가 직렬적 양태의 사유를 담지**하는 것과는 달리 서상환은 **이미지의 언어 코드를 작동**시키기 때문이다. 그것은 유사동질성의 사유를 말하는데, **동시 다의적 사고**의 양태이다.

　이러한 양태의 사유는 일직선적 양태의 자연언어 통사체로는 표현해 내기가 여간 번거롭지 않음은 앞서 언급하였다. 그 의미의 방향은 매우 다의적 확산 양태를 지녀서 그런 **자의적 상징의 작업물**은 (순수 기호적 자의의 상징물 역시 마찬가지이지만) **독자의 사유와 일치할 때 비로소 의미화**된다. 그런 까닭에 **작가 자신이든 비평가이든** 그러한 **자의적 상징의 텍스트**에 대해선 **의미를 기술한다는 것** 자체가 **난센스일 수** 있는 것이다. 그런 까닭에 필자의 경우는, 자의적 상징의 텍스트에 대해 기호학적 접근만을 할 뿐, 주제적 의미에 관해선 침묵한다. 왜냐하면, 존재론이 존재를 대신할 수는 없는 까닭이다.

8장 서상환의 텍스트와 주제

예수의 최후, oil on wooden
board, 90.9cm×33.5cm,
1979~1980

그는 종교적 틀을 빌리지만, 그는 본질적 측면에서 끊임없이 전복하고 이형화한다. 성상을 이교적 차크라를 상징하는 원들에 핏방울을 채워 형상화하는가 하면 간구자들을 불교적 만다라로 도상화한다. 서상환 그 역시 예수의 토속화, 개별적 구체화를 주장한다. 그러면서 또한 화판에서는 교단과 종파를 초월한 이단적 비의의 세계를 형상화한다.

그의 판각은 밀교적이나, 브라만적 귀족들의 정신과 의상, 매끄럽고 풍만한 선들을 떠올리게 하는 면들은 그 어디에도 존재하지 않는다. 그의 판각 위 선들은 밀교적 분위기의 유연함과 지적인 매끄러움과는 달리 거칠고 투박하며, 선들은 차라리 갈가리 짓찢기고 패이어 진흙 고랑과 같은 질박함으로 가득 차 있다.

이것은 종교적 갈망의 기원에 관한 그림들이 아니라 종교 이전의 바위와 진흙, 태양과 계곡의 틈새에 버려지고 유폐된 짐승으로서의 인간의 형상, 그들 동물적 인간의 모습들이다. 그는 종교라는 틀과 창을 통해 인간의 실체와 실존의 형상들을 직관하고 묘출하여 낸다. 그의 도판 속 인물상과 존재들은 종교 이전의 존재자들이다.

그의 판각들은 재현의 미메시스가 아니다. 그는 자신의 말대로, 눈에 나타난 것들, 보이는 것들을 그리는 것이 아니라, 그가 알고 있는 것들을 그린다. 그가 알고 있는 것들이란 그의 영체 속에서 홀연히 떠오른 것들로 그는 심층 비의식에서 달빛처럼 나타난 것들을 새겨 깎고 그린다. 그러한 그의 화어는 자신의 삶과 예술에 대한 지시어이며 채찍이다.

서상환의 그림은 '신의 나라'를 간구하는 형상들로 가득하지만 그들의 형상은 한편으로 연꽃이나 잎사귀 등으로 상징화되어 있다. 이것은 그의 그림이 특정의 종교화가 아니라, 종교의 본질인 박애의 정신을 나타내고 있음을 의미한다. 그가 표상하는 무늬와 얼굴들, 형상들은 우리들 자신이며, 이웃의 모습이다. 깨어지고 이지러졌으며, 비틀리고 굽은 등과 허리, 팔, 다리의 형상들은 그러나 그 두터운 칠흑의 어둠 속에서도 얼핏 설핏 양각의 햇빛으로 밝혀져 있어 고통과 애증을 체득하게 한다.

깊은 종교적 정신은 모두가 이해하고 있듯 예술 생성 영감의 주요한 원천이다. 서상환은 그러한 점에 있어 행복한 작가라고 말할 수 있다. 그는 세간의 주목에서 벗어난 채 고독과 침묵 속에서 명상과 작업에만 투신하고 있으나 또한 그렇게 몰두하여 그만의 길을 추구해 나갈 수 있는 것은 체화된 종교의 정신이 그를 인도하기 때문이다.

그의 도상 세계는 언제나 **현재와 미래를 겹쳐** 두고 있다. 미래를 현재에 포개어 통찰하는 그는 고통 속의 현재를 신의 나라로 옮겨 놓고자 한다. 그것이 그의 예술 철학이자 사상이다. 그러할진대, **그에게 시류 영합적 선과 형상, 색채들을 요구**하는 것은 **미래에 대한 부정일 것이며 영원한 현재의 고통과 억압을 용인하자는 달콤한 유혹에** 다름 아닐 것이다. 그 점에 있어 서상환은 너무나 확고한 작가이다.

"루오가 말년에 그린 정물화가……천상의 희열 그 자체로 성령과의 교감을 볼 수 있는 것같이 그는 그림을 통하여 신과 교감하며 다가오는 미래를 현재에 고백하고 있다."고 서상환은 말한다. 그러한 그의 정신은 다른 예술가들의 작품을 통해서도 다음과 같이 투사되고 있다.

> 그는 그림 속에 자주 등장하는 푸른색과 원색들, 그리고 수직과 수평, 원구도 사선이나 와선, 감각적 기억을 초월한 근원적 기억에 뿌리를 둠으로 바로 그곳에서 신은 발견된다고 조용히 일러줍니다(서상환, 「미래 연원적 도상(圖像); 김성복 작품전에 부쳐」).

> 미래를 조각이라는 매체를 통하여 현재화하는 씨의 작업태도……(서상환, 「존재에 대한 물음; 김외칠 조각전에 부쳐」).
> 인간 실존의 상징적 의미……인간과 자연의 동일화, 자연의 인간화의 원

초성에 연유한 것이리라……작가라면 당연히 이 시대를 살면서도 이 시
대를 초월해 있어야 하고, 올 내일까지도 포괄하고 있어야 한다(서상환, 「인
간화에 대한 물음; 박경희 화백의 뉴욕전에 부쳐」).

「25시」의 주인공과 같이 아무 의미도 없이 자신의 의지와는 무
관하게 권리를 박탈당한 채 끌려 다니다 결국 한(限) 맺힌 삶을 마
치고 마는 사람들을 통해서 인간의 근원적인 문제를 풀어 보려 한
루오가 그러했듯[157) 박애정신은 각별한 종교인들만의 것이 아니다.
그것은 종교인이든 예술가이든 학자이든, 범인류적 양식에 의해 누
구나가 기본적으로 실천해야 하는 인간으로서의 길일 것이다.

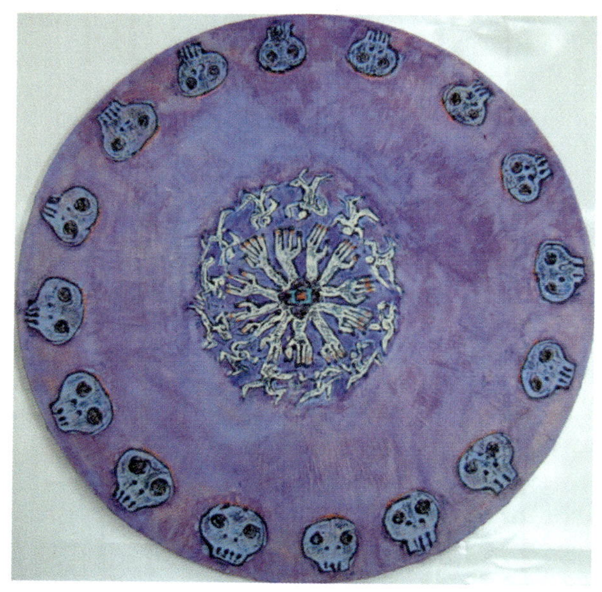

만다라(生과 死의 노래)
60cm×60cm3.5cm, mixed media on wooden board, 2007

---

157) 서상환, 「神 앞에 선 루오, 어릿광대와 같은 춤을」, 『부산미술』, 1985년 봄호.

오늘날 그러한 인류애적 정신을 표현하는 일이 특정 설교단의
언술로만 가능한 것은 아닐 것이다. 오히려 교회는 성령이 상징화
되고 있는 것이 아니라, 교회의 권력과 설교단의 세력이 우상화되
고 있다. 진정으로 우상화되어야 할 것이 있다면 그것은 예수 그리
스도 '익스듀스'의 정신이지, 제국화된 교회와 그 설교단에 대한
추앙과 동일시가 아닐 것이다. 상징은 신앙을 깊게 하는 매체이지
만, 우상은 맹목적 신봉이다. 서상환은 이 점을 깊게 인식하고 있
다. 그러한 인식하에 그는 성상화와 만다라를 그려 내었다.

간구(懇求), mixed media on wooden board,
53cm×33cm, 2006

아울러, **그의 도판**에선 성상이 **불교의 아이콘인 만다라와 융합**한
다. **탄트리즘은 물론**, 동서양 과학의 모태였던 **연금술적 형상들과
정신으로도 가득**하다. 또한, 그의 작업물엔 한국의 전통문양들이
성상과 어우러져 있기도 하다. 이러한 사실들은 **서상환의 도상들이
도그마에 함몰되어 있는 것이 아니라 인간 보편의 구원 의식에 토**
대하고 있음을 명백히 보여 준다.

그런 그의 예술 양식과 정신적 태도를 융이언들은 집단무의식에
결부 지을 것이나 필자의 논의에서는 심층 비의식의 정신작용이다.
나의 이러한 관심은 인지과학과 과학철학계에선 뇌과학, 양자이론
등의 논의들과 아울러 새로운 기원의 장을 열어 나가고 있다. 칼
융도 인간 사유의 정신작용이 미래에는 양자물리학과 긴밀히 연관
될 것임을 인지한 바 있다.

음각과 양각의 교통, 빛과 어둠이 혼재한 세계의 조형도로서 신
의 뜻이 내재된 간구자의 세계라 할 그의 도판들은 고통받는 이 땅
에서 자유를 간구하는 자들의 모습을 형상화하고 있다. 자유는 신
앙과 빈곤, 정치적 이념과 사회적 편견에서이든 누구에게나 간절히
요구되는 문제이다. **서상환의 미술세계의 주제**는 인간사회의 밑바
탕에 본질적으로 자리하고 있는 **자유에의 기원이며 간구**이다.

9장 서상환과 연금술적 작업세계

얼굴(중성), Mixed media on Wooden board, 2008
중성
남성 속의 여성
여성 속의 남성

서상환의 미술에서 미래는 현재화되고 과거는 현재에서 작가의 직관으로 표상된다. 그리하여 시간은 영원한 현재로 구현되고 표상된다. 이러한 정신은 근원적 완전성을 궁구하는 연금술의 정신이기도 하다.

연금술의 상징 표상은 **기호와 상징이 분화하기 이전의, 음양 합일**의 본원적 상태를 지향한다. 인간은 동일화의 눈으로 기호를 통해 자연을 인식하기에 사물을 조각조각 분리된 것으로 인식한다. 분리되지 않은 일자는 신의 눈으로써 본 자연의 표상이다. 그런 까닭에 연금술과 존재의 근원을 궁구하는 철학 사상은 모두가 양성 합일의 상태를 지향한다.

서상환의 상징세계는, 연금술의 **양성합일의 근원세계**, 즉 **신화의 공간**이다. 그러한 **연금술은 시의 세계**와 흡사하다. 연금술은 시의 이미지와 마찬가지로 알레고리와 상징을 품고 있다. 연금술의 도상들과 마법적 기술 과정들은 정신과 물질의 완성을 향한 기하학적 세부들을 지시한다. 그러한 연금술사들의 비의적 기술의 상징화는 오묘하고도 마법적이어서 그들 화금석으로의 변성 기술보다도 더 현란하다.

다른 것을 담고 있는 어떤 것이 있네
이것은 증가될 수도 연장될 수도 있네
누에들이 갉아먹기 전에 이것을 뽑아내어야만 하네
불로 변성시킨 후에는 이용할 수 있다네
그러고 나면 더 완전한 소나기가 위에서 내려와
과부(夸父)공이 그의 가득 참을 받을 수 있네
기는 아침 햇살에 반응하네
진행은 저녁 물시계와 일치하네

흰색 꽃들이 쌓여서는 눈조차 부끄럽게 하네
노란 불꽃들은 응고하여 아름다운 금으로 변해 가네
순환적인 과정은 끊임없이 계속되고
이제는 급속히 끓어올라 기체가 나오네
이제는 격렬하게 응고하여 오그라들고 있네
나타나고 있는 것은 금 아니면 비취인가?
이것은 하늘처럼 장수와 영원을 가져다주네
이 모든 것을 기록으로 남겨서는 안 되며
오직 구술만이 이것을 전할 수 있네

위의 시는 송대의 저술가 쉬이앤쩌우가 1111년경의 저서에 실은 연금술에 관한 시편이다.[158] 번역문임에도 환상적일 만큼 아름다운 위의 시는 화금석 기술의 비의를 숨겨 두었다는 점을 염두에 두지 않는다면, 마치 영혼에 관한 정련술을 얘기하고 있는 듯하다. 물론 연금술은 물질의 변성만이 아니라, 불사의 육신과 영혼의 구제를 그 목적으로 삼는다.

그러나 위 시의 記述들이 단지 영혼의 구제를 위한 교시에 그 뜻을 두었다면 그 언어들은 너무나 상징적이어서 그 효용성이 의문시될 것이다. 그러하듯, 연금술의 그 아름다운 상징들은 또한 화금석의 비술을 숨겨 두고 있기도 하다. 위 시에 관해 앨리슨 쿠더트가 밝히고 있는 니담(Joseph Needham) 교수의 해설을 요약하면 이러하다.

제1, 2행은 화학 물질들 준비 과정과 생명 연장
제3행은 정확한 때에 엘릭시르 성분을 뽑아내는 것을 암시
제4행은 불의 변성력

---

158) 앨리슨 쿠더트, 박진희 역, 『연금술 이야기』(서울: 민음사, 1997년), pp.96~97 참조.

제5행은 그의 시종과 황제 청딴에 관한 이야기
제6행은 연금술 용기나 증류기의 가득 참
제7, 8행은 밤낮으로 순환되는 가열 과정
제9, 10행은 반응 과정의 색깔들
제11행은 증류와 승화작용의 순환과정
……그리고 엘릭시르의 성공적인 조제와 비밀을 지킬 것을 말하고 있다.

현대의 그 어떤 상징의 시편보다도 아름다운 연금술에 관한 기술로서 다음은 기원 142년경, 위백양(魏伯陽)의 『삼동계』에 기록된 증발(volatilization)과 결정(crystallization)의 과정에 관한 묘사이다.

큰 솥(caldron)에서 요리나 증발을 위해, 큰 솥 밑에 불을 땐다. 백호(White Tiger, 납)가 울부짖고, 다음에 회색룡(Gray Dragon, 수은)이 소리를 낸다. 붉은 새(red birds)가 5색의 불꽃을 내면서 날아간다. 백호와 회색룡은 그물에 붙잡혀, 엄마를 그리워하는 애기처럼 울며 부르짖는다. 할 수 없이 끓는 탕에 떨어져 그 털이 상해(detriment)를 받는다. 30분이 지난 다음, 갑자기 많은 용(dragon)이 나타난다. 5색은 끊임없이 변하고, 큰 솥의 액체는 끓어오른다. 불을 끄면 서로가 엉켜, 개 이빨처럼 불규칙하게 배열된다. 추운 겨울의 얼음처럼 반짝이는 석순(stalagmites)이 분출된다. 바위가 서로 지지하면서 자취를 나타낸다. 음과 양이 올바르게 조화되면, 평온(tranquility)이 찾아온다.[159]

위의 시는 비의의 은닉성을 목적으로 하는 연금술의 애매모호성에도 불구하고 현대의 상징시보다 훨씬 더 구체적이기까지 하다. 연금술적 관념은 시공을 떠나 인간과 예술가들에게 보편적으로 내재된 욕구이다. 우리는 서상환의 상징 정신과 작업에 내재된 연금술적 상징을 인지할 수 있다. 그러나 예술의 묵언주의자 서상환과

---

159) Henry M. Leicester, 이길상/양정성 역, 『화학의 역사적 배경』(서울: 학문사〈윤〉, 1994년), p.74. 참조.

달리 1958년에 영국의 화가 앨런 데이비(Alan Davie)는 자신의 예술세계와 연금술적 융합의 속성을 직접 언급한다.

> 내가 작업할 때, 나는 분투하고 열망하는 자신을 의식한다. 나는 일종의 변성을 성취하려는 많은 불가능한 행위들을 시도한다. 알 수 없는 것을 마술적으로 불러내는 방법을 모색하는 것이다. 대부분의 경우에 그 목표는 금방 손에 잡힐 듯이 보이지만 내가 다가가면 내 앞에서 산산조각이 나 버린다. 이러한 점에서 나는 내가 옛 연금술사와 아주 유사하다는 느낌을 받는다. 그리고 그들과 마찬가지로, 나도 결국 나의 작품이 삶 자체의 과정에 대한 일종의 상징적 자아참여를 요구한다는 사실을 깨닫는다.[160]

연금술사의 정신과 작업 역시 **시인**이나 **화가**와 같은 예술가들의 정신, 작업과 **동일**하다. 다루는 재료와 기술을 달리할 뿐, **본질적**인 **원리**와 **정신**은 **하나**이다. 연금술사는 완성된 정신을 이루기 위한 기본 물질을 만들고 그것을 다시 정련하여 금을 생성한다. **서상환**은 인간세계의 온갖 **고통과 증오, 탐욕**의 어둡고 추한 **물질들을 인내와 사랑**이라는 정신의 **불로써** 다루어 **조형을 위한 물질들로 변**환시킨다.

---

160) 노보트 린턴, 윤난지 역, 『20세기의 미술』(서울: 도서출판 예경, 1993), p.272.

The Triumphant Entry Jerusalem (2), wood-cut,
37cm×48cm, 1990~1993

　그의 도판의 형상들은 하나 속에 하나가 들어 있고 포개어져 있으며 같은 형상의 육체와 육체들이 겹겹으로 들어차 있거나 상호 떠받들고 지탱하고 있다. 뿐만 아니라, 근육질의 등과 부드럽고 풍만한 여성의 엉덩이가 하나의 생명으로 겹쳐 있기도 하다. 그런 동일성과 이질성의 겹침과 혼용은 밀교적 연금술의 형상들 그것이다. 그 형상들은 거칠고 투박한 일차적, 질료적 제재물의 생명들이다.

　그러한 형상들이 투박한 손과 근육의 힘들로 서로 품고 떠받들고 하나가 되는 맹목성은 필경 고통의 혼재와 혼용을 통한 새로운 생명체로의 상승 또는 승화일 것이다. 우리는 그의 그림 속 점과 어두운 빛, 엉켰거나 웅크린 듯한 혹은 거칠고 본능적인 상의 군상들이, 그러나 그의 빛과 어둠의 조화 속에서 신비롭게 하나의 원무 또는 율의 리듬을 이루어 우리를 사색과 명상의 세계로 이끌고 있음을 느낀다.

그의 도화는 교회와 불교적 만다라 그리고 토속적이고 비의적 연금술의 기기묘묘한 형태와 기운들이 혼연일체가 되어 다성적이거나 범신론적 체향을 흠씬 느끼게 한다. 그런 **그의 형상들은 종교적 카테고리로 묶이기보다**는 그 어떤 신성함의 **누미노제와 시원적 생명성의 돌출**로 읽힌다.

고난의 집. oil on canvas. 72.7cm×60.6cm. 1978~1900

그의 연금술적 창조의 색채와 도판은 그의 예술 정신의 고양 과정을 적나라하게 보여 주는 간구 과정의 기록이라 할 수 있다. 그의 그림은 두텁다. 그는 내면에서 직관한 인간실존들의 고통과 암투, 배반과 인내 그리고 자비와 사랑의 과정을 하나의 사물에서 마치 한 점 한 점 찍고 칠을 할 때와 같이 확인하고 직관한다. 그것을 그는 화포 위에 모사한다. 그 과정은 고통스럽게 얼룩지고 두터운 진흙으로 뒤엉켜 있다.

그러나 그의 신비로운 조형력과 구상력은 흩어져 쌓인 피와 살의 조각들을 한 장의 지옥도 또는 천상의 만다라로 이루어 낸다. 그의 생명의 '색형'과 '얼룩'들은 내재된 원형의 창조성에 따라 군집하고 조형된다. 화면의 질감들은 끝없는 돈오의 붓 점들의 사리탑이라 할 수 있다. 한 점 한 점의 색형들은 모두가 인드라의 거울에 비치어 내장된 우주의 기운이자 형상들로서 그 붓질들은 모두가 이형동질 전체로서의 도상을 꾸미고 이루어 나간다.

그러나 그의 도상은 그 오래된 과정의 숙고에도 불구하고 명확한 형태를 드러내지 않는다. 이는, 평면 또는 논리적 이차원의 진술이 시·공간의 사차원을 담기 위해서는 당연한 결과이다. 그의 형상은 변화하는 세미오시스를 표상한다. 우주가 결코 확정적이지 않다는 사실은 현대의 우리들에게는 상식에 속하는 일이다. 추상표현주의가 재현의 기호를 버리고 생성의 기호를 취한 것은 그러한 연유에서이기도 하다.

그러나 추상표현주의가 기하학적 감각을 초월함으로써 존재의 한 축이 무너진 이미지들을 비춰 주고 있는 반면에, 서상환은 육체를 지닌 인간의 기하학적 감성의 의미를 실존의 한 양태로서 인식하고 있다. 그러함에도 불구하고 **서상환**은 그것이 또한 영원하지 않은 허상의 일루전임을 본질적으로 이해하고 있다. 그런 까닭에 그는 결코 형상을 찰나의 순간에서 고정시켜 붙잡아 두고 있지 않다. 그는 **변화로서의 상들을** 그 흐름 과정으로서의 형상으로 제시해 보여 주고 있다. 이것이 그의 도판과 조상들이 불확정적이며 연금술적 양태로 표상되고 있는 이유이다.

10장 방언: 원형의 유희 기호들

강우방은 『인문학의 꽃 미술사학, 그 추체험의 방법론』에서 '교졸(巧拙)의 미학'을 논한 바 있다. 봉은사 전각에 걸린 추사의 글 '板殿'을 보고 강우방은, 모든 서법을 달관한 추사가 왜 어린아이처럼 그렇게 졸(拙)하게 쓸 수밖에 없었는지를 생각하다가 그것이 곧 파격적 실험의 졸미(拙味)임을 통감한다.

그리고 초기에 놀라우리만치 정밀한 사실적 기법을 선보였던 피카소(Pablo Ruiz Picasso, 1881～1973)가 둔중하고 거친 묘법으로 세계를 놀라게 한 사례를 언급한다. 그는 추사(金正喜 1786～1856)와 같은 그러한 의도적 졸렬함의 경지에 대하여 "우주적 영성과 합치되는 경지"로서 "극단의 기교를 거친 후 자연으로 돌아가는 것에서 나타난다."고 정확히 말하고 있다(207～209쪽).

뛰어난 예술가들에게서는 흔히 감각을 잃은 듯한 묘사가 나타날 시기가 있다. 그것은 천재적 장인의 기질을 가진 작업가들에게서 가끔 볼 수 있는 특징의 하나이다. 우리는 렘브란트(Rembrandt Harmenszoon van Rijn, 1606～1669)에 대한 프로망탱(Eugène－Samuel－Auguste Fromentin, 1820～1876)의 기술에서 역시 그러한 지적을 볼 수 있다.

그의 모든 작품에서 그는 시인이라기보다도 오히려 분석가나 형이상학자처럼 행동하고 있다. 그가 육체를 그리는 방법을 보면 우리는 대체 이 사람이 육체의 외면을 싸고 있는 아름다운 것에 흥미가 있었는지 없었는지 의심을 품을 정도다. 그는 모든 것, 빛뿐만 아니라 색채까지도 분해해서 환원하였다. 그 결과 외관에서 모든 복잡다양한 것을 배제하고 조각조각으로 흐트러져 있는 것을 응축하여 윤곽이 없는 스케치를 그리고 거의 이렇다 할 뚜렷한 특징도 없는 초상화를 그렸으며……육체의 아름다움 대신에 정신을 그리고 사물을 모방하는 대신에 거의 완전히 그것을 변형시켰다. 이처럼 사물을 이중으로 보는 능력이 있고, 몽유병자적인 직관이 있었던 까닭에 그는 어느 누구보다도 초자연적인 세계를 첨예하게 응시한 것이다.[161]

필자는 경산(絅山) 정진규 시인론을 작성하는 과정에서 그와 같은 면모에 놀라고 경외감을 가질 수밖에 없음을 표한 바 있다.[162] 서상환의 작업세계 또한 그러한 과정의 길을 드러냄을 볼 수 있다. '성상화'와 '간구자' 등에서 그의 작업들은 심층 비의식의 사유에 바탕을 둔 빛과 색채의 완성된 도면들을 보여 주었다. 그러나 빛과 색채를 통한 형상들의 아름다움은 같은 시기이지만 단색 판화를 통해서는 여지없이 무너지고 해체되어 태고의 마당으로 돌아간 듯한 도상들을 보여 준다.

그러나 거기에서 끝나지 않고 그의 색면 조형들은 풀린 눈동자에서 드러낸 듯한 양태의 '만다라'와 선묘의 유희가 화면을 메우고 있는 '방언'의 도상으로 이어진다. 형상의 감각을 포기한 듯한 그의 자세에서 우리는 순간적으로 당황스럽고 허탈감을 느낀다. 그러나 예술과 자연이 궁극에는 하나의 관계임을 생각할 때 그러한 **형상의 풀림들은** 자연스런 일이다. 그것은 **예술이면서, 예술의 기본적 구도와 성질을 버리고자 하는 것**이다.

---

161) Eugène - Samuel - Auguste Fromentin, Les Maîtres d'autrefois (Paris: Garnier, 1939), p.313; 마리오 프라즈, 임철규 역, 『문학과 미술의 대화』(1986: 연세대학교출판부, 1986), p.134.

162) 변의수, 「絅山 정진규 시인론」, 『문학마당』, 2008년 여름호.

우리는 **자연을 또 다른 형태로** 만나고 표현하기도 한다. 그것은 일종의 **상징적 환원**인데, 자연을 파동의 형태나 프랙탈 형태와 같이 일종의 그 어떤 **원형의 상**으로 나타내는 것이다. 그런데 **서상환은 독특한 형식의 경지를 보여 준다.** 그것은 다름 아닌 '**방언**'이라는 **기호 미술의 표상**이다. 그것은 자신의 신앙과 관련되어 표출되는 '방언'을 그림으로 옮겨 낸 것이다. 헬라어로 글로싸(glossa) − '하느님의 혀'를 지칭하는 '방언'은, 우리들 문명세계의 언어가 아니라 순수 자연의 언어이다. 다만, 그 성격이 신과 인간 한 개인이 조우하여 교통하는 데 사용되는 언어라는 것이다.

무제(No Title), −방언시리즈 / 마분지 위에 아크릴, 2001

우리는 상징, 즉 사유를 동일화의 방편으로 생각하고 사용한다. 그 동일화의 양식과 방식들은 제반 예술과 학문, 기술적 현장들에서 그 목적과 실용성에 따라 달리 기호가 제작되어 사용된다. 그런데 서상환의 방언 작품은 이 모든 상징과 기호 이전 단계의 원형상을 전제하는 것으로 이해할 수가 있다. 인간이 신과 교통할 수 있는 방식으로서, 그리고 인간과 인간이 교통할 수 있는 가장 근원적 방식으로서의 기호를 서상환은 미술로 담아내고 있는 것이다. 상징은 우리가 늘 말하는 '사유' 그것으로 방언의 표상은 신의 사유가 전이되어 투사된 상징이다. 그 상징을 서상환은 비구상의 양식으로 표상한다.

서상환의 방언은 의식과 비의식의 병행 상태에서 기호화된다. 이것은 매우 힘든 정신의 집중을 요구한다. 의식과 비의식을 다 함께 유지하는 일은 우리 모두 일상의 상태에서 행하는 일이다. 그러나 문제는 비의식의 깊이와 성격이 어떠한 것이냐에 따라 달라진다. 깊고 포괄적인 통찰과 직관을 요구하는 **심층 비의식을 의식의 상태에서 표상**해 낸다는 것은 그간의 **사유와 수행의 정도가 상당**하였거나 또는 **상당한 정신의 집중**을 요구한다.

심층 비의식 표출의 즉시적 표상은 소위 '자동기술'이다. 이 자동기술의 표상은 잭슨 폴록과 선화가들에게서도 볼 수 있다. 그러나 자동기술은 하나의 표현기술일 뿐, 자동기술 너머의 작가의 정신세계와 표상된 텍스트의 내용은 모두가 다르다. 잭슨 폴록의 경우 형체를 벗어나 물감의 색채와 선형적 흔적들을 사용하여 미학적 충동과 통찰을 불러일으키지만, **서상환**의 경우는 **자유를 간구하는 자로서 신 앞에서의 기도와 조우**를 내용으로 한다.

無語A, 캔버스 위에 아크릴, 53.0cm×45.5cm, 2000

그의 방언은 들여다보면 꼬리에 꼬리를 물고 이어져 있는데, 이것은 방언의 내용이 체계를 가졌음을 의미한다. 단지 언어 체계가 아니라 세계의 유기적 관계성을 뜻한다. 그것은 그의 목판화에서 볼 수 있듯 인간과 교회 등의 상호 변환성의 형태나 손과 팔, 몸, 다리 등의 상호 변환성 같은 그런 유기적 하나 됨의 상호 텍스트성 같은 세계의 연결성을 의미한다고 하겠다.

서상환의 전前 인식의 시니피앙signifiant '방언'은 순수한 '수학적 기표'와도 같다. 이 말은, 즉 서상환의 방언은, 수많은 종교인들이 사용하는 방언과 그 양태는 같을지라도 그 의미는 기도하는 자들, 창조된 피조물들의 생동을 바라보는 개인 저마다의 느낌과 생각이 다르듯이, 그만의 독특한 세계관과 인간성, 품격을 지닌다는 것이다. 나아가 도상 기호로서의 그의 방언은 미술가로서의 정신세계이자 그 기술적 표현의 세계인 것이다. 이것은 우리가 그의 방언 작품들을 대할 때 그의 화가로서의 정신세계를 비롯하여 앞서 언급한 '각주'들을 참조해야 함을 시사한다. 원형의 보편언어는 오늘날 촘스키(Avram Noam Chomsky, 1928~)를 비롯한 언어학자들이나 과학자들이 각고의 노력을 기울이고 있는 주제이기도 하다. 이전의 근대에는 라이프니츠(Gottfried Wilhelm von Leibniz, 1646~1716)가 과학적 언어를 통일시키고자 이진법을 이용하여 보편 기호의 언어를 모색하기도 했으며 그것은 현대의 컴퓨터 언어로 사용되고 있다. 그뿐 아니라 오늘날 물리학과 화학, 생물학은 물론 천체역학과 우주공학의 문제에 이르기까지 가장 보편적 언어로 간주되는 수학이라는 언어체계는 우리들 인간으로서는 신의 언어에 가장 가까이 다가간 언어이기도 할 것인데 이러한 보편언어의 발견을 위한 인간의 노력은 실로 인류 문명사의 요체라 해도 틀리지 않을 것이다. 서상환의 '방언'은 그러한 인간 언어의 기원과 본질을 환기하게 하며, 아울러 그것은 간구자로서의 다른 또 하나의 원형 제시라 할 것이다.

그러한 **서상환의 방언**은, **성상화 작업**과 **만다라**, **목판화** 작업 등 이전의 **모든 표상물들의 형상을 초월**하여 하나의 통일된 **원형의 언어**로 **표상**되는 것으로 이해할 수 있다. 선과 악의 구체적 형상들의 혼재와 뒤얽힌 도상들은 방언에서는 보다 형상들이 순화되어 간략화되고, 목판이나 만다라에서의 반구상적 공간들은 완전한 자유로운 형상의 공간으로 변한다. 하늘의 뜻과 일은 부드러운 흐름의 선으로 나타나고, 고통 속의 중생들과 간구자들의 기도는 밀집

된 형태의 기하학적 구조의 선들로 나타난다.

서상환의 도상엔 엄격함과 진지함 같은 무거움만 있는 게 아니라 농담이나 해학 같은 유머가 있다. 속없이 크게 뜬 눈, 하염없이 무구한 눈과 벌린 입의 표정들 그들의 원시적이고 천진스런 형상들은 현대의 우리 눈으로 보면 벌거벗은 표정과 형상들로 존재하는 것 자체가 속박이다. 그런 도상의 형상들이 방언에서도 투사되어 나타남을 보게 되는데 그의 손길은 별처럼 모나게 상하좌우로 움직이다가 주욱 아래로 하강하여 기도를 하고 있는 듯한 간구자의 머릿속으로 그어지기도 한다. 물론 그 획의 움직임은 또한 무거운 기운을 내려 받은 듯 짙고 조금은 둔한 형상으로 움직이다가 바닥이나 무릎 아래 받침을 이루거나 하며 어디론가 사라진다.

無題 (No Title), 와트만지 위에 아크릴＋먹, 48cm×54cm, 2003

서상환의 이런 방언의 의미는 모든 형상과 성질들이 태어나기 이전 또는 시작하는 초기의 상 그 본질적 기운을 상징하는 것이기도 하다. 신과의 조우가 투사된 '상징'으로 이해되는 **그의 도상 방언**은 세계의 본질에 가장 근접한 정신의 사유물로서 가장 아름답고 **완전한 미의 세계**로 들어서기 위한 **기도의 문**이며, **통과제의의 의식 행위**이기도 하다. 그의 방언은 'Icon', 만다라, 판화의 도상들과 함께 구원을 향한 정신적, 연금술적 과정의 정신현상학을 나타낸다.

서상환의 상징 형상과 구조의 내용이 고대의 신화나 미술품들의 형상과 유사한 점이 있고, 종교적 색채를 띤 조각과 문양들이 전경화되고는 있으나, 굳이 그가 중세의 교회나 무덤에 기록된 형상들과 같은 도상의 의미들을 지녔다고 볼 이유는 없을 것이다. 그의 도상 미학은 우리 인간의 근원적이고 선험적인 구상력에 의해 생성해 낸 것으로서 순수한 그의 영혼의 세계가 창출해 낸 자유와 구원의 의지를 그려 낸 것들이다.

그는 고전의 도상학을 따라 비의의 경전들을 재현하거나 모방해 내고 있는 것이 아니라 그 자신의 '도상 언어학'을 스스로의 힘으로 창조해 나가고 있는 것이다. 그러한 그는 최근 들어 방언의 표상에 관해 다시 한 번 깊은 사색에 들어섰다. 말레비치는 현상의 세계를 지워나가고, 이우환이 자연 질서의 원형을 찾아 나간다면, 영설은 세계 창조의 순간을 생성해 내고 있다.

그의 방언 제작물들에서는 판각과 만다라의 도상들이 완전히 형해화되고 있다. 감각의 비례미학을 추구하였던 그의 신기의 도판과 깊은 색채의 아우라는 그의 화폭에서 어느 순간 사라지고 없다. 서상환은 미지의 새로운 관점에서 형상들을 바라보고 있다. 예술가들의 이러한 감각의 파괴는, 진정으로 형상의 세계에 들어선 자만이 행할 수 있다. 현재의 아름다움과 가치에는 이제 머물러 있을 수가 없는 것이다. 오디세이가 칼립소의 섬에서 안주하지 못하고 암흑의 바다로 다시 항해를 나서야 했던 것처럼, 예술가들 역시 마찬가지의 모험심으로 충만되는 것이다.

그들 예술가들은 화려한 빛을 내다가 느닷없이 검은 혼돈의 암흑 속으로 걸어 들어가고는 한다. 자연의 본성에 가장 가까이 다가갔기에 가능한 예술가들의 그러한 형상의 파괴는 소멸하고 창조되는 별들의 세계와 같이 새로운 탄생을 간구하고 있음을 시사한다. 서상환의 연금술적 색채미와 형상의 소멸은 완전한 재탄생을 위한 흑화(nigredo)의 과정으로 볼 수 있다. 영설(靈雪) 서상환은 머잖아 생명의 돌 엘릭사르를 잉태하여 또 한 번의 가열찬 영혼으로 지금까지는 볼 수 없었던 새로운 빛과 형상들을 제시할 것이다.

〈서상환 화백 연보〉

1940년 일본 경도시 좌경구에서 서성록과 윤막필 사이에 장남으로 출생
1946년 부친을 따라 경남 거창군(가북면 몽석리) 아버님의 고향으로 옴
1950년 부산(범천동)으로 옴
1960년~1964년 경남 미술원 서양화부에 입학; 조목하, 김봉기, 김종식
　　　에게서 엄격한 데생과 유화를 사사함
1964년 광복동 시공보관 제1회 개인전
1965년 제2회 개인전: '문화싸롱'에서 주로 '부활신앙'을 유화와 데생
　　　으로 다룸
1968년 6월 6일 정부강 권사와 결혼
　　　　＜큰딸 서정아, 둘째딸 서아희. 막내아들 서동화를 둠.＞
1970년~성상화(ICON) 제작 본격화
1978년~도자기 작업
1978년 '구도자' 연작에서 성령 체험의 시각화
1980년~테라코타 작업
　　　간구하는 신앙적 자세가 묻어나지만 그 형식은 한국적 미를 담
　　　아낸 토우를 연상케 함
1980년~목판화 작업 본격화
　　　서양식 판화 기법에서 벗어나 탁본을 뜨는 것과 비슷한 방법으
　　　로 전각법을 판화에 접목; 신성한 성역에 예수와 제자들을 배치
　　　하여 우주의 진리를 표현
1980년 한국 최초로 『성상화집』(문화방송출판부) 출판
　　　서울과 부산의 화단에 적지 않은 충격을 던지며 한국 화단에
　　　'聖像畵'의 신호탄을 울림
1984년 오리지날 목판화집 「Via DOLOROSA」 발간
1988년 시편을 주제로 한 목판화집 『야훼는 나의 목자』(도서출판지평)
　　　출간
2008년 38회 개인전까지 부활신앙과 예수상 그리고 만다라를 지속적으
　　　로 다룸

<항상 텍스트, 콘텍스트 문제를 다루었으며 특히 한국 상황 속에서 기독교는 무엇이며, 우리에게 무엇을 주는가를 생각하며, 한국적 성상화 정립을 궁구함>

신학교 졸업논문 「루오 미술에 나타난 그리스도상 연구」

1978, 「중세미술을 통한 그리스도상 연구」, 미국 내셔널크리스턴대학교 대학원 신학석사

1995, 「단색 목판화 작업을 통한 그리스도상 연구」, 미국 루이지애나침례대학교 대학원 철학박사(Ph.D.)

▌ 시화집 및 시집

1995년 시화집 <영원에 꽂힌 막대기>

1996년 시화집 <영설과 촛불>

2003년 시화집 <내명상의 시간>

2004년 시화집 <가늠 할 수 없는 가늠>

2008년 시집 <텅 빈 얼굴>

▌ 작업세계

聖像(ICON), 전각 판화, 만다라, 방언(원형의 기호 유희) 제작으로 독보적 예술세계를 구축함

변의수 —————————————————————————————————————

▌약 력

1955년 부산 출생

1991년 제1시집 『먼 나라 추억의 도시』

1996년 『현대시학』 시 발표로 시단 활동

2002년 제2시집 『달이 뜨면 나무는 오르가슴이다』

2008년 제3시집(장편) 『비의식의 상징: 자연 · 정령 · 기호』

제4시집 『비의식의 상징: 검은 태양 속의 앵무새』

평론집 『비의식의 상징: 환상의 새떼를 기다리며』

시론집 『비의식의 상징: 상징과 기호학—침입과 항쟁 외』

변의수의 현대예술 연구

신이 부른 예술가들

초판인쇄 | 2009년 9월 15일
초판발행 | 2009년 9월 15일

지은이 | 변의수
펴낸이 | 채종준
펴낸곳 | 한국학술정보㈜
주 소 | 경기도 파주시 교하읍 문발리 파주출판문화정보산업단지 513-5
전 화 | 031) 908-3181(대표)
팩 스 | 031) 908-3189
홈페이지 | http://www.kstudy.com
 E-mail | 출판사업부 publish@kstudy.com

등 록 | 제일산-115호(2000. 6. 19)

 ISBN 978-89-268-0431-5 93810 (Paper Book)
       978-89-268-0432-2 98810 (e-Book)

내일을여는지식 ▍은 시대와 시대의 지식을 이어 갑니다.

이 책은 한국학술정보(주)와 저작자의 지적 재산으로서 무단 전재와 복제를 금합니다.
책에 대한 더 나은 생각, 끊임없는 고민, 독자를 생각하는 마음으로 보다 좋은 책을 만들어갑니다.